我陪你长大

苏琼　著

敦煌文艺出版社

图书在版编目（CIP）数据

我陪你长大 / 苏琼著. —— 兰州：敦煌文艺出版社，2021.8（2022.1重印）

ISBN 978-7-5468-2047-7

Ⅰ. ①我… Ⅱ. ①苏… Ⅲ. ①日记 – 作品集 – 中国 – 当代 Ⅳ. ①I267.5

中国版本图书馆CIP数据核字（2021）第118769号

我陪你长大

苏 琼 著

责任编辑：曾 红
装帧设计：冯 超

敦煌文艺出版社出版、发行
地址：（730030）兰州市城关区曹家巷1号新闻出版大厦
邮箱：dunhuangwenyi1958@163.com
0931-8152315（编辑部）
0931-8773112 8120135（发行部）

三河市嵩川印刷有限公司印刷
开本 710毫米×1020毫米 1/16 印张 18.25 插页 2 字数285千
2021年7月第1版 2022年1月第2次印刷
印数：1001～3000

ISBN 978-7-5468-2047-7
定价：58.00元

前言

　　儿子的整个童年是在厂区的家属院里度过的。院子不大，但随处可见建厂初期就种植、现如今根深叶茂的枣树，在新修建的小花园里有花、有草、有昆虫。除此之外，楼下的空地上还有一大堆沙子。这一切无形中让渐已破旧的厂区环境留存了一抹浓重的大自然底色。孩子们就在这方小小的天地里追逐嬉闹，乐此不疲地抓虫子、玩沙子、打枣子。

　　我在儿子四岁的时候，开始在 WORD 文档里记录他成长的点点滴滴，没想到一次在重装系统的时候，一个系统格式化操作便使得那些用心敲打出来的文字和抓拍下的照片不翼而飞。为此我伤心的同时也中断了记录。

　　但有些事冥冥之中好像真有天意。在网上我有幸与重庆的"落花"和宿迁的"月光"因文字结缘，她俩一个在单位从事宣传工作，一个是电台的记者，所以文笔相当好。而我除了上学时在校广播站写过广播稿之外，离开学校后连篇像样的工作总结都没写过。承蒙她俩引领，我们三个 70 后妈妈开启了一段难忘的"博客之旅"。这期间彼此的惺惺相惜铸就了我的坚持。

　　我用博文的形式将儿子成长过程中发生的一幕幕记录了下来。

有我和儿子的对话，有儿子的口述日记，有儿子写的作文，有自己的育儿感悟，有与儿子之间的冲突，还有我的焦虑和抓狂。不得不说，和孩子在一起的每一天，都带给我大大小小的情绪波动，小时候喜悦多一些，长大后烦闷多一些；但不管怎么样，都或多或少地让我学会思考和反省。

回首之间，从儿子六岁上学前班到十九岁上大学，我陪着他经历了小升初、中考、高考。这些琐琐碎碎的片断和絮絮叨叨的诉说不经意间串联成了一部儿子的成长史。

都说陪伴是最长情的告白，可陪伴毕竟是有期限的。不得不承认，其实我们真正和孩子在一起的时间并不多，随着高考结束，这一切可能戛然而止。不管父母有多么难以割舍，但有关孩子的过往终将成为生命中的回忆。

这些年，我尽量把儿子这些懵懵懂懂的成长过程和我起起伏伏的心路历程真实地记录下来。以后不管儿子有没有兴趣看，但作为一个妈妈，这是我能为儿子收藏的一份记忆，这份记忆相对于儿子来说，可能微乎其微，但对我来说，意义重大。

所谓的意义重大，周国平写道："如果说，生命早期的精彩纷呈对于做父母的是宝贵财富；那么，对于孩子自己就更是如此了。但是，孩子身在其中浑然不知，尚不懂得欣赏和收藏它们，而到了懂得的年纪，它们早已散失在时光中了。为孩子保住这一份财富，这只能是父母的责任。孩子长大后，把一份属于他的孩提时代的完整记录交到他的手上，他会多么欣喜啊。这是真正的无价之宝，天下父母能够给孩子的礼物，不可能比这更贵重的了。"

缘于此，我准备将这些不太完整的记录整理出来，送给长大的儿子和老去的自己。

目 录

2006年8月

14

2006

—

六岁

—

学前班

我陪你长大

2006年8月14日

宝宝今天满六岁了，一家人出去吃了顿饭，以示庆祝。

六岁了，最显著的特点就是身高1.2米了。我的短夹克衫穿在他身上，除了袖子长点，身子差不多合适。对他来说，最令他骄傲的是坐公交车不用踮起脚尖就可以够到那道需要买票的红线了。

这些年由于婆婆的分担，所以对我而言，其实这段养育孩子的过程基本上是稀里糊涂的。不过值得一提的是，伴随着儿子一天一天地成长，我也一天一天地跟着他成长。纵然育儿之路很漫长很艰难，但我坚信：女子本弱，为母则刚。

2006年8月15日

今天，宝宝带了两个小伙伴来到了家里。一进门就拉开抽屉，从影集里翻出我上学时期去延安参加青年志愿者活动时，在毛主席住过的窑洞前穿着军装拍的旧照片给两个小伙伴显摆。

宝宝："你还不信，看见了吧，我妈以前是八路。"

小伙伴："让我看一下，哇，真的是八路呀！"

宝宝："我说我妈是八路吧，给你们说还不相信，这下信了吧（宝宝一脸的自豪，小伙伴一脸的羡慕）！"

2006年8月28日

今天，宝宝就上学前班了。

因为身体素质相对较弱，再加上有奶奶悉心照顾，一直也就没怎么上幼儿园。当大家普遍认为六岁就应该上小学了，我却无动于衷。还是坚持了自己的想法，让他先在学前班适应一年，明年再上一年级。

我自己本就生性愚笨，所以每每听到别人用艳羡的口吻说谁谁家的孩子十三岁就上大学了，我表现得相当漠然；反而觉得本该上初中的年龄去上大学，年龄存在差距，孩子的生理和心理也就存在着差距，他能快乐地融入大学校园享受大学生活吗？

2006年11月25日

天空飘起了雪花，外面很冷。

我用试探的口吻对宝宝说："今天要不不去上围棋课了吧？"他答："哼，要去。"看来他还是有兴趣的，也知道下棋和上学一样，是自己应该做的事了。

学习围棋三个多月了，我感觉他的悟性还是挺好的，就是心理素质太差。当对方先吃子时，他明显地表现出心情不好或者心绪大乱，结局当然是输。而当他先吃掉对方的子时，他就表现出心情不错或者信心十足，结局一般都会赢。毕竟是孩子，还不能领悟"胜败乃兵家常事"。总是赢得起却输不起，输了就掉眼泪。希望他的棋艺一天比一天长进，也希望他的内心一天比一天强大。

2006年11月27日

宝宝背完唐诗后，我让他尝试着自己编了几句儿歌：

琵琶弹起来

音乐真好听

花儿听见了，问："这是从哪里来的音乐？"原来是从森林里小木屋传来的。

没想到宝宝竟然给了我惊喜，我便拍着他的小脑袋对他说："前两句写得真不错，词语工整，后面想象力丰富。从明天开始你就把你心里想的话说出来，妈妈帮你记下来。"

2006年11月30日

晚上，宝宝对我说："后悔了！今天是我们七个人一起背，才选出一个人背，就是吴菲菲，她背了《悯农》《清明》《黄鹤楼》《凉州词》。我心情肯定不好了，我也想一个人背，因为我觉得我会背的比她多。可吴菲菲的妈妈是体育老师，当然就选她背了。"

想必应该是班主任告诉大家谁背得多、背得好就会推选谁代表班级参赛，所以孩子们都铆足了劲准备脱颖而出，结果却非心所愿。宝宝的一句"后悔了"，让我的心里也是五味杂陈，可是无力解决。能说出自己内心真实的感受，说明宝宝有了自己的思想和心事，可是小小的他哪里知道社会上不公平的事多了。唯愿他不去过多地计较这些他看在眼里的不公平，豁达处世，宠辱不惊。

2007年8月 14

2007

—

七岁

—

一年级

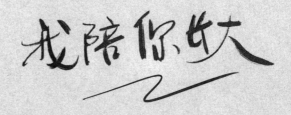

2007年8月14日

今天是宝宝七岁的生日。

看着一天天长大的他，感觉欣慰的同时也倍加感到责任和压力。都说教育是门艺术，有人提倡赏识教育，也有人焦虑不能输在起跑线上。可到底该怎么教育才算好或者对呢？一个在教育战线退休的亲戚每次来家里都会对我和婆婆说："你看别人家的孩子不是学这就学那的，你们怎么也不给孩子报个班什么的，尽让满院子的瞎跑。"想想她说的也是言之有理啊。

可真要说到如何培养孩子才能为他的人生奠定良好的基础，我还真没深思熟虑过。用婆婆的话说就是该吃哪碗饭注定就吃哪碗饭，用不着心急火燎地赶鸭子上架。

还是用顺其自然自我安慰吧。

2007年8月22日

只有上不了的天，没有过不了的河。

俗话说"水火不相容"。从科学理论上来讲，如果水小火大的话，火就把水烧干；如果火小水大的话，水就把火扑灭；从某某一些角度上来讲，火跟水一样大的话，就是不分高低。就跟女娲补天一样，女娲拿的七彩石跟天庭流下来的水克数一模一样，女娲就是这样堵上了天上的那个大洞。

敢情是这几天养精蓄锐了，宝宝今天的这篇口述日记写得很精彩。主要是动画片没白看。他讲述得头头是道，猛然间让人刮目相看啊。

2007年9月1日

宝宝："当我们背着崭新的书包走进智慧大门的时候，奇迹就会出现，智慧大门就是我们的上帝。智慧大门里有很多知识，当你学完这些知识的时候，你的梦想就实现了。"

妈妈:"这些话说得这么出彩,好像不是你能说出来的。"

宝宝:"我看过一本书,我又加了一些。"

妈妈:"这样很好,学过的东西就要这样应用。"

2007年9月26日

今天晚上很是意外,宝宝竟然出口成诗了:

> 人在天外间,海在青山外。
>
> 归来在成方,永破日月香。

虽然不知所云,但章法和格式是对的,值得鼓励。毕竟我是凑不出这么对仗工整的语句的。有道是"熟读唐诗三百首,不会作诗也会吟"。看来,坚持背唐诗是一件很有意义的事。

2007年9月28日

《望庐山瀑布第二代》

> 雀当吟叮鸟来风,残阳铺落漫沙红。
>
> 日在寒炉烟波流,白首空悔望山影。

唐诗中的词语经宝宝东拉西扯地一番拼凑,读来还挺有韵味的。也许他小小的脑袋里或多或少有他想表达的意思,只是我难以领悟到,只能根据他的发音凭第一感觉猜测出有关的字词。不管诗意如何,至少他记住了诸如"残阳""烟波"等这样曼妙的词,真心不错。

2007年10月14日

宝宝今天的口述日记:

让我们接近大自然吧。

小河沟里有"盲人摸象""狐假虎威""司马光砸缸""对牛弹琴""龟兔赛跑"

"只要功夫深，铁杵磨成针""凿壁借光"。

有一个水潭里面有很多小蜘蛛，那些雕像上面有一种很奇怪的绿颜色的小虫子，屁股是黄的，还会飞。"盲人摸象"的象的下面有许多蜗牛，可惜都干死了。

宝宝说的这个小河沟，坐落在北滨河路上，官方起名叫寓言公园。大人和小孩的关注点还真是不一样，我就没看到屁股是黄的小虫子和干死的蜗牛。我的关注点在哪里呢？就是眼睛追随着他的身影，以防走丢，或者掉到水里。

2007年10月19日

下班一进家门，宝宝就迫不及待地向我汇报："我们的国都又建起来了。今天我正准备救一个兄弟的时候，我没有逃出敌人的手掌心。"

记得看到过一句话，原话记不清了，大意应该是想让一个孩子成长，就给他一个村庄。这句话足以说明一个相对自由的空间对孩子的成长至关重要。我们居住的家属院就建筑层面来说，还是相对"禁锢"。但就人际关系来说，还真跟村庄有相似之处。别的不说，就带孩子们的爷爷奶奶辈，退休之前基本上都是一个厂子里的。由于大人们彼此之间特别熟悉，所以孩子们之间也就很容易建立起如宝宝所说的"兄弟"关系。这对独生子女的他们来说，挺难得。

2007年12月21日

宝宝："你像一股暖暖的春风，荡起了我心海的风浪，请你允许我说我爱你。还像婴儿的摇篮在我眼前轻轻地晃过，看见你那明亮的眼睛就知道你心里还有我。"

妈妈："这是从哪儿学来的？"

宝宝："我和刘星合写的。"

妈妈："抄刘星的吧。"

宝宝："有些是我写的。"

妈妈："行啊，小屁孩七岁就会写情书了。"

一部《家有儿女》，老少皆宜。古灵精怪的刘星成了孩子们争相效仿的偶像。

2008年4月30日

下班回到家，看到儿子不大高兴，但也没太在意，随便问了一句："今天考得怎么样？"他答："反正不好。"

吃完晚饭，我收拾碗筷，他自己去写作业。

收拾完之后，我进去看他写得怎么样了，见他还是一脸不高兴，我便问："今天到底怎么了？是老师批评你了还是和同学打架了？"他说："没有。"我再问："那怎么不高兴？有什么事说给妈妈听听。"他说："我也不知道。"看着儿子一点都不开心的小脸，想逗他，他也不理睬。我还真是没辙，便催促道："那就快点写作业，写完了马上睡觉，明天还要考试。"谁知我的话音刚落，他却哭着说："明天数学再要考不好，怎么办？"我这时才明白，儿子今天可能和同学对过答案已经知道语文成绩不理想，所以对明天的数学考试产生了恐惧心理。

为了安抚他，我摸着他的头说道："你是男孩儿，这点小事算什么呀？考试只要尽力就好，考得好不好无所谓，这次考不好，下次努力就行了。"

儿子洗漱完睡了，我却怎么也睡不着了。是我对他的言传身教有误，还是老师总是将他树立成班级榜样有误？这么点小孩不应该背负这样的思想负担啊。

2008年7月6日

今天一大早就带儿子去中山桥。

因为明天奥运火炬传递就要在这里举行仪式，所以桥上彩旗飘飘，人来人往。从大人小孩的装扮也充分体现出大家对奥运的期盼，每个人的脸上都洋溢着爱国热情。

看看我家傻儿子自己的打扮吧：脸蛋上贴着国旗，额头上绑着红飘带，左手拿着红色的小国旗，右手拿着白色的奥运旗。有一点他不满意，那就是我没有给他买印有福娃的文化衫。

儿子必须要和每个福娃都合影。可是儿子和福娃站在一起，要想把福娃拍全，儿子就小得看不清楚。我建议把儿子拍大点，福娃拍不全就不全了吧。可儿子蛮男人般地说："没事，只要有福娃就行。"

2008年7月10日

儿子放暑假了。

考试成绩是班上第二名，比第一名低1分，他自己说考得不理想，我觉得还行。

最近一直在考虑到底给他转不转学的问题。转吧，觉得老师不但负责任，而且很器重儿子，儿子也在这里比较拔尖；不转吧，感觉厂里小学的整体环境还是相对落后，人常说环境改变人嘛。如果转到区重点小学，遇不上好老师对学习肯定也有影响，再说换个新环境，儿子也得有个适应的过程。

总是听到大家在说："我们只有一个孩子，我们输不起。"是呀，既然生了他，就得养好他。去年说实在的，只想着在厂里上小学，不用接送，大人小孩都轻松。可是，现在耳边时不时就回响起"不能让孩子输在起跑线上"的声音，忽然担心没有给儿子择校，是不是有点对不起他？

2008年8月2日

今天，带儿子去徐家山森林公园玩。

用儿子的话说，上山的目的就是为了探险，所以他嚷嚷着要一直爬到山顶才肯罢休，但最终还是未能经得起水的诱惑。在半山腰，有一个水池，水里有零零星星的荷花，偶尔还有小鱼游过。儿子对这样的玩耍环境表现出相当的兴趣。

带儿子出门是件很劳心费神的苦差事，没完没了地叮嘱他注意安全，他依然我行我素不管不顾的，所以我的眼睛始终得盯着他，怕他万一有个闪失。没想到他在抓鱼时，还是不小心脚下一滑，坐在了水里。因为是在水边，水不深，他立马就站了起来，根本就没当回事，可能还觉得这样挺好玩吧，接着又美滋滋地玩了起来。我走过去一看，裤子往下淌水，用手拧了拧，觉得还是不行。

幸好出门时，随手拿了条旧浴巾塞进了包里。想着山上的温度较低，自己的关节不好，到时候可以用来盖在腿上保暖。本来是给自己预备的，这下倒是给他派上了用场。他还扭扭捏捏地不肯把湿裤子脱下来，我便强行让他脱了，用浴巾给他做了条"裙子"，把湿裤子放在了石头上让太阳晒，他穿上"裙子"就显得老实多了。

可能小孩子的玩性大都差不多，没过几分钟，又一个四五岁的小男孩掉进了水池里。由于孩子体重轻，栽进水里后就向水池子中间漂了过去。在人们的惊叫声中，他妈妈跑过来直接跳了下去，却没有抓住小孩。后来是小孩的爸爸冲了过来，跳入水中把小孩抱了上来。这时我才发现，水池里的水竟然有一米多深。目睹了这一幕，儿子显得有些害怕，我也是觉得后怕。刚才要是儿子也掉进去，他不可避免地要经受这样的惊吓了，我的第一反应肯定也和小孩的妈妈一样，啥也不想只是跳下去！

看着小孩爸爸妈妈湿漉漉的衣裤，小孩心里除了对刚才落水时的恐惧外可能不会想太多。但是作为一个妈妈，我想，在面临这样的状况时，唯一不会产生任何犹豫救自己孩子的只有父母。

2008

—

八岁

—

二年级

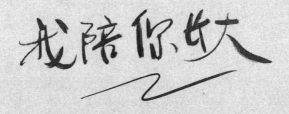

2008年8月14日

亲爱的宝贝：

2000年8月14日，你来到了人世间。2008年的今天，你8岁了。

一天又一天，一月又一月，一年又一年……日子就这么滑逝而过。

有时候想想，还真说不清自己一天到晚都在瞎忙乎些什么，从中又收获了什么？唯一能见证岁月的可能就是你的成长了。

还记得2000年奥运会的时候，你刚出生没几天。我坐在床上一边给你喂奶，一边竖起耳朵听电视上不断报道的有关中国代表团获得了多少枚奖牌的实况。转眼之间，你不但能自己看奥运会直播，而且对奥运会的关注比我这个当妈妈的专业多了。每天下班回到家，你就会给我准确无误地汇报中国代表团的参赛结果。一天的劳累就在你小嘴吧嗒吧嗒的"播报"中不翼而飞。

不得不承认，你的成长，带给妈妈很多辛劳和麻烦，但更多的是快乐和幸福。

在你成长的路上，有妈妈的相伴，你会感受到母爱的博大和温暖。在妈妈人生的路上，有你的相伴，妈妈会更加成熟和坚强。我们一路携手，相亲相爱。

最后，祝福我的宝贝，生日快乐！

2008年8月31日

对于儿子转学的事，我几经思索，权衡左右，最终还是想尽办法给他办了转学，比预想中办得顺利。

新学校离家算不上太远，但相较于厂小学那就远多了。所以一家人较之前得早起一个小时，我负责做早餐，孩他爹负责送儿子。自认为费尽心思做的营养早餐，由于总是没睡醒的缘故，所以儿子总是满脸不高兴地不是嫌太烫就是不合口，反正难伺候。吃完早餐，给他穿衣服，戴红领巾，装水杯，背书包，送他出门。

新学校在师大附中的隔壁。由于师大附中是面向全省招生，所以那天给儿子报名时，整条马路两边挤满了私家车，送学生上学的何止是父母，还有七大姑八大姨的，报名队伍以浩浩汤汤荡荡的阵势向学校挺进。

第一次走进这所高中，在校门口最显眼的位置，看到了2008年的录取榜，排在最前面的当属北大、清华了。儿子走过去数了一下北大、清华的上榜人数，然后说："我长大了就考清华吧。"呵，小男人在我平日里的声声念叨中被激励得志向还蛮高。知道不能当着面打击孩子，所以只能在心里实事求是地对他说：别说清华了，咱只要能榜上有名就不错了。

不得不说，现在的孩子从上学的第一天起就开始背负着升学的压力，比我们小时候的确辛苦多了。书包也是越来越重，挺心疼他小小的肩膀的，还真不忍心让他自己背着大大的书包，早上出门时总是叮嘱他爹，让他给儿子拎着。

昨天和儿子聊天时，问他觉得新学校怎么样，没想到他眼泪汪汪地说："人生地不熟的，还离家远，才认识了几个人，老师上课也不叫我回答问题。"听了他的话，我心里也一阵难过，便假装试探地问道："要不，咱还是回到原来的学校？"儿子说："还是在新学校上吧。"其实儿子在大人的言谈中清楚地知道，转学的事办起来有多不容易，他已经懂得理解大人的良苦用心了。我便安慰儿子："这个班人多，老师和同学对你还不熟悉，慢慢地就会适应的。你还是和以前一样，保持轻松快乐的心情，该怎么样就怎么样，知道吗？"儿子听话地点了点头。

但愿儿子很快就能融入新集体，并在学习中渐渐树立起自信心，不要为此背负不必要的心理压力，否则我这个当妈妈的也无法安心。

2008年10月19日

看儿子的阅读练习题《笑笑和她的欢乐袋》。

引子：有人说，一个快乐，让人分享，就会变成两个快乐。你把快乐分给别人，快乐便增值了。传递快乐，是一种难能可贵的爱心；传递快乐，是一个富有哲理的游戏。

结束语：要想带给别人快乐，自己先得快乐。你不快乐，用什么传递给别人呢？传递快乐的人，常常是善于发现快乐的人。不再沉浸于自己狭小的生活天地，也不再只关注自己那一点点悲喜。

看完文章，我在想，每个人都有快乐的初衷，却没有快乐的结局。快乐说起来容易，得来却并不容易。你可能会冠冕堂皇地说："快乐是因为付出的多计较的少。"那么是不是又可以说"不快乐是因为付出的少计较的多"？

孩子的天性里还不懂计较与付出，所以童年生活应该是无忧无虑、单纯快乐的。可是，现在的孩子因为独生子女的原因，生活中缺少玩伴，时时显得孤独而不快乐。

我当然希望儿子一直快快乐乐地成长。但是这种困惑却越来越深，因为我明显地感觉到，儿子不快乐。尽管我在极力地为他营造一个快乐的氛围，但由于成年人的思想和生活与孩童有着太大的差距，更多的时候，我面对儿子的孤独而不知所从。

季节在变，天黑得越来越早，每天吃完晚饭，看着儿子兴冲冲地下楼去玩，没过几分钟，就听到他摁门铃的声音，一进门，烦躁地嚷嚷着："一个小孩都没有。"听了他的话，心里有一种说不出的无奈。家里可以让他娱乐的除了电视就是电脑，为了预防近视，也是对他下了禁令。

问儿子："你快乐吗？"

儿子答："有什么好快乐的。"

问自己，孩子的快乐源自于哪里，又应该怎样帮他去寻找？

2008年10月27日

儿子写作业时一副心神不定、懒洋洋的样子，我看得着急，便催他快写，他竟然哭哭啼啼。看到他的眼泪，我不由得生气了，一气之下，想都没想，就甩给他一巴掌，声音很响，自己心里也一颤，儿子更加委屈地大哭起来了。

第一次动手打儿子，儿子始料不及，我也暗生后悔。事后，看儿子的脸，留有我的指痕，看来，真的是打重了，心疼他，但又不想在他面前失去母亲的权威，假装不理会。

写完作业，倒好洗脚水，他说："洗完了我也不睡觉。"由于自己感觉有歉意，便答应了他的要求。洗漱完，他坐在沙发上，打开电视，一边看《家有儿女》，一边还在伤心地吸着鼻子。按理是要催他早睡的，否则明天早上又起不来；但想到他的伤心劲没过去，也就随他了。自己在卧室里看了会儿书，出去再看，只见他手里拿着遥控器，头歪在沙发扶手上睡着了。把他抱到床上，再看儿子的脸，指痕还未消失，俯下身亲了亲他，心里涌上一阵自责，泪水不由得溢了出来。

想一想，儿子委屈我也委屈。

每天早上睡意蒙眬地从被窝里爬出来给儿子做早餐，儿子没胃口，不想吃；我又怕他饿着，便强行喂着让他吃。送走他，自己挤在公交车上摇晃一个多小时到公司。忙碌地工作，再加上乱七八糟的事，让人头昏脑涨。下班又是在人挤人、肉贴肉的车厢里摇晃一个多小时回家，车上各种各样的气味熏得我窒息、恶心。好在回家不用做饭，吃完婆婆的现成饭，收拾完锅碗瓢盆，便跟着儿子学习。有时候感觉自己就像一只陀螺，不停地转啊转……转得心烦意乱。

儿子由于转学的缘故，或多或少有些郁郁寡欢。我看在眼里，急在心里。怕他孤独，怕他失落，怕他的自信心受到挫伤，怕他学习不好，怕他生病，怕他有不良习性，怕他吃的缺营养，怕他睡眠不够，怕他……想尽办法给他制造快乐，减缓我的诸多害怕。

不知道是自己的年龄越来越大、脾气越来越坏，还是对儿子的期望值太高，看到他的眼泪就恨他一点不像个男孩子。回过头想一想，其实儿子已经很优秀很懂事了，他毕竟只是个八岁的孩子。我对他的要求有点过了。

明天早上起来，儿子也许就忘了妈妈打他的事，可是，他的妈妈却要在无尽的自责中失眠了。

打在儿身上，疼在娘心里。这话一点都没错。

2008年11月5日

儿子上学前班的时候，才和我分开睡。起初他还不愿意，所以只有等他在我的床上睡着了，我再把他抱过去放在他的床上。可是他半夜被尿憋醒来后，又会过来找我。永远都不会忘了当时的情景：他穿着小背心、小裤衩，光着脚丫子，还抱着他的小枕头，站在我身边，喊着"妈妈"。在睡梦中被他唤醒，多多少少有点被惊吓的感觉，但看到他可爱的样子，忍俊不禁的同时更多的是幸福。重新抱他上床，让他躺在我身边安然入睡，自己也觉得踏实了许多。

好像是一晃之间，小家伙就变得独立了，自己洗漱，自己睡觉，自己穿衣打扮起来……

上卫生间的时候，还像模像样地拿上本书，进去之后就把门反锁上，偶尔赶上需要进去洗个手，我便隔着门叫他："开门，妈妈洗个手。"他就会对我说："我还没拉完呢，你不会去厨房洗吗？"我就笑着对他说："边拉屎边看书容易便秘。"他立马接口道："那我爸怎么上厕所看书？"听他找了这样的榜样反驳我，我也就无话可说了。心想，可能在他眼里，边上厕所边看书，这种举动类似于抽烟什么的，是男人的一种象征性标志吧。

今年以来，他都是自己洗澡，洗完了，才会喊着："妈，洗完了。"等他打开门，我拿上浴巾和内衣进去，一边给他擦干，一边和他说话。

"头发洗干净了吗？"

"我都用你的飘柔了。"

"大人的不能用。"

"我的青蛙王子早用完了，你都没买嘛。"

"小黑脸洗干净了吗？"

"都打香皂了。"

"小'车轴'（指脖子）呢？"

"那是太阳晒黑的，洗不下来。"

"小牛牛呢？"

"哼哼哼……"每每此时，我都会觉得小屁孩长大了。

不过男孩终归是男孩，早上起来，洗脸就洗两把，刷牙也是完任务似的在口里鼓捣几下完事。不给他擦脸油，他就不知道抹。不过现在知道衣服脏了自己换，还会以自己的眼光搭配，诸如T恤衫配个牛仔裤什么的，感觉品位还不错。

男人们常说："媳妇是别人家的好，孩子是自己家的好。"对每一个妈妈来说，孩子更是心头肉，也许很多家庭都是为了孩子而维系着，你不能说这是中国式婚姻的可悲，也不能说这是中国父母自我牺牲的伟大；但我想，一切为了孩子，是所有为人父母的美好初衷。

有一个孩子是幸福的，孩子是天上飞鸟嘴里衔的种子，落在爸爸妈妈的怀里，生根发芽，开花结果，生生不息。

2008年12月18日

妈妈："现在就用写话本写日记，等你有了小秘密，妈妈就给你买一本带锁的日记本。"

宝宝："好啊。"

妈妈："到时候你会不会让妈妈看你写的日记呀？"

宝宝："我都不写你看什么？"

孩子在一天天长大的同时也在一天天地对父母有更加深入的了解。但终有一天，了解越来越多，理解却越来越少。他又会复制我们的成长历程，先是渐渐地疏远父母，甚至无话可说或者嫌弃。一直要等到自己也做了父母，又慢慢地和父母和解。所以，还是好好享受当下和孩子还有话可聊的幸福时光吧。

2009年1月18日

中午，给儿子和自己随便弄了个蛋炒饭。一人盛了一碗，开始吃。对自己做的饭向来不大自信，所以每次都会问儿子："妈妈做的饭好吃吗？"儿子每次都回答："还行吧。"我再追问："到底好不好吃吗？"儿子回答："好吃，这碗吃完了，我还要。"听到这样的回答，我心里还是美滋滋的。

没等儿子吃完，我就接过碗去给他再盛。递给他的时候，顺口开玩笑道："锅里就剩这点了，妈妈也没吃饱，但全都盛给你了。你长大后，如果只有一个馒头，肯定是自己先吃，绝对不会想到妈妈的。"听了我的话，儿子就表现出被人冤枉的委屈，嘴里嘟曚着："喊，什么呀。"没太在意他的情绪，接着又扯起了他们学校要让他们在假期参与一项感恩的活动，儿子问："感恩什么？"我说："你看奶奶头发都那么白了，还每天给你做饭，买好吃的、买玩具，放学了还去接你，所以你长大自己挣钱了，也要给奶奶买好吃的，好好孝顺她。"我还想再说下去，儿子却眼眶红了，声音哽咽起来。一看儿子的样子，想到吃饭的时候掉眼泪对身体不好，赶紧笑着说："对不起，宝贝，是妈妈不好，妈妈其实没别的意思。妈妈知道宝宝是个好娃娃，长大了肯定忘不了奶奶和妈妈的。"儿子就这样好端端地被我惹哭了。

2009年6月29日

第一次给儿子买《故事作文》，大概是2008年的第12期。儿子看了《日记馆》栏目里刊登的日记以后，自信地说："我觉得我的日记写得比他们还要好。"为了鼓励儿子认真写好日记，我便把他的日记在电脑上打了下来，当着他的面投给了《故事作文》的邮箱。

投过以后，说实在的，我还真没当一回事，儿子却满怀希望地等待着……

但一个月、两个月……

那些稚嫩的日记如石沉大海，儿子也就不当一回事了。

从上个月开始，我便给他买高年级版（三至六年级），准备不再买低年级版（一至三年级）。可儿子说不行，他还要搜集拼图。所以这个月再买的时候，我便高年级版和低年纪版都买了。

没想到低年级版这一期竟然刊登了儿子的两篇日记。下班后回到家，直接翻到有儿子大名的那一页兴冲冲地递给他看；臭儿子却正在玩游戏，扫了一眼就又进入游戏的状态。

我这个当妈的却沉浸在这种喜悦中，难以自拔，重温了N遍。儿子说："你都把书看破了。"我想，等他有一天也当爹了，就能体会我这个当妈的心情了，还有什么比孩子取得的成绩更让父母自豪和欣慰的呢？

2009年8月
14

2009

一

九岁

一

三年级

我陪你长大

2009年8月14日

亲爱的宝贝：

今天是你的九岁生日。爸爸妈妈祝你生日快乐！

这个暑假刚一放假，我们就出发了，先去北京再到丹东。在外游玩的这二十天，对我们来说，不单单只是一次身与心的放飞，更重要的是对"读万卷书，行万里路"的切身体会。古人读万卷书是为了进京赶考，金榜题名。现代人也一样，只有努力学习，才能增长知识，从而让自己有文化。

由于年龄的关系，你现在还不能意识到一个有着深厚文化底蕴的人和一个没文化人的差别究竟有多大。但我可以简单地告诉你，还记得那天我们在清华，因为你没读过朱自清写的《荷塘月色》，所以你才会冒出一句"导游说他是看'核桃'写的"。当我告诉你不是核桃是荷塘，你就该明白有文化和没文化的差别究竟有多大吧？那么，你是不是也应该做一个有文化的人呢？

除此之外，妈妈还想说另外一件事。

在鸭绿江边，好多小孩穿着拖鞋就在水里蹦蹦跳跳的，而且也没有大人跟着。你便也按捺不住地想跟他们一起玩，但我一直拽着你的衣襟尾随其后。你生气地对我说："你不就怕我被淹死吗？"你的童言无忌莫名地让我脊背一阵发凉。可不是嘛，人家小孩从小在江边长大，而你就一"旱鸭子"，我不放手的原因不就是我害怕吗？既然你都知道我害怕，那么，希望你不管在什么时候、什么地方都记得保护好自己。

2010年5月1日

妈妈："多多吃点，快快长大。"

宝宝："我昨天看了《跳跳电视台》后，都不想长大了。"

妈妈："为什么呀？"

宝宝："大人真虚伪。"

妈妈:"你能不能解释一下什么是虚伪?"

宝宝:"反正大人就是虚伪。"

妈妈:"那妈妈呢?"

宝宝:"不。"

妈妈:"那爸爸呢?"

宝宝:"差不多。"

记得有一句话:"孩子就是母亲的戒律。"是呀,决定生一个孩子,然后爱他,为他奉献,就不允许自己继续幼稚和懦弱,更不允许自己虚伪和丑陋。而一个女人一旦决定要用一种慈悲的方式去爱,去奉献,她就比做这个决定要更勇敢更坚强,也更真诚更幸福。这一刻,一个曾经简单的女人脱胎换骨,而这个世界增加了一个伟大的承担者。

2010年5月17日

儿子这学期又好上了打篮球,每天早上把他收拾得干干净净送出家门,可是晚上回到家,出现在我眼前的他,小脸黑乎乎的,衣服也是脏兮兮的,时不时没穿多久的裤子还摔个大洞。可他倒好,还像得了奖似的喜滋滋地向我汇报他的"事迹"。

下班一进家门,就能闻见弥漫在房间里的一股脚臭味。喊着让他先洗脚,可他倒好,身在臭中不知臭还和我耍赖,非要等到睡觉的时候再洗。

我只好捂着鼻子假装已被他的脚臭味熏得窒息,他才极不情愿地去洗脚。等他洗完脚,我再进卫生间,就有一股浓浓的香水和脚臭的混合味。我就知道他又给卫生间里喷香水了。他的逻辑是你不是嫌臭嘛,那么就喷香水来冲淡臭味。

有时候,看他应付我,我就帮他洗,有意用手指在他脚心挠痒痒,一直逗他笑得上气不接下气地向我讨饶为止。洗完后,看着他的臭脚丫,我就说:"你呀,敢情是饭全吃到脚上了。"他会撒娇地把脚伸到我嘴边让我亲,我就会以一个响亮的巴掌和他的脚掌相击。不得不感叹时间飞逝,我的儿,咋就这么快啊,你的臭脚丫都35码了。

有时候,盼着他长大;但真正长大了,心中又觉得有一丝失落。他已经很少再向我的脸上印上他可爱的小嘴唇了，我也不再去亲他的臭脚丫了。

养一个孩子的确辛苦，但相比我们的付出，孩子给了我们更多的幸福和快乐。自从有了孩子，我们懂得了父母的辛劳。而且从孩子的身上你也会发现，其实现在的他就是曾经的你，也许长大以后他又成了现在的你。

2010年6月1日

今天是六一儿童节，儿子被评为优秀少先队员，祝贺一哈！

儿子的一篇日记发表在了陕西旅游出版社的《快乐日记》第六期上，这也算是儿子送给自己最好的节日礼物吧。

孩他爹闻讯后，虚意奉迎、言过其实地对我做了口头褒奖："如果要评选最佳母亲，你进不了前三名，也可以进到前五名。"

细想一下，养育孩子的过程其实就是一个自我完善的过程。他遗传你的优良基因，也遗传你的不良基因。他学习你的好习惯，也延续你的坏习惯。你能从他的身上发现自己的优点，也能发现自己的缺点。

这一刻，看到孩子取得的成绩，对家长来说，所有的付出，所有的辛苦，都微不足道；所有的幸福，所有的快乐，都值得珍惜。

儿子，愿你为自己书写出最纯真的童年记忆，为自己保留最快乐的童年时光。你是优秀的，我就是骄傲的。

2010年6月18日

儿子说他看到第七期的《故事作文》出来了，叮嘱我给他买上。到报刊亭买了高年级的，又随手拿起了低年级的翻看了一下目录。看到了儿子写的《玩转QQ空间》发表在了这一期。

说实在的，记得当时只是为了糊弄儿子，随手把这篇他认为写得很好我认为写得不怎么样的周记投稿了。我没有说出口的理由是他写的这些"QQ农场""抢车位""买奴隶"有点不务正业上不了台面，真没想到却入了编辑的眼。可能欣赏的角度不同吧。

回家，把杂志递给儿子，儿子只是关心地问了一句："妈，有没有稿费?"我说："当然有了。"接着儿子又说："我已经发表了好几次了，觉得也无所谓了。"我告诉他："不管你发表多少次，对妈妈来说，都和第一次看到你发表文章时一样高兴。"

2010年8月

14

2010

—

十岁

—

四年级

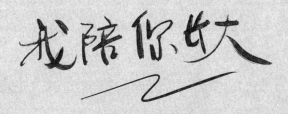

2010年8月14日

亲爱的宝贝:

从今天开始, 你的年龄就要从一位数变成两位数了。我特意带你到照相馆拍摄了一组"个人写真", 以此记录你人生中这重要的第一个转折点。

十岁, 不再是小小孩童, 而是小小少年了。

妈妈给我的小小少年说点什么好呢? 在大脑中搜索这十年中与你有关的点点滴滴, 好像一切都发生在昨天, 但又理不出头绪来。

最清晰最感动的记忆应该是上个周末。我带你出去玩, 回家有点晚了, 路上堵车, 车厢里很闷, 我忽然直冒冷汗, 衣服后背全湿了, 眼前一黑, 就要晕倒, 旁边的人见状赶紧把座位让给了我。说真的当时的状况自我感觉可能会一命呜呼, 最本能的反应就是向上苍求救: "老天爷, 你不能灭了我, 我儿子还没有长大。"好在并无大碍, 坐下来休息了一会儿就好多了。下车后, 你扶着我走回家。

回到家里, 我便躺在了床上。客厅里传来你拉抽屉的声音。随之, 你一手拿着药, 一手端着水走了过来, 对我说: "妈, 你喝个'强力银翘片'吧。"我告诉你: "妈妈这不是感冒。"接着你又找来"再林": "妈, 你喝个'再林'吧。"

想到自己最近可能是旅游回来没有休息好, 也没按时吃饭, 再加上月初的工作忙, 身体有点透支, 便告诉你: "那你给妈妈拿个'丹参片'吧。"你看我喝了药, 这才放心地去看电视了。

此时此刻, 回想这一幕依然百感交集, 家有此儿, 幸甚至哉。

十年的光阴弹指一挥间。只因为有你, 生活才变得有滋有味, 多姿多彩。你是我生命的延续, 你是上帝赐给我最好的礼物, 我会因你而坚强, 我会为你而奋斗。

宝贝, 生日快乐!

2010年8月23日

今天是2010年8月23日, 野了一个假期的儿子又要开学了。

问他："这个假期过得怎么样？"

他说："还行吧。"

我再问："开心吗？快乐吗？"

他答："开心，快乐，就是太短了。如果上学的时间和放假的时间一样短，而放假的时间和上学的时间一样长，那就好了。"

臭小子，想得倒美！不过话又说回来，我也有这样的想法，如果一周上两天班，而休息五天，那该多好。

这个假期除了带他去了趟新疆外，他都是整天整天地在院子里玩，竟然疯狂到穿着凉鞋踢足球，真想象不来脚怎么受得了。胳膊、腿上到处是伤痕，小脸晒得更黑了，用他的话说就是"谁能'非'（儿子用'非'形容'黑'）过我"。

给他的小学生素质教育手册填写家长的话，随手写了"阳光、自信、平安、健康、快乐！"。他嫌我写得太少，问我为什么不写"谢谢老师"，或者让老师严格要求他之类的话。我告诉他："我上学的时候，家长意见就是以这样的套路写的；现在我成了家长，我就写下对你的期许，至于老师怎么要求你那是老师的事。"

我回头再看他给自己写的话，并当着他的面读了出来："少壮不努力，老大徒伤悲，所以我要好好学习。"看见我笑了，他歪着小嘴问我："怎么了，你笑什么，不能写吗？"我说："能写呀，我笑你说的比唱的好听。"

晚上给他包书皮，书呀本呀的还真是多，包得我手指疼。在写书皮的时候，问他："妈妈的字写得怎么样？"小家伙点评道："以前写得比较拘谨，现在写得比较大气。"哈哈……臭小子用我平时讲给他的话又来挤对我。

应该是从他上幼儿园开始就写书皮了，但自从他上小学开始，我的记忆尤为深刻，写班级的时候从一年级、二年级、三年级到现在四年级，感觉日子就这样如水般流逝，孩子就这样一年年长大。

2010年9月30日

昨天下班还没到家，在公交车上就接到儿子电话："妈，今天下午有我的项目，跳高得了个第一，跳远得了个第三。第一名发了一个盆、一个笔记本、一个杯子，第三名发了一套餐具。"听着儿子一连串兴奋的话语，我赶忙说："祝贺，祝贺。"

到车站下车后，看见儿子坐在路边等我，背着书包，手里端着盆，运动服拉链开着，红领巾歪在一边，月票卡几乎也耷拉在后面，小脸脏兮兮的，就像是打完仗归来。见了我，又开始向我汇报："我就没有跳过高，幸好我是最后一个跳，我就从前面跳的人身上学经验，第一跳是75厘米，我一次就跳过去了。第二跳是85厘米，我跳了两次才过去。最后剩下我和另位一个同学跳95厘米，第一次我们俩都没跳过去；第二次，他没跳过去，我跳了过去，我就是第一名……"听着他的小嘴吧嗒吧嗒地讲个不停，我便对他说："来，妈妈抱一下我的冠军宝宝，作为鼓励。"

2011年4月2日

儿子感冒了，给他喂药的时候药量有点大，再加上吃了杜果、海鲜，上周四晚上，嘴角旁边就开始起红疙瘩，我感觉应该是过敏了，按以往的经验给他喂了"扑尔敏"和"VC"，就让他睡觉了。

周五早上叫他起床，才发现儿子满脸的红疙瘩，而且脸肿得变了形。看到儿子这副样子，我大哭起来。儿子还不知道他到底怎么了，起床后，便去照镜子，然后低下了头。接着对我说："妈，不去上学了。"

带他去兰空医院看病，医生明明知道是过敏，但还是一一测了过敏源，最终也没有说出个所以然来，开了抗过敏的药，我就带儿子回家了。

周六、周天一直眼巴巴地观察着儿子的脸，希望快点好起来，但好像并没有多大起色。

这周一，又去了省妇幼。医生看了儿子的脸，说肿成这样了，怀疑是不是肾出了问题。听了医生的话，我惊慌失措，六神无主。怎么会成这样呢？接下来，化验血、化验尿。在等待化验结果的过程中，我忍不住泪流满面，担心，焦虑……更多的是责怪自己没有照顾好儿子。

一直到医院下班的时候，化验结果才出来，拿给医生看，得知血和尿都没什么问题，应该就是过敏，可能是杜果过敏加上药物过敏，所以才会这么严重。

从医院出来准备坐车，儿子说："妈，你嘴上都是血。"我说："这就叫着急上火，懂吗？"儿子说："不就是看个病嘛，你着什么急？"我说："你个小屁点知道肾对男孩有多重要吗？"儿子不屑地说："不就是尿尿的嘛，谁不知道啊！"

接下来的几天，整天和儿子待在家里，让他按时喝药、吃饭，陪他打牌。儿子教我"斗地主""干瞪眼"。而我两眼时不时地就盯着儿子的脸观察，巴望着快点好起来。

我的"小帅锅"这几天特别可怜，脸纯粹肿得变了形，美丽的大眼睛就剩一条缝，看起来就像个痴呆儿。看到他的样子，眼泪时不时就会涌出来。儿子安慰我："这有什么嘛，过几天就会好的嘛。"也不知道是他傻还是他比我坚强。

儿子渐渐地好了起来，脸不再浮肿，但留下的疤痕还得有个过程才能痊愈；期待早日完全康复。

儿子啊，知不知道妈妈真的是心都疼了，来，亲亲妈妈。妈妈也知道儿子受罪了，来，让妈妈抱抱。

2011年5月18日

今天晚上回到家，看到你情绪不高，我以为是天热困乏的缘故，所以没太在意。晚饭你没吃完就说不吃了，当时我很生气，觉得你在挑三拣四，便强迫你吃完。看你眼泪汪汪的"熊"样，我忍住没"批判"你。

你悄无声息地一项一项完成了你的学习任务，让我签字的时候，你才告诉我："妈妈，今天老师念名单了，我是读书星。"听了你的话，我就知道你情绪不高的原因了。妈妈当然知道你心里的真实想法，在名单公布之前你很自信地认为你是"三好"生。说实在的，我内心也掠过一丝失落，但是我不能表现出来。我便极力地安慰你："读书星也不错啊。"你很不屑地分辩道："选这个星那个星的挺无聊，根本就没什么意思。"从你的话里，我听出了你的不满，也听出了一些所谓的"不公平"。但不管怎么样，老师选你当"读书星"也算公平吧。

孩子，妈妈知道你特别想得到同学的认可，所以你希望同学们无记名投票后，能够当着大家的面唱票，再统计出结果。但是，最终的决定权还是掌握在老师的手中。妈妈对此不能说什么，因为妈妈不愿你过早地洞悉成人世界里的游戏规则，更不愿看到你背负一些额外的东西。所以我只能有些冠冕堂皇但也真诚地劝慰你："是金子总会发光的。"

同时，作为你的妈妈，我也不能偏袒你。其实一直以来，学校里选"三好"生还是注重考试成绩，我想你落选的原因肯定是你的成绩没有名列前茅。在这一点上，妈妈没有责怪你，因为我觉得100分和98分之间没有多大差距，现在的小孩可能真的太"优秀"了，所有的成绩都是满分。而你恰恰就不在满分之列，你就有点埋怨这和我没有给你报周末辅导班有关。

怎么说呢？我认为你根本就没有报班的必要，目前的课本知识对你来说，学习得相当轻松自如，所谓的报班只是让你提前去学一些你在高年级才能学习到的东西。妈妈也是从你这个年龄过来的，我自认为还能理解你，所以想让你在一个没有压力的学习氛围里，过一个有游戏、有运动的快乐童年。

请相信，在任何时候，你在妈妈眼里都是最优秀的，妈妈心中永远的NO. 1。

2011年6月24日

昨天晚上回到家，儿子一见我就说："黄燕蓉给我的衣服上把墨水弄上了。"我随口就回了一句："拿去让她洗。"儿子点点头说："好吧，你装在袋子里，明天我带去给她。"我以为他只是顺着我的话随便说说而已，根本就没当回事。

晚上他写作业，我把他的衣服打上肥皂泡在了盆里，他去卫生间的时候看见后，气呼呼地对我说："你不是让黄燕蓉去洗吗，你怎么又要自己洗？"我说："她会洗吗？"他说："不会让她妈妈洗吗？"看见他这副较真的样子，我觉得蛮奇怪，继续对他说："人家又不是故意的。"他反驳道："你怎么知道她不是故意的？"听了他的话，我也来气了，提高嗓门说："如果她是故意的，她是女生，而你是个男生，为什么不反抗？"儿子说："我怎么反抗，你的意思是我也把墨水弄到她的衣服上？"

想到这样的事只是两个孩子间的玩闹，追究原因没多大意思，便只是劝慰儿子："如果她是无意的，就不应该怪她；如果她是故意的，这说明她品质有问题，就不值得跟她计较。"给小孩子戴一品质有问题的大帽子，可能言过其实了，但也没再多说。

这样的事我们每个人在小学时代几乎都经历过，有些同学真的是品质和心术有问题，就是喜欢以强欺弱。但这位黄燕蓉同学我想她不是，她是班长，应该和儿子的关系还挺不错，因为前两天她还邀请儿子参加她的生日PARTY。再说了，儿子也不像是被人随随便便欺负的主啊。

事后，觉得儿子以为我真的要让他把衣服带给他同学去洗的神态很可爱，孩子就是孩子，容易把什么都当真。还有一点可能就是，他觉得她是故意的，心有不甘。如果这样的话，臭小子就有点小心眼了，一定得告诉他，男孩要心胸开阔。再往温暖一点想，是不是儿子觉得我每天给他洗衣服挺辛苦，拿去让同学的妈妈洗，可以不让我受累。想到此，内心竟然涌上了一丝感动。

2011年6月29日

儿子对我说："妈妈，今天黄燕蓉给我说谷雨考了最高分的时候，就像你说的那种嫉妒的语气。"听了儿子的话，想到平时偶尔会和他谈起自己的学生时代，有关女生之间从小就有嫉妒心的话题。看来小屁孩现在也会对一些事情对号入座了。

我问儿子："如果你的好朋友考试的分数比你高，你会嫉妒吗?"儿子回答："那又怎么了，他考得高跟我有什么关系。"接着又告诉儿子："这就对了，你要知道天外有天，人外有人。对于别人的长处和优点要懂得欣赏和学习，而不是嫉妒。男孩子一定要心胸开阔，知道吗?"儿子很认真地点了点头。

其实生而为人，人与人相处，或多或少都会存在嫉妒这种不良的心理表现，只不过或强或弱罢了。太多太深奥的大道理我也讲不出来，我只能将自己人生中认识到的一点浅显道理灌输给儿子，希望对健全他的人格起到一丝引导作用。

2011年7月8日

儿子每次都将"School is over"故意译为"学校完蛋了"。昨天晚上，他显得轻松快乐，因为"The exam is finally over"，用他的话说就是"考试终于完蛋了"。

问他："考得怎么样？"他晃着脑袋阴阳怪气地回答道："考得不好就当'神马都是浮云'。"接着又反问我："成绩真的就那么重要吗？"我一时也不知怎么有力地反驳他。但在心里，我真的蛮在乎他的成绩，但在他面前一直伪装得一点都不在乎。免得他动不动在成绩一事上"崇洋媚外"，总觉得外国的家长光让孩子玩，根本不在乎考试成绩。

小屁孩抱着我的脖子再一次比较兴奋地感叹道："考试终于完蛋了！"看他如释重负的样子，便问他："最近是不是特别烦考试呀？"他说："你以为呢，每天从早到晚做卷子做卷子，都累死了。"接着又问他："那你喜欢学习吗？"他说："还行吧。"再问："那你觉得在学习的过程中感觉吃力呢还是应付自如呢？"他说："还可以吧。"

问他假期打算怎么过？他说："想去北京玩。"我告诉他："2009年才去过，再想去的话，就好好学习以后考到北京上大学，想怎么玩就怎么玩。"他便挺有志气地对我说："那好吧，什么地方都不去了，就待在家里。"

要求他从星期一开始，就要制订个学习计划按时完成暑假作业，他幽默地说了一句："第三学期又开始了。"乘机捧了他一句："这才像个男人嘛！男人就应该有点幽默的细胞。"

2011年7月29日

最近在看教育专家尹建莉的《好妈妈胜过好老师》，我个人认为这是目前我看过的育儿书里面最好的一本。这本书告诉家长们，真正的教育、真正的大爱，是潜移默化、润物无声的，所谓大爱无痕。

昨天晚上，合上书，对儿子说："按这本书上所讲的教育理念来说的话，我觉得我对你的教育应该达到了80%，你看啊……"还没等我再开口，儿子便打断了我的话："你还是先说一下你没有做到的那20%吧。"臭小子就这样把我本来想洋洋洒洒"表功"的一番话给堵住了。说真的，他这一问，我还真不知道那不足的20%从何说起了。

在我自己当过孩子又有了自己的孩子之后，我有着和作者一样的感受，好妈妈胜过好老师。因为最了解孩子最爱孩子的是妈妈，所以说，对于孩子，不是单纯的把他养活大，而是要把他教育大，让他在人生的路上走得稳当一点，快乐一点，阳光一点，幸福一点。

让我们记住作者的一句话吧："孩子不是为了'长大''成才'或'成功'而活着，孩子首先是为了'童年'而活着。教育不应该有功利性，爱孩子才要施教，施教应该溶于浓浓的爱中，正确的教育方法是一把精美的刻刀；错误的教育方法就是一柄锄头。"

我想今后我应该把手中的锄头换成刻刀，力争做一个好妈妈。

2011

—

十一岁

—

五年级

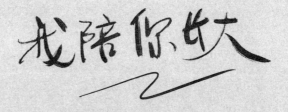

2011年8月14日

亲爱的宝贝：

今天是你十一岁的生日，爸爸妈妈祝你生日快乐。

十一年前的这一天，你一声啼哭，来到了这个美丽的世界。从此以后，我的人生因你而变得丰富多彩，因为有你，岁月的印迹每一步都值得频频回首，细细品味。

翻看你的影集，看着你成长的过程，张张照片中你憨态十足的笑脸像花儿一样在妈妈的心头绽放。当我把你的光屁屁照片放到我的博客里时，你"警告"我："这是我的隐私，不许你发。"呵呵，我的臭小子，妈妈就热衷于收集你的隐私，一点一滴都是我幸福的回忆。

每当你生日来临的前夜，我偶尔会记起分娩的痛苦，但记忆的空间随之就被你的成长往事所填充。

第一次看到你可人的模样，第一次给你喂奶，第一次给你把尿，第一次给你穿衣，第一次你将初吻献给了我，第一次你叫妈妈，第一次……太多太多的第一次，构成了一部连续剧在我眼前播放，和你在一起的每一刻，每一天，每一年，都洋溢着开心，盛满了幸福。

我的孩子，你对我来说那么那么的重要，你是上帝派给我的小天使，你是命运对我最好的恩赐，你和我血肉相连，你是我生命里无可替代的至爱。

是的，我承认，养育你的过程也充满艰辛、烦恼、惊吓……但比起你带给我的幸福和快乐，这些真的微不足道。所以我快乐地付出着，我幸福地享受着。

转瞬之间，我陪你一起走过了十一年的童年时光，我竭尽所能地想让你的童年充满乐趣，充满回忆。但我无力改变学校教育的现状，所以你必须极不情愿地上那些你认为无聊至极的课，做那些似是而非的应用题。但我希望学习在你眼里不是那么痛苦、乏味的事，而是新鲜、快乐的事。

你的课余生活还是蛮丰富的，上网玩游戏、看电视、打篮球、打乒乓球、弹吉他、看课外书、和小朋友一起侃侃而谈或打打闹闹……看着你尽情地玩、开心地笑，看着你无忧无虑地成长对我来说就是最大的幸福。

亲爱的儿子，你是一个平凡妈妈养育的平凡孩子，所以我不谋划你的未来，也从不祈愿你飞黄腾达，我只希望你健康、阳光地成长。能以自己的性格魅力、生存能力乐呵呵地走在人生的道路上，让生命的每一天都散发出属于你的光彩。

2011年10月18日

去年竞选小队长时，你因为五票的差距而落选了。时间又过去了一年，在今年的小队长即将竞选时，你和同学们私下里从各个方面给这些候选人员排了个队，你有理由相信今年的小队长竞选的最终结果非你莫属。所以这几天，你都在信心满满地等待着小队长"花落你家"。但意料之外的是，昨天，老师没采取无记名投票的选举方式，而是自己做主公布了小队长的人选归属。

吃完晚饭，你进了卧室，好半天没动静，我以为你又在玩爸爸的手机。进去后发现你躺在床上，我以为你白天打篮球玩累了。直到我开始喊你写作业，你才告诉我："妈妈，老师今天选张新颐当小队长了。"我这才发现你的小脸蛋上挂满了失落。

听了你的话，一时间我的脑子也有点短路，不知道该对你说些什么安慰的话。我便抱了抱你，揉了揉你的头发，亲了亲你的小酒窝。

孩子，妈妈理解你的进取心，也希望你能获得这样的荣誉，但是落选了就落选了，真的没什么的。老师有老师的选举理由和标准，你委屈你不甘但也得接受，这就是现实。你现在可能还不会明白，但当有一天你真正地长大了，你就会明白人生中有些事情你自己有掌控的机会，但也有好多的事情你根本无法左右。当无法左右的时候，不要轻易地否定自己，更不能傻气地想不开。知道吗？

男孩子本身是比较晚熟的，你自己可能还没有这种意识，但作为你的妈妈，我必须有这种理性的认识，所以我并不在乎你在小学乃至初中阶段是不是在班级活动组织领域出色优秀，也不在乎你的学习成绩是否名列前茅。说句心里话，你现在的学习情况和品行表现已经完全达到我的标准了。你在妈妈眼里真的很棒，妈妈为有你这样的儿子感到欣慰。

当然，在称赞你的同时，妈妈也想对你说，你是男孩子，所以心胸应该更开阔一些，在遭遇人生的逆境和低谷的时候，能一笑而过、潇洒自如些。让自己做情绪的主人而不是奴隶，千万不能让负面的情绪影响你的学习和生活，懂吗？

孩子，人生就是一场竞赛，有输就有赢。年轻的时候每个人都会很在乎输赢，但当活到一定的年龄的时候，你就会发现，其实所谓的输赢也没什么真正的标准；就像幸福和成功的定义一样，谁能说出真正的标准呢？这往往只是人们心态的一种衡量模式而已。

孩子，抛却低落的情绪，睡一觉醒来，又是一个艳阳天，太阳每天都是新的，生活每天也是新的。不是吗？

2011年11月20日

带儿子去看眼睛，其实在心里还抱着一丝侥幸，希望没事或是假性近视。大夫检查完后说："你们是第一次配眼镜吗？这孩子近视最少两年了，难道你们没发现吗？"我一听就愣了。

怎么没发现？早就发现了，只是觉得他太小，不想让他过早地戴眼镜，所以自欺欺人地以为让他注意用眼的姿势减少用眼的时间就会好一些而已。

心里涌上一阵自责，后悔自己的愚昧无知，没有早一点带他来看眼睛，以至于现在快三百度了。

说什么都没用，还是配上了眼镜。

回到家里，儿子戴上眼镜在镜子前面照来照去，陶醉在对眼镜这个新鲜事物的好奇和兴趣当中，此时此刻对于戴眼镜的麻烦他还没有丝毫感受。

我对儿子说："你看，不戴眼镜，那双大眼睛多漂亮，整个人也看起来蛮可爱，可是一戴眼镜，就变得少年老成了。"儿子回答："我觉得不戴眼镜是可爱，可是戴上眼镜就显得很帅。"

我又说："妈妈当初找对象的时候，第一个条件就是不找个'四眼'，你现在就戴个眼镜，长大了连个女朋友都找不上，看你怎么办？"

"到时候我戴个隐形眼镜，她不就发现不了了吗？"儿子挺得意地回答了我。

听了他的话，再看着这么丁点的小人儿，就戴副眼镜，作为妈妈，我很担忧很无奈。

2011年12月9日

看到臭小子修改的第 N 个网名"嘴∠撝礘那抹微笑"，再看他的个性签名是"WO 爱你，透过生活进入生命。傻你，不只諟説説而以 o(∩_∩)o 哈哈"。我假装随意地问他："你的个性签名里的话写得不错，不可能是你自个儿说的吧，从哪儿抄的啊？"

他回答："张杰《第一夫人》里的歌词。"

再问他："你是用繁体字写的吧，这话什么意思啊？"

他反问道："你不都说了那句话写得不错，你怎么会不知道什么意思？"

为了不让他驳倒我当妈的面子，便理直气壮地回答："不就是夹杂着繁体字吗？我认真看一下，也就知道你写的是啥意思了。"

听了我的话，他略带骄傲地说："我们把这个不叫繁体字，用我们的话说就叫非主流。"

我不由得哈哈大笑道："繁体字就繁体字呗，还非主流。"

说实在的，我自认为我是一个民主的妈妈，我试着从孩子的角度出发，做他的朋友。可是，随着他的成长，每每看到他的个性签名里频频出现的"爱"的字眼，我内心深处总会莫名地产生一种"窥视"他小脑袋在想什么的"阴暗"举动。

那天看到他查完资料在聊 QQ，我刚要站到他身边，他立马就把对话窗口给关了。我心里不由得咯噔一下，心想，小屁孩开始防范我了，说明他有什么小秘密了？当我第二次走到他身边时，看到有个头像在闪烁，他竟然看都没看就麻利地退出了 QQ，把我晾在了一边。我的心儿啊不由得又咯噔咯噔……好几下。

臭小子为了让他的 QQ 级别晋升为太阳级的，一直督促我只要上网就挂他的 QQ。在登录了他的 QQ 后，我便打开了他的班级群里的聊天记录。

女同学：（发了一张笑脸）

臭小子：你也在上网啊，好像李淼也在上。

女同学：你很关心李淼啊，看来你们的关系很不一般啊。

臭小子：不要八卦。

女同学：偏要……

根据聊天记录，我推断出儿子不想让我看到的是女同学说他和李森关系不一般的话。最后又怕女同学发过来什么八卦言论让我瞅见，所以便退出了QQ。

说起李森同学，我是知道的，她是班里学习第一名的学生，而且和儿子是一组，两个人的作文水平并驾齐驱，在一些个人爱好和品位方面也有点"英雄所见略同"的意思，所以儿子经常提到她。

想一想，他和她在一起，有共同的朋友，学同样的知识，玩同样的游戏，分享同样的快乐，多么美好，多么自然！最重要的是心里有属于自己的喜欢和爱，这样的孩子慢慢长大后，当然也就懂得担当和珍惜。

总是听到老师和家长们谈到现在的小孩比较早熟，所以我有这个思想准备。想一想，出生于20世纪70年代的我们自己，上初一的时候也就是十三岁吧，不也开始懵懵懂懂地爱恋了吗？所谓的爱恋，不外乎说谁跟谁好，但具体怎么个好法也就是喜欢在一起写写作业说说话。现在的小孩较之我们那个相对封闭的年代，接受着各种思想和潮流的冲击。所以说十一岁的儿子喜欢上某个女孩或者某个女孩喜欢上儿子，这都不是什么洪水猛兽，而是每个人成长过程中的一个阶段而已。作为他的妈妈我都可以理解也能接受。

至于偷看儿子聊天记录这件事，虽然没有勇气当面向儿子坦白，但是在心里向他道歉。如果有一天，儿子知道了我曾经偷看过他所谓的隐私，那么希望他能理解和原谅我。我相信不远的将来，当他自己当了爹之后，无可避免地也会有我今天这样的窥视举动。

2011年12月25日

妈妈："什么'涩雨涩涩飘'的，你能不能起个阳光点的网名啊，还真以为自己是诗人啊，整天'为赋新词强说愁'的。就你那点小秘密你以为我不知道啊。"

宝宝："你知道什么啊？"

妈妈："不就是张三喜欢李四，李四喜欢王五的。我也是从你这个年龄过来的，你以为我不知道啊，只不过我们那时候没有你们现在这么早熟。我们是上初中的时候才开始，你们现在五年级就开始了。"

宝宝："什么啊，一年级就开始了。"

妈妈："是吗？这也太早熟了吧。那你告诉我，你们班上谁都喜欢谁啊。"

宝宝："我们班的女生跟六（1）班男生的绯闻最多。"

妈妈："小女生一般都喜欢成熟一点的学长。"

宝宝："六（1）班的方青给我们班的杨子歌发了十几条短信，写的都是'我对你的爱藏在心里'这样的，我看了两条，觉得没意思就没再看。"

妈妈："杨子歌让你看的啊？"

宝宝："是啊，那又咋了？"

妈妈："这说明杨子歌不喜欢方青。"

宝宝："就是不喜欢，你怎么知道的？"

妈妈："嘿嘿，你妈是过来人啊。说说你喜欢谁？"

宝宝："我才不告诉你。"

妈妈："你以为我不知道啊，是李淼，对吧？"

宝宝："他们说我喜欢三（1）班的班长。"

妈妈："她什么样啊？"

宝宝："就是那种酷酷的，有王者风范那样的。"

妈妈："你们班有没有喜欢你的啊？"

宝宝："他们说四年级的有喜欢我的，我每次打篮球，她们都看。"

妈妈："怎么都是他们说，你自己呢？喜欢谁啊？"

宝宝："我也不知道。"

妈妈："那你告诉我，你觉得你和谁的爱好啊品位啊相投？"

宝宝："什么意思？"

妈妈："就是和谁最能说到一起。"

宝宝："那当然是李淼了。"

妈妈："现在还小，喜欢这个喜欢那个很正常，但不能影响学习。长大了你会知道，喜欢和爱，都要有担当和责任。"

宝宝："你也太复杂了吧。"

2012年1月31日

大年三十那天吃年夜饭时，儿子给大家敬酒，给别人的祝词要么是"祝你越来越年轻"，要么是"越来越漂亮"，要么是"越来越健康"。临到我时，他对我说："妈，我敬你一杯，祝你以后少说话。"虽说臭小子的话算是童言无忌，不应该计较，但浓重的失落和委屈在我心里蔓延开来。

儿子刚放假的那段日子是我最忙的时候，我可能不由自主地把工作中的焦虑也带回了家。晚上督促他弹琴、背单词的时候，他总是一副耳朵失聪的模样，喊上好多声都没一点反应。我的气就不打一处来，便用近乎诅咒的口气训他，次数多了，我自然而然地变成了祥林嫂，成为祥林嫂的我在他面前连一点威严感都没有了，他根本就不拿我当回事。当我气急败坏地冲他吼道："你说，人怎么能生出一只狼呢？"他竟然回敬道："那又怎么了，基因突变呗。"

一连好几天的冲突，我说一句，他能反驳十句，而且让我哑口无言。强烈的挫败感深深地刺伤了我。我开始怀疑自己的智商，否定自己的教育。好像还是不久前，我在儿子心目中还是他特别喜欢的"马小跳他爸"的形象，我还在为自己对儿子的教育有方暗暗自喜，怎么一瞬间，儿子像是吃错了药，面目全非。

和儿子的亲密感没了，也没法交流了。我便开始在孩他爹面前抱怨、哭诉。孩他爹终于在我的眼泪中良心发现，第一次接过了教育孩子的接力棒，令我没想到的是，没几天的工夫，儿子对他的指挥有点言听计从的意思。我看在眼里，便醋溜溜地问孩他爹："你是怎么贿赂我儿子的？是不是没原则地许诺了他什么？"孩他爹语重心长地告诉我："他大了，有自己的思想了，你就稍微放手吧，他爱怎么着就怎么着，这不是过年嘛，他不想弹琴就算了，你也别再逼他了。"听了孩他爹的话，我心想，我辛辛苦苦地养育着他，敢情还管错了，简直就一没良心的家伙。哼，不管就不管，让自己轻松谁不会啊。在我赌气的日子里果然风平浪静了许多，我也冷静下来进行自我反思。

为了投其所好，昨天在网上查到了一些关于历代皇帝在位年限的资料，晚上回到家拿给儿子看。起初他也装得很强硬，故意显得不屑一顾，可是后来还是忍不住地对我滔滔不绝起来，给我讲了赵匡胤"陈桥驿兵变"和"杯酒释兵权"的故事，其中还夹杂了他自己的思想和见解，真的令我刮目相看，自叹不如，情不自禁地向他投以崇拜加赏识的目光，没想到臭小子对我由衷的赞美一点都不领情，讥讽道："切，你什么表情啊！"

我知道我和儿子的"战争"在以后的日子里还会时不时地发生。对我来说，是第一次也是唯一的一次当母亲；对儿子来说，是第一次也是唯一的一次当孩子。所以我们必须一起成长。但不管怎么样，孩子毕竟只是孩子，作为妈妈的我，真的要有一颗宽容博大的心允许孩子犯错，同时也要有勇气像原谅孩子一样原谅自己，因为身为家长的我首先是一个有七情六欲的人，其次才是社会给予我的各种各样的角色。

想一想，在爸妈的眼里我还是他们的孩子，可是在儿子的眼里我就是妈妈，我虽然不能顶天立地吧，但我一定要竭尽所能地为他撑起一方晴空。

2012年2月11日

周末儿子要去上英语课了，临出门时理直气壮地和他爸爸索要他的压岁钱，而且一张口就是两百块，他爸没给。看儿子眼泪汪汪的样子，我就给孩他爹使了个眼色，孩他爹会意，给了儿子二十块钱。

等到儿子下课回来，一进门就递给我一本2012第4期的《读者》。我马上就明白过来，这是儿子送我的生日礼物，瞬间眼泪便涌了出来，使劲地抱了抱他，并感谢他送给我礼物。

我兴奋激动的样子让儿子很是意外。他可能觉得我也太容易满足了吧，便对我说出了他的遗憾："我本来想给你买一盒一百二十块钱的巧克力，我前几天就看好了的。"

亲爱的孩子，这本《读者》已经让我很幸福了，你知道吗，对妈妈来说，不在乎礼物的大小，难得的是你的这份用心。你用你的行动告诉我，我的臭小子长大了，懂得感恩了，你让我享受到了前所未有的幸福。谢谢你，儿子。

2012年5月6日

看最新一期的《读者》，读到这样的一段话。

20世纪80年代，一个美国人参观了北京、上海、西安的几所中小学，回国后写报告说："中国学生喜欢早起，七点前中国大街上见到最多的是学生，他们喜欢边走边吃早点。中国学生有一种作业叫'家庭作业'，据一位教师解释，它是学校作业在家庭中的延续。中国把考试分数最高的学生称为学习最优秀的学生，学期结束时，这些学生会得到一张证书，其他人则没有。"他的结论是：中国学生是世界上最勤奋的，学习成绩也比任何一个国家同年级学生的要好。因此再过二十年时间，中国在科技、文化上，将把美国远远甩在后面。然而二十多年过去了，中国孩子依然喜欢早起，依然七点多在大街上边走边吃早点，家庭作业依然处于"未完成"状态。但一个苹果抵得上几个中石油、中石化，一部《盗梦空间》抵得上多部国产大片——无论在科技方面，还是文化方面，中国依然被美国远远甩在后面。18世纪的法国人卢梭说："大自然希望儿童在成人以前就要像儿童的样子。如果我们打乱了这个次序，就会造成一些早熟的果实，既不丰满也不甜美，而且很快就会腐烂。我们将造就一些年纪轻轻的博士和老态龙钟的儿童。"

作为家长，读到这样的文字，除了感触，更多的是无奈。我们只能说全社会都处于一片焦虑中，我们无一幸免。

"不正常的升学压力从而造成畸形的教学，畸形的教学造成文化的失根，文化的失根导致社会的失衡。"这样的道理，我们懂，但懂了又能怎么样？我们依然紧跟着大队人马跑步前进，因为我们怕掉队，怕失败，虽然我们也一直没弄明白成功和失败的真正含义。

儿子上一年级时，我自以为洒脱地做了就近上学的决定，结果，在别人"不能让孩子输在起跑线上"的集体口号中，我黯然投降，挣扎了一年后，将儿子转到所谓的好学校里。

尽管我认为儿子的学习已相当不错了，可是当我听说他们班里的学生除了他和另外两个同学外，都报了英语班，我还是不能做到心如止水，在咨询了众多"报班前辈"之后，这学期给儿子报了新概念。看着厚厚的书和练习册，我的心都怯怯的，试探着看儿子的态度，儿子倒是有意一搏，因为他的意识早已被潜移默化，报班是正常，不报班才不正常。

这学期我们的周末生活就演变成了这样。周六早上勉强可以睡个懒觉，下午学新概念，晚上写作业。周日早上八点至十点学奥数。学完奥数直接坐车去琴行，而我负责把吉他背上在车站与他不见不散，然后一起去上吉他课。上完吉他课，回家吃饭，之后又是没完没了的家庭作业。晚上他激情投入地玩会网络游戏，假模假样地听听英语磁带，表情不怎么高兴地练练琴。感觉就像在赶场子，小孩累，大人累；小孩失去了童年，大人失去了自我。但放眼望去，大家都这样，心里也就不抱怨，不失衡，也就乐在其中了。

告诉儿子，咱中国也就只有一个郑渊洁，他可以颠覆不合理的教育制度，把自己的儿子带回家教育；而我们不能，不管当前的教育多么不合理，多么不人性化，我们只能顺流而下不能逆流而上。

是啊，我们只有一个孩子，我们输不起，可是我们最终想赢得什么呢？

2012年5月7日

最近，发现小屁孩开始臭美了。

第一，洗脸的时间明显加长，而且不用我提醒，他自己就知道用洗面奶了。

第二，有了出门前照镜子的习惯。如果发现头发翘着的现象，就会使用我的啫喱膏。

第三，穿衣服开始挑三拣四，脏衣服绝对不穿。

第四，自己动手擦鞋。

第五，时不时会把手插进裤兜里摆个POSE。

第六，言行举止有点刻意的耍酷。

第七，向我咨询有关变声和汗毛的问题。

综上所述，臭小子已经朦朦胧胧地产生了"孔雀开屏"的意识。我把这一切看在眼里，但也不去点破，只是很配合地帮他完成臭美的意愿。

我一直觉得自己是稀里糊涂地长大的，所以没有多少过来人的经验传授给儿子或者供他借鉴，我能做的就是把他当朋友看待，用心感知他成长的每一个阶段，尽可能地满足他的成长需求，让他的成长之路充满色彩和回忆。

现在这个"孔雀开屏"阶段，我要做的就是更出色地做好他的"后勤保障"工作，那就是多买几件他心仪的衣服，并把脏衣服及时清洗干净，时不时恭维一下他的阳光帅气，提升一下他的品位等级，增加点他的自信。

我想这并不是溺爱，这只是迎合孩子的成长。我会以我做妈妈的智慧把握好其中的度，不会让他沾上攀比和虚荣的坏风气，而是让他从小就懂得什么是"内外兼修"。

2012年5月9日

下班还没回到家，接到儿子电话："妈，今天可是把我累死了。"我问："是不是又打篮球了？"随之就听到儿子一阵叽里呱啦的讲述："杨晨凯打乒乓球的时候骨折了，我放学后给他送书包，你不知道哈，他的书包是我书包最重时候的两倍，我就奇怪了，他里面到底装的啥，是不是装了两块砖头，足足有一袋子大米重。"儿子可爱的话语将我一天的劳累彻底扫光。

诸如这样的事很多很多……你听他说。

"妈，今天早上杨晨凯没戴红领巾，我就用我的钱在校门口的小卖店给他买了一条。"

"妈，今天孙明中把小队长的一道杠丢了，都要快升旗了，我就赶快去给他买了一个，让他戴上了，否则的话，他肯定要让老师罚站了。"

天热，给他钱让他买水喝，回家却看到他的嘴唇裂着血口子。问他，他说："庄晶鹏流鼻血了，我就把水给他喝了。"

早上没来得及吃早餐，给他钱买里脊夹饼吃，晚上无意间问他早餐吃了什么，他回答："方便面。"问原因，他答："孙阳鹏也没吃早餐，你给的钱只够一人买一包方便面。"

同学来家里玩完游戏回家。他对我说："妈，王越忘带月票卡了，刚才我们一起走来的，脚都疼了，你给他一块钱让他坐车回去。"

也许正因为他是这样的，所以才会得到大家的喜欢。凡是过生日的同学都会请他参加，有时候还会发生"撞车"现象，让他感觉比较纠结。清楚地记得有一个男同学和一个女同学同一天生日，他给女同学送了一本《瞧，这群俏丫头》，给男同学送了一本《瞧，这帮坏小子》。

这就是我的傻儿子，我可爱的娃。

2012年5月17日

昨天晚上儿子对我说："妈，你给我找一个新的笔记本。"我问他干什么，他说："我要写回忆录。"听了他的话我哈哈大笑。他却认真地说："我小学快要毕业了，三年级以前的事都忘光了，我就从四年级开始写。"看他认真的样子，我立马转变了态度，随声附和并支持他。

他又说："其实我也想写像《幻城》那样的，你说这样的话是不是就是抄郭敬明的啊？"我说："写作文起初都是从模仿开始的，写的多了才会慢慢形成自己的文字风格。"他又问我："那你说我写的会有人看吗？""当然有啊，我就是你忠实的读者。"我鼓励道。

所谓的写回忆录也许只是他一时的冲动，并不会付诸实施。但儿子时不时冒出的想法让我在触摸他成长的同时也为我的生活注入了新鲜的东西。

这不，听了他要写回忆录的想法，我也告诉自己，尽可能地记录下他成长的点点滴滴，见证他的成长；因为没有回忆的人生毕竟是苍白的。

2012年5月30日

把平时记录下来的宝宝语录投给了《莫愁家教与成才》，又一次意外地投中。除了俺儿的"语录"还配了照片。让我倍加感到欣喜的是，这种图文并茂的方式可以将儿子的童言趣语化作他儿时美好的收藏。

一边翻看着杂志，一边"雄心壮志"地对儿子说："妈妈也努力一把，写一篇文章发表在这上面，你说妈妈的愿望能实现吗？"儿子不假思索地回答道："你不已经实现了吗？这上面的作者不就是写的你的名字吗？"听了儿子的话，不得不佩服他比他爹妈会说话多了。也是啊，这次算是沾了儿子的光，咱也一不小心就上了一回杂志。

儿子对把文字变成铅字的事越来越显得低调，而我依然傻乐傻乐着，用儿子的话说就是："激动个啥啊，幼稚！"

嘻嘻，臭小子，等你有一天当爹了，你肯定也会像我一样幸福地"得瑟"的。

2012年6月8日

下班回到家，看到儿子裤子上满是泥印，我问他："摔跤了？"他答："嗯。"不小心摔跤是常事，所以我也没有多想。

晚上，开始写作业。他对我说："笔全坏了。"怎么能全坏呢？我诧异。再问他，就看见他眼泪汪汪的，半天才回答："今天打架了。"

听了他的话，有点意外，但也心平气和地接受了。问和谁打架了，他说是刘海涛。问他原因，他嘴里嘟囔道："早就看他不顺眼了。"

"你是男子汉，心胸要开阔一点。如果是你错了，你就向人家道个歉；如果仅仅是不喜欢和他玩，那就少玩。你总不能要求别人都和你一样吧。"听了我的话，儿子气呼呼地反驳道："为什么要给他道歉啊？你知道什么啊？"然后就伤心地哭了。一边哭还一边说："你也给我报个跆拳道。"

看儿子哭了，我便笑着说："原来我的宝贝受委屈了，来，妈妈抱抱。"他虽然拒绝我的抱抱，但这个抱抱还是起了作用。

儿子比较平静地诉说了事情的经过："刘海涛扯了我一把，他就跑开了。我追过去抓他的时候摔倒了，地上都是水，把裤子弄脏了，我就把他的笔扔到了地上，他又把我的笔袋也扔到了地上，还踩了几脚。"

"哦，原来如此。妈妈不能因为你是我儿子就偏袒你，说实话，妈妈觉得还是你错了。你看嘛，是你自己摔倒的，又是你先扔他的笔。"我开导他。

儿子还是不服气地说："那他为什么先扯我。"

我问了一句题外话："上次和孙明中打架的是谁?"儿子说："也是他。"

这下我心里就有数了,这个刘海涛可能就喜欢对同学"动手动脚",今天的事的确是他挑起的事端。但接下来扔笔的事,先不对的就是儿子了。

知道他正在气头上,义正词严的指责和冠冕堂皇的说教都不合适;便只是告诉他:"笔摔坏了不要紧,但如果真的是谁把谁打伤了,后果将会相当严重,对谁都不好,不是吗?"给他另找了笔,让他写作业。看到笔袋上都是泥,我便拿到卫生间去洗。等我洗好后,再去看儿子,就发现他好多了。

男孩在成长过程中,打架是难免的事。我了解自己儿子的个性,他不可能做到打不还手。同时我也相信他绝对不是一个无理取闹的人。

对于打架这样的事,我只能引导他,不要意气用事,否则会招致不必要的损失和伤害。遇事宽容一点,大气一些,就会大事化小、小事化了。

孩子,妈妈知道成长是需要过程的,慢慢来……

2012年6月12日

儿子第一次写"吹牛"的作文时,写成了科幻。后来我把《课堂内外·创新作文》博客里历年的佳作打印出来让他揣摩学习,他便慢慢地开窍了,原来所谓的"吹牛"就是铆足了劲地夸大事实。

这篇关于吃的主题征稿是写的速度最快的一篇,用了四十分钟,一气呵成。当时我也是心里没底地投给编辑,没想到竟然发表了。收到了样刊和稿费。

随着儿子带给我的惊喜和意外越来越多,我这个以前在儿子眼里比较"得瑟"而"高调"的妈现在也越来越"淡定"而"低调"了。准确地说应该是习以为常了。

2012年6月18日

昨天晚上儿子在写周记。这周的题目是《＿＿＿＿＿让我陶醉》。他问我前面补充什么合适,我记得曾经在一个和儿子同龄的小女孩的博客里看到过这样的题目,她写的是《你的爱让我陶醉》,内容是写他爸爸对她的精心呵护的。我告诉儿子他也可以这样写我，结果，儿子否定了我的建议："你有什么好写的。"是啊，我每天唠唠叨叨地让他避之不及，有什么好写的。

他一个人埋头在写，写完所有的作业，我检查时，没有发现他写的周记，向他要，他说写得不好，不让我看。臭小子，不让我看，我偏要看。

他写的是《孤独的风景让我陶醉》。看到这样的题目，说实在的，我心里就涌上一丝不舒服。待看完内容，不得不承认他的文笔真的不错，时不时地将宋词里的华丽词语"据为己有"，而且运用得恰到好处。

对他的文字肯定完之后，我情不自禁地问："儿子，妈妈知道现在的独生子女没有兄弟姐妹，在家里没有玩伴，是有点孤独。可是你不是有好多同学吗，你真的感觉到孤独吗？你觉得自己不快乐吗？"儿子听了我的话，回答道："不就是写篇作文嘛，你大惊小怪的干什么，早就知道你会这样的，不让你看，你偏要看。"儿子有点生气了。

我向儿子解释道："妈妈知道自己的性格有些多愁善感，而且还多多少少有些忧郁，所以妈妈害怕这种不好的性格会影响到你。"儿子回答道："那能怪我吗？基因遗传呗。唉，没办法，已经遗传了。"听了他的话，看到他调皮的模样，又惹得我哈哈大笑。

也许儿子越来越清楚地给我这个妈定了位，他渐渐了解了我。而我呢，自认为知子莫如母，但现在的孩子真的让人琢磨不来他成长的套路。有时候看他吧，真的就是一小屁孩，一边写作业一边啃手指甲，一边看电视一边吃棒棒糖的。可有时候吧，他说出来的话，他对有些新闻报道的分析，他写的文字，都让我感觉到"这也忒成熟了吧"的担忧。这可能源自我自己的思想"单纯"的缘故。我总是在不经意间就拿他和自己小时候比较，而是没有拿他和他的同龄人比较。告诉儿子，他比爸爸妈妈小时候成熟多了。儿子告诉我，他才算不上成熟呢，他们学校的同学现在三年级就很成熟了。

成熟的标志是什么？是生理还是心理抑或是思想？应该是三者皆有吧。

如我这般对情感有洁癖、对事情绪化、处世不随大流的女人可能活一辈子，思想都不可能真正成熟起来。所以总是被"正常人"视为"不正常人"。虽然我依然故我地"率性而为"，但在内心深处，我知道做一个"不正常人"被世界抛弃的不快乐。

所以我是矛盾的：一方面，我希望儿子拥有孩童般真正的简单和天真，享受属于他的快乐；另一方面，我又希望儿子能"成熟"地应对世事的纷扰，免遭伤害。

矛盾完了，纠结罢了，我还是希望自己和儿子依然固守内心的真、善、纯，寻求最简单的幸福和快乐。

2012年7月15日

中午做饭时发现家里没大葱了，儿子自告奋勇说让他去买。既然是他主动提出的，便想借此让他锻炼一下。怕他不会挑选，便说买两根就行。儿子说才两根啊，人家肯定不给卖。我说那就买一斤。儿子问一斤多少钱，一斤有几根。不等我回答，他就说："问你也不知道，你就没买过菜嘛。"说实在的，在这方面我真的是白痴，这么多年都是回家吃现成的饭，柴米油盐的事全是公公婆婆张罗的。听了儿子的话，自己想想也惭愧。

儿子穿上鞋就出去了，不大一会儿就听到了敲门声，打开门，就看到儿子手里握着一大把又老又长的蒜苗。问他怎么买的是蒜苗，他反问："这不是葱吗？"我的宝贝啊，你都快十二岁了，怎么连葱长啥样也不知道啊？

这时候婆婆也回来了，看到这一大把又老又长的蒜苗，也觉得纳闷。得知是儿子买来的"葱"，便问："你是怎么给人家说的？"儿子说："我就指着这个对人家说："买一些这个，人家问我买多少，我说买一斤。我一看才那么少，就说再来一些。"儿子的话惹得我和婆婆哈哈大笑。

晚上出去转的时候，特意把儿子带到菜市场，让他认真地观察了一下葱到底长啥样。通过这件事，也让我知道，以后要让儿子参与一些力所能及的家务，让他烧个水啊，剥个蒜啊，洗个袜子什么的，否则长此下去，真的就"养废"了。

2012年8月
14

2012

—

十二岁

—

六年级

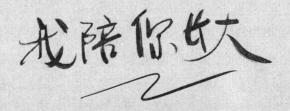

2012年8月14日

今天是2012年8月14日，你这个2000年出生的小龙人迎来了人生当中的第一个本命年。我亲爱的儿子，你整整十二周岁了。

看着你不断蹿高的个子，看着你越来越大的脚丫子，看着你脸上星星点点冒出来的小小青春痘，看着你唇边隐隐约约的小绒毛……这一切的一切都告诉我，那个曾经在我怀里蹭来蹭去的小人儿即将告别童年时代，进入青春少年时代。

十二岁的你，时不时会表现出你的叛逆。虽然我认为自己是一个不断学习不断成长而且很民主的家长，但我们毕竟是两代人，妈妈不可能百分之百地理解你的心理，更不可能为了迎合你而没有原则地纵容你所谓的个性。所以我和你之间的"斗争"和"冲突"在所难免，这就要求我和你学会换位思考，互相体谅。妈妈愿以身作则，引领你成长。你也要试着理解妈妈的良苦用心。我们都要朝这个方向努力。

十二岁的你，朦朦胧胧的情感已在你心中蔓延，你会喜欢上小女孩，也有小女孩会喜欢上你，这都是成长的阶段。妈妈想对你说，不要过分执着于你喜欢的而不喜欢你的人，但要善待喜欢你的而你不喜欢的人，因为有一天，你会明白，只是因为喜欢而单纯地喜欢你的人并不多；更重要的是感情这回事，真的不会谁离开谁就活不下去，所以一定要学会该放手时就要放手，放手是对自己的负责和厚爱。妈妈是读着琼瑶小说长大的，那种对感情过分完美的追求和想象一直让我有些偏执也深受其害。你是男孩，妈妈不希望你沉陷于感情的漩涡，而是应该拿得起放得下，严肃对待，坦然面对。

十二岁的你，已开始拒绝妈妈的拥抱和牵手，但你不能否认，委屈了依然会在妈妈面前掉眼泪，受伤了依然会渴望妈妈能拥你入怀。你要知道在妈妈的眼里和心里，不管什么时候，不管你长多大，你一直都是妈妈的孩子。妈妈爱的港湾一直期待你的停靠。

十二岁的你，开始有了自己的思想和观点，保持自己个性的同时，切记勿好高骛远、盲目自大，更不能愤世嫉俗。愿你：虚怀若谷，健全自己的人格；博览群书，腹有诗书气自华。做一个有理想有信仰的人。你要相信，人生拼到最后拼的是品质；你更要相信，你是怎么样的一个人，你周围的世界就是怎么样的。所以说，我的孩子，尽管红尘纷扰，人心不古，妈妈希望你依然相信美好，怀揣理想，幸福生活，快乐成长。

十二岁的你，如花，如梦，如风。阳光为你灿烂，鸟儿为你歌唱，轻风为你舞蹈，白云向你微笑，妈妈为你祝福，生日快乐！

2012年10月17日

昨天早上，数学老师给儿子一套自己整理的练习题，让儿子自己先垫钱拿去复印，然后发给其他同学，并嘱咐他把垫付的复印费收回来。儿子却把这种让他跑腿的美事视为一个"商机"。

中午打电话告诉我："妈，我给你说个网址，你帮我打印一下上面的题。"我按他的"指示"找到了那个网址，结果发现上面全是试题，也不知道他要的哪个。我告诉他让他自己去打字复印室复印。他说："那行吧，我只复印十份，先不出手。"没想到动了"发财梦"的儿子竟然发动了他爷爷，将那套题送到了我单位。

下午，又接到电话，告诉我不用复印了，原因是老师把这套题同时还给了一个女同学，女同学也复印了，而且复印费是一张六毛钱，她卖一块钱还能挣四毛钱。而儿子支付的复印费是一张一块钱。他复印的十份只卖出去了六份。

听着他说："这下可上当了，本都收不回来了。"感觉到臭小子天真得可爱。他一边安慰着自己"吃一堑，长一智"，一边又给我下达了新的任务，让我把那套密密麻麻的题输到电脑上重新排版，并且打印三十份。

为了配合他所谓的"聪明的孩子有钱赚"的"宏伟目标"，我只能将手头的工作稍稍搁浅，完成他下达的任务。

晚上，他看到我把那套题正反两面打印，打了两页，便把两页用订书机装订在一起，分成了三十份。口里盘算着："一份应该卖两块钱，但肯定没人要，只能卖一块钱。"当我告诉他："我们买一张A4纸五毛钱，而且输这些题弄得我蛮辛苦。"他听了后说："唉，这下更亏大了。"为了不打击他"创业"的热情，我说："你要做这样的尝试，妈妈肯定要配合你了，你就不要算纸的成本和我的人工费了，就卖一块钱好了，如果卖不掉，就送给大家好了。"

今天中午，儿子在电话里迫不及待地向我汇报。儿子问我："妈，你知道什么是销售吗？"我说："就是把东西卖出去呗。"接着就听到他滔滔不绝地讲开了："你知道我昨天为什么没有卖出去吗？你说哪有公司的老板自己去卖自己的东西的，所以今天我就想聘用一个销售人员帮我卖。我第一个想到聘用的人是李老师，她有号召力，我就去给李老师说，让她帮我卖，我给她十分之二的提成。李老师说我搞得还真像个商人似的，让我自己去卖。接着我又聘用了谷雨，她也比较有号召力。我告诉她给她提成，我还没有想好和她是五五分成还是三七开。"

晚上下班回到家，问儿子的"销售业绩"如何，儿子汇报说："你知道我是怎么给他说的吗？我说你们如果买我的这套题，直接就可以写答案，否则的话光抄题都要抄半个小时；结果大家都要买了。早知道应该多打印一些，有点供不应求。有几份是半价卖的，有几份送给了我的好朋友。一共挣了二十二块五毛钱，我给谷雨分了十块钱。"

听完儿子的汇报，我便"采访"他："李总，第一次当老板，最大的收获是什么？"儿子说："其实还是学到了一些经验。"听了儿子的话，我肯定地点了点头。

随着自己年龄的增长，越来越体会到，一个人走入社会，幸福指数的高低，主要并不是取决于学习成绩，更多的，还是品行和心态。希望儿子敢于尝试，不怕失败，乐观上进，笑对生活。

2012年10月22日

儿子告诉我："伏老师说我没有童真。"我听了一愣，随之肯定。

现在的孩子是在电视的陪伴下长大的，他们接受的东西多而杂，虚而空。从五花八门的广告到形形色色的娱乐节目再到痴人说梦的脑残偶像剧，这些都充斥着孩子的眼睛和心灵。

儿子上小学之前，每天晚上都是在我给他讲的童话故事中入睡的，一个故事反反复复地讲，他也百听不厌。到了他自己能独立地看书的时候，虽然书目都是我选的，但基本上是由着他的喜好去看的。男孩子还是比较偏爱科普类和历史类。

从今年开始，每次订购书时，我便由他自己做主选择，他将郭敬明所有的书都买回来看了个遍。先不说郭敬明的书写得到底怎么样，以我对男人的审美来说，我不大喜欢他；但我也不得不承认郭敬明的书这么有市场，足以说明他的文字还是很有感染力的，不但吸引了80后90后，现在依然吸引着儿子这样的00后。

说实在的，郭敬明的文字我看得特别少，但我知道郭敬明的文字里有安妮宝贝的痕迹，而我曾经一度也是很痴迷安妮宝贝文字里流露出的那种颓废的美。因为自己很清楚喜欢文字的人都会被文字所影响，所以我有意阻止儿子不要过多地看郭敬明的文字，可是他却委屈地反驳道："你不是说你那时候也是喜欢看琼瑶的书吗？我这个年龄喜欢看看郭敬明的书又咋了？"他倒是把我反驳得哑口无言。

是啊，每个年代有每个年代的偶像，每个年龄段有每个年龄段的追求。成长是一个漫长的过程，该经历的都得经历，急不得也逃不掉。作为孩子的妈妈，我自以为是地想把自己有限的人生经验灌输给他。我是多么希望他的生活里没有一丝丝阴霾，他的心灵不要受一点点伤害，所以我过度地想保护他。但想一想，这可能吗？我们不都是在磕磕绊绊中长大的吗？

每个人都有属于自己的童真年代，最终也会告别自己的童真年代。但那份童真的回忆一直都在。

2012年10月27日

班级组织了一场辩论赛。正方观点是：生活中要讲诚信不能说谎，反方观点是：生活中需要善意的谎言。

大多数人选择了反方，选择正方的人不多。儿子选择的是正方。别人都是拿着提前准备好的资料念，只有他一个人临场发挥。

结果是正方以绝对优势获胜。老师在肯定正方的同时还说了一句："反方人多都是些滥竽充数的，别看正方人少，但精英都在正方。"

儿子得到老师的表扬后，自我感觉也相当不错，边比画边对我说："我站在一个大家都能看到我的最佳位置，我就喜欢那种君临天下的感觉。"看着臭小子喜滋滋的表情，我摸了摸他的头表示赞许。我欣赏儿子的这种自信满满的状态，因为这也是我对男人审美的第一要素。

平日里和儿子都喜欢用一个词"基因"，每当我对儿子不满意的时候，我就自我检讨，是基因不好。当儿子觉得自己还比较优秀的时候，他就会说他属于"基因突变"。我还是比较相信关于遗传基因这一医学说法，所以儿子的性格注定不是特别活泼开朗的那种，但他所表现出的自信应该缘于他积累的知识和开阔的思维，当然也感谢老师对他时时刻刻的表扬和肯定，还有我这个当妈的鼓励。

儿子，所谓君临天下的感觉，想必是很多人都喜欢的，但君临天下的自信和霸气是需要强大的气场来支撑的。妈妈希望年少轻狂的你能拥有这样的豪气和情怀。

2012年12月11日

晚上，回到家，儿子一见我就报告："今天给别人让座位了。"我心想让座位很正常啊，你一向不都是这样做的吗？

放下包，换了鞋，就进了卫生间洗手。儿子不见我回应，便直接跟着我进了卫生间，叽里呱啦地讲开了："我们今天去地震博物馆参观，一个班一个车。在车上，开始我有座位，我一看旁边的女生站着，便把座位让给了她。来去我都把座位让给了女生，我自己站着。"听了儿子的话，我才明白原来不是在公交车上给老人和孕妇让座，而是给女生让座，怪不得还要给我报告。

我便打趣道："是给李淼让座位吧，你这个小'气管炎'啊。"儿子立马生气地反驳道："什么啊，是别的女生。"我接口道："不就开个玩笑嘛，还生气，这也太没有男子汉的气概了吧。"听了我的话，儿子转怒为喜，又对我说道："伏老师还表扬我了，说我有绅士风度。"这时我的脑子才转过弯来，臭小子绕来绕去做了这么多铺垫，原来这才是重中之重啊！

不知道臭小子自己是怎么理解绅士风度的，但能感觉到他很受用被老师冠以"绅士"的头衔。为了给他再加点温，让他继续陶醉一会，我便对他说："是吗？老师夸你是绅士啊，不错哦，这一下你在你们班女生中间的魅力指数肯定会嗖嗖地飙升。"听了我的话，臭小子竟然有点不好意思起来。

我继续我的"高谈阔论"："你是男生，理应就该给女生让个座。你要记住哦，女人相对男人总是弱势群体，不管什么时候作为男人都应该照顾一下女人。再说了，你站一会不但让女人觉得你蛮男人而且也相当于锻炼了身体，何乐而不为。给你讲啊，妈妈每天都挤公交车，最恶心的就是遇到那种油光满面、肥头大耳的男人依仗着他的虎背熊腰撅着他的肥臀和女人抢占座位。当然了，除了这种恶心男，时常也会碰到像你这样的小绅士。"

儿子，我们在平常生活里最常见的绅士风度的表现就是女士优先的礼仪原则，妈妈希望你从小做起，从小事做起，培养自己的绅士风度，让自己成为一个真正意义上的男人。

2012年12月14日

儿子告诉我上次续写的关于小木船的那篇作文得了98分，老师奖励给他一个笔记本。

记得那篇作文是儿子上课时临场发挥写的，我看后连连夸奖他写得都有点像小说了，写得真的很好。可能儿子自我感觉也不错，再加上我的肯定，他理应觉得那篇作文堪称完美。但是班上还有一个更厉害的同学写的作文得了99分。老师在课堂上点评了他俩的作文，着重说了他俩的作文是完全不同的两种风格。另外老师还说了不喜欢儿子作文的那个结尾。

其实我也和老师有同感，不太喜欢那个结尾。儿子可能是最近在看郭敬明的《夏至未至》，受其影响，以为让故事中的主人公死掉才可以让文章显得更震撼人心，所以他的作文结尾也是让主人公死掉了。当时我看的时候也是觉得不舒服，因为这个结尾太不符合他的年龄和我一直要求他的阳光心态。

儿子告诉我这件事可能是想从我这里找到点心服口服的理由，以此来断定老师的点评是正确的，他的结尾就是没写好。但出乎意料的是一向给予他极大肯定的我这次却统统地说了一堆他写作文的缺陷："你写的作文除了文采比较好，基本上就是没有情节，没有章法，就像你那天写的《心中的榜样》，根本就是一个关于詹姆斯的人物介绍。这要是考试，就算背题，还有就是你平时一点都不注意标点符号的运用，错别字也太多……"没等我说完，儿子就打断了我的话："我是让你告诉小木船的作文不好在哪里，你说这么多有意思吗，你能不能就事论事？"听了儿子的话，我的气不打一处来，向他吼道："我说你这个孩子，怎么总想听好话，不想听不好的话？人无完人，你有长处当然也有短处，揭示你的短处是为了让你变得更加优秀。说一两句不好的你就不爱听，看来你就得来点挫折教育，否则遇到一点不顺你就受不了。"我在那自顾自地发泄，回头一看，儿子的眼泪顺着脸颊往下淌。我才意识到自己是不是有点过分了，便闭上了嘴不再吭声。

事后想一想，长期以来，每当我对儿子各个方面表现出的成绩给予赞许和肯定时，儿子虽然口上骂我虚伪，但在心里已经习惯了我的这种虚伪。今天的这件事是我违背了自己一向坚持的赏识教育原则，这么猛不丁地一顿借题发挥的训斥，让习惯了我的"虚伪"的儿子有点难以适应。本想认个错，但还是死要面子，给他倒了杯水端了过去，用行动认个错。但愿臭小子理解，他妈妈也非完人，所以时不时地也要犯个错。我还想对儿子说，妈妈对你的要求其实并不高，所以平日里对你的褒奖是真诚的，并不是你说的虚伪。你是我儿子，我用得着虚伪吗？

2013年1月29日

临睡前，想起今天在博客上看到的一个话题，便问儿子："要是将来你有了女朋友，妈妈觉得你们不合适，希望你们分手，你会怎么办？"

臭小子听了这样的问题，竟一时不知道怎么回答，先是避而不答，反问我："你不是说过你不会管这种事吗？"我说："管不管那是我的事，现在不是让你回答这个问题吗？"儿子又说："那要看我是不是喜欢她。"我说："肯定是你喜欢的，否则怎么做你的女朋友？"

说实在的，我只是觉得这个问题比较好玩，随意地这么问一问；没想到臭小子却真的当回事了，表情严肃地思考着这道比较遥远的人生大题。思考了一会儿，又问我："是不是选择题，只能选择'A.分手'，或'B.不分手'？"我说："我只是想让你谈一下你的想法，有那么难回答吗？"臭小子纠结完之后对我说："肯定难回答了，你看嘛，要是我不听你的话不和她分手，就伤害了你；要是我听你的话和她分手，就伤害了她。"

听了臭小子的话，我哈哈大笑。但在心里觉得臭小子这一点太像我了，我们都是那种不愿伤害任何人的人。也正因此，我会告诫自己，以后在对待儿子的事的时候，多为儿子考虑，不要让这个善良的傻小子左右为难。

2013年2月2日

第一次带儿子去滑雪。

两眼一直跟随着儿子的身影，看他跌倒后，头盔掉了下来，手里的滑雪杖也扔在了一边，滑雪板可能有点问题，再加上他还没摸着门道，怎么也站不起来。几个小女孩看见了，围了一圈，想拉他起来。由于他自己使不上劲，简直就是连滚带爬。

他好不容易站起来后，滑雪板怎么也扣不到鞋上。只见他两手抱着滑雪板和滑雪杖，用脚踢着头盔向我走来。他手脚并用、狼狈可爱的样子惹得我哈哈大笑。

开始不会滑，老是摔跤，整得他满头大汗，所以显得头盔和手套都有点碍事，干脆不戴了。小孩就是小孩，对于玩总是无师自通。没有多长时间就自己摸索出了其中的门道，并很快就掌握了技巧，渐渐地就滑得挺顺溜了。

在回家的路上，意犹未尽的儿子已经开始计划下一次什么时候再去滑雪。他信心十足地告诉我："今天只是在初级雪道，下一次就可以是中级雪道，再下一次就是高级雪道了。其实往下冲的感觉特别爽、特别刺激。"

2013年2月22日

这两天儿子参加甘肃省第21届奥数冬令营比赛，我们娘俩都抱着重在参与的心态，对于比赛没怎么当回事。

昨天早上送他到一中的校门口，看到人山人海的场面，我的心不由得咯噔一下，再看到别的家长在给临进考场的孩子加油打气，他们的孩子也是一脸郑重其事、志在必得的样子；而我和儿子就好像俩打酱油的。他们的严肃和我们的散漫形成了强烈的对比，一时间还真觉得有点不好意思起来。

对于奥数，我自己是望而却步，儿子是灌灌耳音。起初是他自己要上，我当然得支持，学习的时间不长，学习的成效如何，我也没多关注。我只知道，他只是一周去上一次课，回到家是一道题都没做过，我也不强迫。这次参加比赛，名是奥数班的老师给报的，对于比赛结果我和儿子都特别有自知之明。

我们都太了解这种比赛的分量了，这是小升初择校的金钥匙。听说有好多同学报了两三个班地拼。因为没有所谓的付出，所以我们是铁定了拿不到这把金钥匙的。

第一场考试结束，我打趣道："有会做的吗？"儿子理直气壮地说："当然有会做的了。"然后又问我："万一我得奖了怎么办？"我说："那就当做梦呗。"

作为家长，我在儿子老师的眼里可能就是一个极其不负责任的家长。怎么说呢，我一直就是抱着一种顺其自然的态度，他学到什么样的程度就算什么样的程度，他爱怎么学就怎么学。相对于学习成绩，我可能更注重的是他的性格和人品的培养。要说培养其实我也不够资格，应该说是放养。

在儿子面前，偶尔施展一下家长的权威，但更多的时候是把他当朋友，想说什么就说什么，他给我讲电视上的明星八卦，我给他讲单位同事的糗事。看历史书的时候一起讨论是正史还是野史，他建议我看看《甄嬛传》，我建议他看看《射雕英雄传》。我们就这样没大没小地一起成长着，一起快乐着。

身边的人总会用"不食人间烟火"形容我的处世方式，我想并不是我不食人间烟火，而是我没有太多的欲望。当我对儿子说"好多人都觉得有房有车有钱才是幸福，我怎么就觉得只要有你就很幸福了啊"时，儿子说："你那是精神上的幸福。"

2013年5月19日

儿子的英语一向比较弱，弱的原因有学校方面的，有我的，也有他自己的。学校方面的原因是对英语的重视不像语文和数学。我的原因是我也没有管过他的英语学习。他自己的原因是懒得背单词。

可能从一开始对于英语的学习没有产生足够的兴趣，英语成绩落在语文和数学的后面让儿子失去了学习的热情和信心。反正，每次考试英语都是拖后腿，我看在眼里，急在心里，但也没真正寻找解决的办法，报了《新概念1》，娘俩都没上心。自己也为儿子找托词，因为没有一定的基础，学《新概念1》对他来说有难度，他学到什么程度算什么什么程度。儿子在我的这种消极态度的暗示下，也觉得他对英语就是不开窍，就是学不好。

在毕业考试临近的复习时，我无意中看到他的英语练习卷上每一道题旁边都用红笔标注着如何解析这道题的语法点。再一看笔迹娟秀，便问他："谁这么用心地给你写的？"儿子告诉我："李淼"。

这个小丫头不但是班上的第一，也是年级组里的第一。我一直肯定地认为儿子喜欢她，但儿子总是不承认。以前也在儿子面前故意打击过："这个李淼长得也不漂亮嘛。"不过在儿子时不时地汇报中还是打心眼里肯定和叹服这个小女孩的优秀。而且当我看到她这么用心地帮助儿子的学习时，不由得一阵感动。为了感谢她的这种帮助，我在儿子面前对她做了口头表扬："你告诉李淼，妈妈也喜欢她了。"

我想，若干年后，小女孩也许会忘记她曾经这么用心地帮助过一个小男孩，小男孩也可能会忘记有个小女孩曾经这么用心地帮助过他；但有一种叫作友情的东西会在彼此心底生长。有一天，当儿时的记忆越来越模糊时，想必小男孩还会记得小女孩的名字，小女孩也会记得小男孩的名字。这种淡淡的、纯纯的情意会让他们的心底多一份美好的回忆。

2013年5月22日

整理儿子堆积的废纸，看到他写的一篇周记，读来觉得蛮有意思的。

六十位同学赐我六十份真挚的友谊，每个人以不同的方式在我生命中留下痕迹。有喜有忧有笑有泪，眼看就要分离，每个人都使我难忘，写这篇文章纪念那些属于我们的风花雪月，写这篇文章记录同学们的音容笑貌，或许之后翻看时会略微带来慰藉。

郭旭航，一个在我心中传奇般的人物。如何把他描述具体？没人能说清楚，他的特点很难用语言来形容。说他"二"吧，不，他有时挺精明的；说他"神经大条"吧，不，他有时说的话颇具"哲理"。如果用什么熟悉的人物来比喻他，那他一定是短小精悍完美升级版的"唐宛如"，天真无邪的"郝建"，他有着"郭德纲+周立波+赵本山"的灵魂。他的经典台词，他的标志性神态，他的招牌动作，是让人一想起来就狂笑的。他当街乱打太极遭遇路人鄙视，他却不以为然我行我素。他在公交车上将庄锦鹏调侃得无地自容，自己却自得其乐地哈哈大笑。他还有几次车祸经历，几次高空坠落经历，几次让人百思不得其解的受伤，几次难以置信的走丢事件。从这几次中足以说明他的传奇，他的不可思议，他应该是一种超越人类的存在。试想如果没有他，我的生活必将失去很多色彩。分别之际，说实在的，郭哥，兄弟舍不得你啊！

嗯……再说个女生吧，说谁呢？挑兵挑将……好，就是杨晨。她是我很想写的人，也是我最不想写的人。在别人的评价中她是个双面人，虽然我不太信，但也潜移默化地持默认态度。三年前，她对我而言确实是很重要的人，那个时候很傻，很天真，也很单纯。每天放学一起走一条嘈杂、破旧的小路回家，一路上谈天论地。那个时候很小，好多事也不懂，只是觉得很快乐。下雨天一起打伞回家，也觉得很平常。话已至此，很多人已经面露丝丝诡异的微笑，一定很想知道结局吧。好，告诉你。后来我们形同陌路，互不搭理，彼此都对对方有些愤恨。她之所以难忘，因为我很感谢她，感谢她使我生命的一小部分曾那么精彩，仅此而已。

还有……还有俞睿勋，有时我们勾肩搭背地走在一起，有时又怒气冲冲地大打出手。我今天叫他"好多鱼"，明天叫他"熏驴肉"，后天叫他"美人鱼"。唉，哥们，少了你我会孤单的，我起的这些个外号给谁用啊。

抬头看看表，已经很迟了，我也很困了，难免厚此薄彼了。那些还未被我书写的亲们对不住了。可不要以为这样我就会忘了你们，我会以各种各样的方式将你们铭记的。可能我老了以后会写一本书，书上写了六十个人，他们都认识我，我很爱他们……

还有几十天一场名为青春的潮水将吞没我们。潮退时，浑身湿透的我坐在沙滩上，看着我亲爱的同学们用力挥舞着双手，踏向人生的下一站。

下一次浪来会带走同学们留在沙滩上的美好足迹。但我还在，刻在我心中同学的模样，也还会在。当我们再见面时，我豪情不减当年，嬉笑似当年，但愿你们也如此。

2013年6月12日

儿子对我说："妈妈，给我买一个海绵宝宝，毕业典礼那天我要送给李淼。"我不假思索地回答道："人家又不喜欢你，你自作多情什么？"

儿子略带羞涩地抢白道："什么呀，我喜欢她，她也喜欢我。"一般情况下，儿子对我提的要求我都基本满足他，一是孩子向来比较乖巧听话，二是不会提什么无理要求。这一次，我依然答应了他的要求。

故意试探儿子："把喜欢你的女生统计一下，妈妈给你去批发，给她们一人送一个。"儿子听了我的话，连连否定。我问为什么？他说："这样的话人品就有问题了，这样就是花心。"小屁孩的话惹得我哈哈大笑。我问他："你还准备这一辈子就专一地喜欢李淼这一个女孩啊？"儿子说："也不是啊，如果这样的话，那我以后要是参加《非诚勿扰》，恋爱经历：一次，多长时间：二十年。"儿子的傻话让我啼笑皆非。

和儿子一块儿去买海绵宝宝。海绵宝宝形状有大有小，质量有好有次。我和儿子都是那种宁缺毋滥型，当然会选择质量最好的。说到大小，考虑到携带方便和一定的使用价值，选择了中号。买好后，儿子自告奋勇地抱着。当我再问需要买点什么零食时，他一一谢绝。

回到家里，他小心翼翼地把海绵宝宝放在床头柜上，想了想又把塑料袋套在上面，口里说道："这样就不招灰了。"我讥讽道："床头柜上都是灰，我好几天都没擦了。你不怕下面粘上灰。"他听了我的话，赶紧用手去摸了摸床头柜，拿起手指看了看，感觉应该不脏。为了阻止我继续嘲讽他，口里遮遮掩掩地回答道："再不管了。"

关于怎么送给李淼，我给了儿子建议："你不要在班上同学面前招摇过市地送给她，这样你就会在同学面前弄得众叛亲离。你最好和她约在学校门口送给她，这样就不会伤害了别的喜欢你的女孩。"儿子听从了我的建议。

今天中午，儿子给我打电话："妈，我打李淼电话，她关机，那我怎么给她？"接到儿子这样的求助电话，我不由得偷偷乐了。

告诉儿子："待会再给她打电话。如果打不通，你就让奶奶给你找一个大的黑色的塑料袋包装起来，别让其他的同学看见就行了。"

晚上回到家，儿子对我说："我把你鞋盒子上的那个大袋子拿了下来套在了外面，那个袋子上有许多灰我擦了半天才擦干净。"回头去找他所说的大袋子，才发现他把我装靴子的鞋盒子上的手提袋取了下来。我便"夸奖"道："小子，你还真行啊。你天天衣来伸手饭来张口的，我还怕你四肢退化，看来你也有能干的时候啊，还知道擦灰。地上这么多灰你怎么就从来看不见呢？"儿子辩解道："我不是怕把海绵宝宝弄脏嘛。"接着又问他："到底怎么给了她？"儿子说："最后电话打通了，我给她说要送她一个东西，但我妈说要在学校门口给你。"

然后儿子又给我展示了一本郭敬明的《小时代》，说是李淼送给他的。我在心里对自己说："看来这俩小屁孩还真是两情相悦啊。"

但口里说道："该送的礼物也送了，小学阶段的恋爱就告一段落吧，接下来该干什么就干什么，主要心思还是要用在学习上，明白吗？"儿子点头应允。

我想，每一个女孩都有一个最初的小小的梦，那就是有一天能收到一个心仪的男孩送给自己一个可爱的毛绒玩具。此时收到儿子礼物的小女孩应该是很快乐的吧。祝福两个孩子懵懂的情感，这也许是他们人生情感中第一份美好的回忆。

2013年6月15日

对于上私立中学，想过但不是特别热衷，一是传说中特别难考，二是总觉得这种学校管得严，孩子的压力大。所以东方中学的考试我是抱着让儿子去试试的态度参加的。

第一次去东方中学，校门口挤满了前来报名考试的一家三口，孩子一个个进去了，家长依然在大风中等待着。

现在的考试基本都是面试，一个孩子只有几分钟的时间，但每个孩子都带着自己小学阶段的学生手册和获奖证书，这些东西应该是首要的参考条件。虽然说是抱着试试的态度，但心底还是希望他能考个好成绩被录取。

等啊等啊，儿子终于考完出来了，一见面就说："简单死了。"

问他都考了什么？他说数学先出了三道选择题，他全对了，老师又给他出了一道难的，只讲解题思路，他也讲对了。

英语是口语，问"COLOUR""SUBJECT"等题，老师问他最喜欢的"SUBJET"是哪一科，他回答是"CHINESE"。老师又问他为什么？儿子说："我想说我喜欢唐诗宋词啊，但唐诗宋词用英语怎么说啊，我只能说我爸爸喜欢'CHINESE'，我妈妈喜欢'CHINESE'，所以我也喜欢'CHINESE'。"但他知道这种回答肯定不会让老师满意。

语文最后一道题目是老师问他："你在爱好一栏里写着喜欢看历史书籍，那么你说说你都看了哪些历史书籍。"儿子就回答："《明朝那些事儿》《三国演义》《说唐》……"老师又让他讲为什么喜欢看《明朝那些事儿》，他就从语言风格等方面回答了。还问了他《三国演义》里最喜欢的人物是谁，为什么喜欢？儿子回答是曹操。对于喜欢的原因想必儿子也是侃侃而谈，这应该是他的长项。儿子大概给我转述了考试的过程和题目，但从他的状态来看，能感觉到他发挥得挺不错的。最主要的是综合测评的老师当场肯定了他："这个孩子挺好的，上了中学要继续努力。"儿子觉得这句话已经是暗示他会被录取。

原以为录取结果要等一段时间，没想到学校为了抢生源，第二天晚上快12点的时候就通知了录取结果。这种结果一时倒让我纠结了，上还是不上？上吧，心疼孩子，怕作业太多压垮了他；不上吧，这可是很多人梦寐以求的学校啊。

纠结来纠结去，还是听从孩子的意见吧。臭小子竟然说出了这样的话："如果你是纠结你的六千块学费，那么我就不上了；如果你不纠结你的六千块学费，那我肯定上了。"听了儿子的话，我立马就不纠结了。我还不至于为了一学年六千块的学费而纠结得难以成眠吧。所以小升初择校的事就由他自己说了算。

2013年6月14日

6月6日毕业考试，6月14日毕业典礼。儿子的小学生涯就此宣告结束。

儿子指着毕业照上一张张可爱生动的脸，告诉我这是杨晨，那是李淼，最胖的是刘海涛，最漂亮的是林萌萌，最搞笑的是……这些耳熟能详的名字在我的脑海里第一次才算真正地对号入座。说来惭愧，因为基本没有接送过儿子也没有参加过家长会，儿子的老师和同学，我只闻其名未见其人。

儿子把毕业照压在了书桌的玻璃板下面，也将他小学时代的美好回忆定格。

看到了一篇他在课堂上一气呵成但对我设置了"访问权限"的作文。看完后，也就明白了臭小子对我的防范，因为里面涉及他小小的隐私。不得不说，每次看儿子的作文时，都有一种挺奇怪的感觉，儿子的文字风格真的和我是一脉相承啊。

"滴答、滴答、滴答、滴答、滴答、滴答"，六滴水珠落下，我小学的六年至此即将剧终。

还有一个月，种种情愫仿若空中飘忽的尘埃迎接着一场倾盆大雨，等待坠落。还有一个月，小学生活的连续剧就要杀青。还有一个月，小学生活的长篇小说就要封笔。

学校教了我们知识，但未教我们如何放下依恋。只怕思念会成一种病，会让我们呼吸时也痛。

我亲爱的哥们，不想与你们分离。那些年，我们"上房揭瓦"；那些年，我们与老师"躲猫猫"；那些年，为了给一个朋友报仇，我们十几条汉子"全副武装"，天天放学后守在花园小区，等待与六年级的大同学火拼，可最终那个让我们替他报仇的人却溜了；那些年，我们一起"窃锁"，被人教训得狗血喷头；那些年……亲爱的哥们，你们永远是我心中不落的太阳，当我孤单的时候，想想你们也是暖暖的。

还有就是那些女孩，你们同样赐我一个美好的回忆。说实话，喜欢与爱，也不是我们这些小屁孩想说就能说清楚的。反正，喜欢就是喜欢，爱就是爱。这是能想到的唯一解释。如果把我这点破事拎出来，太多，太戏剧，太狗血。但我还是认真的，我为她伤心，为她高兴，为她写诗，为她致敬。《那些年我们一起追过的女孩》是唯一让我落泪的电影。《夏至未至》是唯一让我哽咽的书。电影与书都有一样的结局，相爱的人都未在一起。这或许是我害怕分离的原因。

再见，男孩们；再见，女孩们。只愿我们豪情不减，嬉笑当年。

2013年7月7日

儿子上个月15号就跟着爷爷奶奶出去游山玩水了，每天下班回到家少了他在眼前晃荡，自己多多少少还有点空空落落的不适应。打电话告诉他："臭儿子，妈妈想你了。"他竟然嗤之以鼻地回答道："再行了啥。"我只能自叹道："没良心啊没良心。"

　　整理他乱七八糟的书桌，洗他的书包，也翻看他的作业本。这不，又看到了他写的这篇《我和吉他的故事》，自得其乐地一个字一个字地在键盘上敲打下来。

　　从我记事起，家里就摆放着一把破旧的吉他。我很好奇这个能发出声响的大家伙，便问妈妈："这是什么呀？"妈妈告诉我："这是一种叫吉他的乐器，当年我上学的时候，班上好多男生女生都有一把。"或许就是在那个时候，学习吉他的这颗种子悄悄地在我心中萌芽。

　　九岁那年，吉他之花正式在我的生命中绽放。从一家路边的吉他店进去，出来。我和吉他的故事就这样开了头。

　　抱着好奇的态度，刚开始那些简单的旋律也练得津津有味。我慢慢地弹，慢慢品味乐曲的韵味，置身于这无边无际的吉他世界中。常常忘了吃饭，忘了睡觉。夕阳落下西山，月亮爬上树梢，抱怨时间为何流逝得这么快，我的琴还没弹够呢。那个时候弹琴不是争分就是夺秒，弹琴成了我最轻松、最快乐、最享受的一件事。

　　渐渐地开始学和弦了，那一个个和弦的练习使我的手指又酸又麻又痛。那时候我还不知道琴弦的松紧决定着音准和音色，自以为是地"灵机一动"，如果琴弦松了不就容易按下去了吗？手指也就不会那么疼了。于是我把琴弦一根根调松，一弹却发现声音全变了。我心想：闯祸了！赶紧把琴弦又往紧调。可由于调得太紧，嘣的一声，琴弦断了，金属的琴弦狠狠地抽在我的手上，留下一条红色的印记。现在想想，这根琴弦或许是对我投机取巧的惩罚，警示我要认真弹琴。

　　随着时光的推移，同诸多人一样，我弹琴的兴趣慢慢淡了下来，弹琴时也没有那种快乐的感觉。再加上功课一多，弹琴的时间越来越少。

　　如今，我的吉他孤零零地倚在墙角，上面落了一层厚厚的灰尘。但我不会放弃对吉他的追求和学习，我和吉他的故事还将继续写下去。相信用不了多久，我又会重新拨动琴弦，哼着小曲享受吉他带给我的痛与乐。

2013年7月30日

晚上正在做饭时，孩他爹拿着我的手机走进厨房，说是儿子打来的电话。我告诉他："你先接呗，没看见我正在炒菜吗？"孩他爹酸溜溜地说："你儿子说让你接。"听了这话，我这个当妈的便没出息地将炒了一半的菜弃之不顾，关了火，专心地去听儿子可爱的汇报了。

正处于变声期的儿子先是沙哑而羞涩地喊我一声"妈"，然后就叽里呱啦地开讲了："我觉得我的作业肯定写不完了，因为我还要去满洲里一周。"听了他的话，我积极响应道："就是嘛，我一直建议你们去一趟呼伦贝尔大草原。"儿子说："那作业怎么办啊？"我说："既然出去了，你就先好好玩吧，至于作业嘛，尽量写，写不完了我到时候给老师交代。"说完这句话后我又觉得是不是太放纵儿子了，又接口道："学校既然都布置了作业，大家都在写，再说放这么长时间的假，写不完好像也说不过去，是吧？你还是晚上抓紧时间写，我想也没有那么多吧。"儿子说："英语写完了，数学难死了，语文要是不写作文还行，可是每一套题后面都有作文。"听了他的抱怨，我无能为力且弱弱地说："还是尽量写吧，儿子。"

告诉儿子，到时候继续发微博让我好关注他的行程。儿子问我："我去韩国发的照片你看到了吗？"我说："看到了，我还贴在我的博客里了。"儿子说："待会儿我看一下，你都贴了哪几张？"我说："你怎么看啊？"儿子回答："哎呀，这有什么难的啊，我去搜一下'疯言疯语风女人'的博客不就行了吗？"我哈哈大笑道："臭小子你还知道我的博客名啊。"儿子说："我怎么不知道？"为了让他能准确无误地搜到，我又啰里啰唆地叮嘱道："疯言疯语的疯是有病的那个疯，风女人的风是刮大风的风，知道吗？"儿子也被我的较真劲逗乐了，嘻嘻哈哈地回应："知道，知道，明白，明白。"

让儿子发张他的近照给我看看，儿子说："等我写完作业后就把照片发在QQ相册里，我设置成仅自己可见，到时候，你自己登录进去就可以看见了。"然后就是我千叮咛万嘱咐出门在外安全第一。儿子依然哼哼哈哈地答应着。

因了这通电话的缘故吧，晚上我竟然失眠了，脑子里一会儿是儿子刚出生时的模样，一会儿是他生病时我的焦虑，一会儿是对儿子长大感到欣慰，一会儿是希望儿子的成长慢一点，一会儿是自责自己对儿子的教育不够格，一会儿是……反正乱七八糟的。

　　可能最真切的感觉还是想儿子了，已经一个半月没见到儿子了。这也是儿子成长过程中，和我最长的一次分离。

　　儿子，妈妈想你了！

2013

一

十三岁

一

初 一

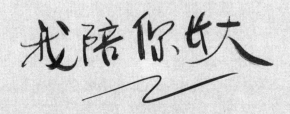

2013年8月14日

亲爱的儿子：

今天是你的十三岁生日，爸爸妈妈祝你生日快乐！

此时此刻，我向远在千里之外的你诉说我对你的思念，表达我对你的祝福，也期待你能聆听我的心声。

两个月没见你了，我在猜想，你是不是高了，瘦了，黑了？我在担心你的眼睛是不是越来越近视了，网瘾是不是越来越大了，是不是越来越离不开手机了，心是不是玩野了？每次打电话，我都会说："儿子，妈妈想你了，你有没有想妈妈？"你都会用蹩脚的兰州方言鄙夷不屑地回答："再行了啥。"所谓母子连心，妈妈知道，羞于表达的你，其实也想妈妈了。

2013年对你来说，最重要的是告别小学生涯。相比传说中惨烈的小升初现象，你应该是轻而易举地给了我们惊喜，但一开始就处于纠结中的我并没有表现出你想要的兴奋和骄傲。直到有一天，我对你说："我们同学小升初的孩子一共四个，家在城关区的三个都上了树人中学，这下才感觉到你上了东方中学还真给妈妈长脸了。"听了我的话，你淡定地回答道："你以为呢，我肯定要为你争气了。"臭小子，你知不知道，妈妈听了你的这句话，竟然感动得眼泪在眼眶里打转。

说完愉快的事再说说不那么愉快的事吧。

那天，我删除了你那条你认为是玩游戏而我认为是爱的表白的微博。事后，我在心里承认自己太独断专行了，但碍于家长的面子，我并没有向你认错。但是，很快我就发现，你用你的方式反抗了我。自此以后，你除了转发别人的微博，你自己不再有片言只语。儿子，请原谅妈妈！也许有一天你会明白，妈妈处理问题的方式可能是错误的，但初衷是对的。妈妈只是想让你从小学会保护自己的隐私，免遭不必要的排斥和伤害。

学校通知8月12日到校军训。起初因为你有许多假期的旅游计划，妈妈也想着让你这个假期疯狂地撒撒野，想着不军训就不军训吧。结果没想到的是，学校安排了分班考试。为了不让你着急，我没有对你说分班考试的事。当你从同学那里听到这件事的时候，便打电话质问我："你说，现在怎么办？"当时，我也因为自己欠缺考虑而影响了这么关键而重要的大事而后悔不已，再一听到你的质问，气不打一处来，便向你一顿咆哮："这件事是我的错，但你想没想过，我为此也自责纠结了一天。事情已经发生了，它总有解决的办法，去不了重点班，那么我们就按学校的决定去最差的班。既然是我们错了，我们就要为我们的错误付出代价。你是个男人，能不能遇事淡定从容一些？"还没等我咆哮完，你就挂断了电话。我知道，妈妈的严厉又伤到你了。

儿子，妈妈面对忽然间就比自己高的你，其实还是得有一个心理适应的过程。你知不知道，随着你的成长，我发现自己莫名其妙地变得越来越焦虑，越来越失落，越来越不自信。我有时候竟然希望你长得慢一点，继续黏我，继续依赖我，继续听我的话。

开学后，你就成了中学生了，可能我们之间会有更多青春期和更年期的对撞，妈妈会要求自己从我做起，尽可能减少这种对撞带来的伤害。不管怎么样，妈妈都希望你轻松学习，快乐成长。

今天是你的生日，因为你不在我身边，我便以这样的方式絮絮叨叨地向你诉说了这么多。我也知道，这种诉说其实是我一个人的独白。现在的你，对此是不屑一顾的。

儿子，生日快乐！有生的日子天天快乐！

2013年8月23日

儿子回到家，第一时间就向我展示了他在韩国给我购买的礼物，一条紫水晶的项链，一瓶雅诗兰黛的洗面奶，两枚书签。

项链的坠子是一只翩翩起舞的蝴蝶，的确很漂亮。有点怀疑儿子的审美高度，我便问他："是奶奶选的还是你选的？"儿子回答："是我自己选的，有很多种，我就随便挑了一个。"说实在的，我一向对这类装饰品没有多大兴趣，但咱儿子大老远地带来的，那心意岂能辜负？美滋滋地立马戴上。儿子看我心花怒放的样子，打击道："是不是一看就是假的？如果是假的时间一长紫水晶就会掉色。"我回答道："管它真的假的，心意是真的就行。"然后又世俗地问道："儿子，这个花了多少钱?"儿子抿着嘴偷笑道："一万。"接着又补充道："韩币。"我问他人民币是多少，他死活不告诉我，最后让我自己上网去查汇率。

戴着儿子送的项链，上班的心情忽然间就明朗起来。我的小小少年，用他自己的方式表达了对妈妈的爱，我心里的那个美啊是任何语言都无法表述的。

嘻嘻。家有此儿，夫复何求!

2013年8月26日

今天，儿子的中学生活就正式开始了。

晚上回到家，儿子向我汇报了他第一天的生活。那天报到后班主任就布置了作业，每个同学写个简单的自我介绍。昨天老师看完后，公布了两个让她印象比较深的同学，其中一个就是我家臭小子。另外老师还任命他为生物课代表和语文组长。

还有一个插曲就是班主任在楼道里碰见儿子，对他说："感觉你还挺聪明的，等哪次考个试了试试。"我想班主任说这个话是因为儿子没有参加分班考试，她对儿子的学习成绩还没有一个初步的了解。

儿子告诉我数学老师和英语老师都是特别年轻的老师，数学老师普通话不标准但人很幽默，能看得出他是很喜欢这个男老师的。数学老师是男老师也遂了我的愿，因为儿子小学阶段的老师都是女老师，所以我还是希望有男老师来教他，这样对他的性格和思维方面会有一些影响。

儿子说在报兴趣班的时候，报了篮球。而且他们如果报了的话，每次上体育课的时候就按自己报的兴趣班上。对于儿子打篮球，我一向持鼓励的态度。我总觉得男孩子打篮球不但锻炼了身体而且特别帅气。

儿子写作业，口里嚷嚷着："写完了历史还要写政治。"我听了后友好地讽刺道："现在还牛了呀，写作业写的都是政治作业。"

琐琐碎碎地记录下儿子中学生活的第一天，感知着老师对他的赏识和他对老师的喜爱，分享着他的成长和快乐。

2013年9月28日

记得孩他爹第一次参加家长会的时候，就有幸地当选为家长委员会的委员。当选的理由是班主任认为我们在孩子"博览群书"这方面培养得好。就这样，儿子的小学阶段，孩他爹这个"有名无实"的家长就一直作为家长参加家长会，而我这个"名副其实"的家长一直没参加过家长会。

当儿子上中学的第一个家长会来到时，儿子问："你和我爸谁去？"我回答："你说让谁去我们就谁去呗。"儿子说："你们谁爱去谁就去。"孩他爹说："还是你妈去吧，你妈负责你的学习。"儿子想了想说："妈，还是你去吧，我爸每次开完家长会，老师讲了什么他一点都不知道，回来什么也不说，我一点压力都没有。"想一想也是，每次问孩他爹，他的回答都是他自己对儿子的一句话总结："没有什么优点也没有什么缺点。"

带着儿子让他要有压力的使命感去参加中学的第一次家长会。到了教室，才发现百分之八十都是妈妈们。怪不得我们的儿子普遍越来越女性化，可能跟我们这些勇猛地冲在教育第一线的妈妈们息息相关。

坐在儿子的座位上，聆听各位老师的教诲。第一个感觉就是，老师们个个都是口若悬河啊；第二个感觉是，儿子遇到这样的老师真的蛮幸运；第三个感觉是，我这个家长好像还真的缺少点责任感。

老师在讲台上讲，我拿着儿子抄作业的本子在上面记。我觉得在听讲方面，我真的是个好学生。再加上我对老师这个职业的无限向往和崇拜，我恨不得把老师讲的每一句话都记下来，好回家转述给儿子，让他找到所谓的压力并转化为动力。

但说实在的，当时觉得听得心潮澎湃，感触良多，思绪万千，自责不已。可回到家里，忙忙碌碌地做完饭，洗完锅，再强装以身作则、心平气和地按老师的要求指导儿子言行的时候，忽然觉得当时那种心潮澎湃的感觉找不见了不说，老师的那套教育理论、学习习惯，一时半会地也压根就无法实施。到头来还是习惯性地重复着那几句唠叨。

"儿子，头往起来抬，身子往起来坐，书没念成，眼睛都快瞎了。"

"儿子，你能不能不要那么磨磨唧唧的，快点写完啊。"

"儿子，快点洗，洗完了早点睡。"

"儿子，快起，你看几点了，你今天不上学吗？"

再一次证明，理论和实践是两回事，那就顺其自然吧。调整好心态，用不着苛刻地把自己修炼成"神"给儿子当榜样，也用不着不切实际地要求儿子优秀成NO.1。允许自己犯家长该犯的错，允许儿子犯孩子该犯的错，家长和孩子在犯错中学会"吃一堑，长一智"。

每天快快乐乐的，健健康康的，而且也在一点一点地进步，其实这样就很好。

2013年10月23日

儿子告诉我："妈，今天朱老师大大大大……地表扬了我，可不是表扬我学习好啊，是表扬我品行好，有人格魅力。"听了儿子的话，我忍不住一笑。心想，臭小子倒是有自知之明，先给我申明不是表扬他学习好。这一点不用他说，我心里也挺有底的，他现在所在的学校可真所谓"高手如云"。凭儿子目前的学习成绩来说，他很难名列前茅的。作为家长，我偶尔会闪现一丝焦虑，但更多的时候能心平气和地承认这种差距。

让儿子细述一下老师是怎么表扬他的。儿子说："我们朱老师说，那天史佳明同学吐了，好多同学都捂着鼻子躲开了。只有我不但照顾了他，难能可贵的是把他吐在地上的东西收拾干净了，从这件事上可以看出我是个品行特别好的学生。怪不得上次的作文《难忘的一刻》，老师要求写班上新认识的一个同学的时候，有好多人写我，由此可以看出我很有人格魅力。老师说一个人品行好比学习好更重要。"

听儿子讲了被表扬的经过，我也被儿子的举动感动得眼眶一热。更深的缘由是因为我知道儿子那天早上身体也不舒服，前一晚上发烧，晚饭也没吃，给他喝了感冒药，看他昏昏沉沉的，就想让他早点睡觉，他还是执意写完了作业。第二天早上，问他感觉怎么样，要不要请假。儿子告诉我："头疼、恶心。"但还是坚持去上学了。中午本来要打电话问他身体怎么样，结果一忙也耽搁了，我还为此自责不已。晚上回到家，赶忙问儿子感觉怎么样，儿子说："好多了。"同时轻描淡写地补充了一句："妈，今天我们一个同学没有完成作业，被老师罚站的时候吐了。我本来就不舒服，结果他一吐，我一恶心差点也吐了。"当时儿子也没说他收拾同学呕吐物的事。

没想到这个在家里被我伺候得"衣来伸手，饭来张口"的"小皇帝"还能有这样"伟大"的举动。特别让我这个当妈的感动的是他当天的身体状况还不好。我慈爱地摸了摸儿子的头，以示赞许。想抱抱他，他还躲开了。

我对儿子说："妈妈一直觉得，人，首先要为人善良，其次要乐于助人。这样的话，在你遇到困难的时候就会有'神助'，这就叫善有善报。"

儿子听了我的话，反驳道："雷锋老是做好事，不是死了吗？还有，今天我们品德课上讲丛飞，他贷款资助学生上学，结果得了胃癌也死了，那你说善有善报吗？"儿子的话还真是让我无语。

我只能告诉他："不管怎么样，我们还是要做个好人，不是吗？妈妈也觉得人品比学习成绩重要。"儿子反唇相讥道："什么呀，在我们学校，最重要的是学习成绩。只有你学习好了，老师才会对你刮目相看。"儿子也许说得真没错。但这其实也是让我无法解释清楚的现实问题，我没有准确答案给儿子。

接着问儿子："那你当时为什么要那么做呢？"儿子说："他就站在我后面，你说，我不管他，谁管？"是呀，我儿本性纯真善良，他觉得遇到当时那种情况他就应该这样做。他压根就不会想到这样做会被老师评定为品行好且大大地表扬，更不会想到什么"善有善报"。这就是我可爱的孩子。

2013年11月26日

在期中考试临近的那几天，儿子的作业总是写得很晚；我看在眼里，急在心里，以至于焦虑困扰了我。我开始怀疑儿子的学习能力，也许这所家长们挤破了脑袋都想上的中学压根就不适合我的孩子。

说实在的，看着孩子每天早上六点多就出门晚上八点才回到家，觉得孩子真的挺辛苦；作为家长，除了心疼就是无奈。我痛恨这种教育模式，但我和我的孩子都没有别的选择。

故作淡定地面对考试成绩，但在心里也暗暗给孩子定位着，全年级730名同学，他只要进入300名就行了。但期望值当然是他最好能进入100名，因为进入100名中考时才有希望被高不可攀的师大附中青睐。

考试成绩和排名很快就出来了，学校的这种"神速"充分展示了学校对考试成绩的重视程度。学校给学生有形的无形的压力可想而知，所以很多的时候我还是比较理解地给儿子适当减压。

儿子一进门，就问我："妈，你觉得我应该考进多少名？"我回答："300名以内。"儿子继续追问："如果比这个再好一点，你觉得是多少？"看儿子喜滋滋的样子，觉得他的成绩应该是他意料之外的。我保守地回答："200吧。"儿子摇着头叹息着说："唉，你对我的期望值也太低了吧。"听了他的话，我又问："那你自己的期望值是多少啊？"儿子回答："100名。"我说："100名，妈妈也不是没想过，但在这个高手如云的学校，也只是想想而已。"然后就听到儿子让我发懵的成绩："我是第43名。"这个，我还真没想到，意料之外的惊喜哦。孩他爹回来了，让他猜，他说："300吧。"再猜，他说："250吧。"看来我们两口子在对儿子的认知上还真是"英雄所见略同"。孩他爹也觉得儿子能在这所学校考出这个成绩属于非正常。

当我们家长还在挺知足地自我感觉良好时，儿子来了一句："我怎么觉得一点都不高兴？"我问为什么？他说："老师说我们这一届招的学生是最差的一届，和以前的根本没法比。"听了儿子的话，我说："意思就是整体水平低呗，但我觉得你在这么多人中，考这样的成绩挺不错了，在妈妈眼里，你还是挺棒的，继续努力吧。"

参加家长会，向班主任询问儿子的情况。老师第一句话就是："你们家孩子啊，人缘特别好，老师和同学都喜欢他。这次考试的作文是《一个让我_____的人》。我班一个同学写的就是你儿子，得了最高分。"说起儿子让我很满意的成绩，老师却给我泼了冷水："学习上还是基础差，你们家长得抓一抓。"老师所说的基础差，其实是儿子对字词和拼音的掌握不够扎实。这可能缘于在小学阶段我没让他多写多练。这也是个欠缺，是得补一补了。

具体分析儿子的成绩，英语依然是他的弱项，比第一名低了20分，一下子就将语文、数学、英语三门主课的成绩拉了下来。他的副课门门都是名列前茅，在总分上占了优势。虽说副课只是作为会考，在中考时不是考试科目，但对儿子长远的学习来说，对他绝对是有帮助和提升的，我觉得这其实就是一种后劲。相比于眼前的成绩，我也比较看重这个后劲。

这是中学阶段的第一次正规考试，这个成绩也是让孩子暂时地找到自己所处的位置，并不是一锤定音的事。好在儿子也不以这个成绩沾沾自喜。想必他内心深处还有自己更高的定位，愿他能再接再厉。

2014年5月19日

早上起来，看到儿子书桌上的检讨书，觉得蛮有意思，随手拍下来。但看到儿子写得越来越难看的字，还有错别字，别是一番滋味。这种情况看在眼里，急在心里，可是改起来却相当难。

尊敬的老师、组长：

我对我自习课说话的事件向你们做检讨。

那是星期二下午的第四节自习课，我们认真努力地写着作业，班长站立在讲台上监督我们。就在我攻克数道习题后，一道题难住了我，百思不得其解。再三考虑后，我决定请教张小雷。我小心翼翼地探出身，小声地对他说，但我未能逃过班长的法眼，我的名字被写在了黑板上。

这是烙在我心上的耻辱，但更是我们第一小组的耻辱。我破坏了我们小组成员共同的目标，阻碍了我们小组蓬勃发展的势头，影响了小组的声誉，让我亲爱的组员辛苦挣来的小组积分付诸东流。我向所有组员递上我深深的歉意。我的这种行为辜负了你们对我的信赖与培养。

于我个人而言，我这种明知山有虎偏向虎山行的行为，是我自制力差，组织纪律意识薄弱的体现。

今后，我将努力克服自习课说话的坏毛病，不断完善自己。希望你们可以原谅我，给我改过自新的机会。

2014年5月20日

晚上快十点的时候，儿子的手机响了。我赶紧拿过来递给他。他一接听，便挂断了，接着听到他关机的声音。我有点好奇地问："哪个女生打的吧？有什么事说清楚，一个男生挂女生的电话，也太没气度了吧。"儿子回答："你瞎猜什么呀，是有人打错了，他问我是不是肯德基，他要了一份麻辣烫。"听了儿子的回答，我没好气地说："你就当你妈智商是零吧，还肯德基里要麻辣烫。"儿子笑着说："你要是看了《爱情公寓》就知道什么意思了。反正给你也说不清。"

就在我和儿子你一言我一语说话的时候，家里的座机又响了。一般情况都是儿子的电话，让他去接，他不接；孩他爹便去接了电话，果然是找儿子的。儿子依然不去接，孩他爹只好向对方撒谎说："他睡觉了。你叫什么名字，明天让他给你回电话。"然后就听到孩他爹重复的声音："李淼，是吧，好，明天让他回电话，再见。"听到对方说是李淼，我和儿子一起大笑，儿子说是骚扰电话，我不明就里，但也认定不是李淼的电话。问孩他爹："到底是男孩还是女孩？"孩他爹说："童声，听不出来是男是女。"我回敬道："你果真是头大无脑，男孩女孩都听不出来。"孩他爹说："你神经病啊，就是他们同学，你管是男孩女孩干什么？"

我一直自认为我会是个开明的妈妈，不会在意儿子和女生如何相处的事，但结果是，很多的时候我还是做不到淡定。如果有女生频繁给儿子打电话，通常也只是问作业和考试时间，不知为什么，我会烦，不由得会讽刺道："我就纳闷了，你们班这个女生，写什么作业不知道，什么时间考试不知道。难道她去学校放羊了吗？"儿子无奈地回答："她要问，我有什么办法。那你告诉她，不要让她打电话。"听了儿子的反驳，我无语。咱好歹也是个有素质的娘，这种伤害孩子自尊的事我才不会去干。转念一想，这个女生也只是以问作业为由，借机和儿子说句话而已。我不是经常在儿子面前以过来人自居嘛，那就顺其自然呗。少男少女之间朦朦胧胧的小情感就让他们自己去处理吧，免得我落伍而不适当的教诲让儿子和我的距离越来越远。

2014年5月26日

儿子得了荨麻疹一个半月了，吃抗过敏的西药，喝中药，依然不见好转。儿子执拗地坚持着不肯请假，只好等到星期天带他去看。本来想着这家医院是所小医院，看病的人不会很多，没想到，这个大夫还在业界挺出名，前来就诊的人不少。挂上号就在诊断室门口等，等啊等啊，儿子有点不耐烦了，哭丧着脸对我说："我最不喜欢排队等待，我不看了，我先走了。"在医院这种环境下，人会莫名地心烦意乱，听到儿子的牢骚话，我的气不打一处来，冲他嚷道："你以为你是谁呀，医院是你开的吗？还不喜欢排队等待。"儿子听了我的话，站起来转身就走了。

儿子可能只是想下楼走走透透气，并没有真的要离开医院回家，我却当真了。左等右等不见他上来，我压制着满腔怒气下楼找他。我没坐电梯而是走楼梯，一层一层找下去，然后在医院院子里到处找，也没看到他的身影。不由得回想起这些日子因心疼他而受的煎熬，得不到他一点点的体谅，还用这种可恶的方式惹我生气，心中的怒火越烧越烈。

当我再返回到诊断室门口时，却发现他若无其事地坐在走廊的椅子上。还没来得及向他发泄，电话响了，是虹的。虹问我看完了没有。这一问不要紧，我的伤心，我的委屈，瞬间崩溃，眼泪奔涌而出。

看完病回家的路上，给儿子讲道理："以前每次去看病，去的是梅琳妈妈的医院，所以你从来都不知道看病还需要排队。说白了，就是沾她的光，享受特权。如果没有熟人，去哪家医院看病，都需要排队。今天咱们去的是家小医院，如果是大医院，挂个号得半夜起来去排队，交费要排队，就连上厕所也要排队。而且你会看到从农村来看病的病人，只能躺在走廊的地板上等待床位。我们所处的整个大环境就是这样，那你说怎么办？"儿子不再吭声，想必是听进去了。

坐在车上，静下心来反思。这家医院离我家是有点远，儿子现在除了上学，很少外出，所以挤这么久的公交车，又等那么久看病，孩子没这份耐心导致心情不爽其实情有可原。他也并不是真的打算放弃看病，我的着急上火是自己不够淡定。对儿子的态度也过于粗暴。儿子可能也想通了吧。下车后，在路边，我要求给他照张相，好记录下他成长的模样。他勉强给了我面子，这是好久都不可能的事了。但青春年少的他向我展示了一副老年痴呆的表情和我对抗。

晚上整理儿子的书桌，看到他的语文卷子，有一道自由发挥的阅读题，看到他的答案，我又被他小小的心思感动了。

题目要求："读完本文，相信你思绪万千，一定有许多感触，难道你不想对你的父亲、母亲或者爷爷、奶奶说点什么吗？"

儿子答案："妈，你关心注意着我生活的每个细节。我的神态就会牵动你的心，我的一声咳嗽就会引来你的那杯热水，你精心收集着我的荣誉证书，我的照片，甚至换下来的牙。你无声地收集着我置之身后的记忆。母亲，你呵护我的成长，我也将用余生来孝敬你。母亲，我爱你。"

儿子，妈妈心甘情愿为你做一切的事，即便累也快乐着。但是因为整个的心都放在你身上，所以心弦一直绷得紧紧的。特别是你一生病，我就恨不得替你受这份罪，有时候真的感觉心好累啊。我不奢望你的报答，你笔下的一句"母亲，我爱你"已让我很欣慰。

2014年6月4日

儿子每天晚上写作业的时候，都用手机放着英语歌。有些比较舒缓的，我还能接受，可当听到类似RAP这样的，我会委婉地对儿子说："儿子，你知道妈妈心脏不太好。"儿子会很听话地换一种风格。

昨天晚上，当我又一次以身体不适害怕嘈杂暗示儿子时，儿子给我放了一首周杰伦的《红尘客栈》，对我说："妈，你肯定喜欢这个，特别是歌词，是中国风的，明天你上班的时候去网上搜一下这首歌的MV看看。"

仔细地听着歌词，最喜欢这三句："红尘的故事叫牵挂"；"心中有江山的人岂能快意潇洒"；"我说缘分一如参禅不说话"。

让儿子猜我最喜欢哪句，儿子脱口而出："心中有江山的人岂能快意潇洒。"和儿子击掌相合。

我想，所谓母子连心，除了无穷无尽的牵挂，还有心有灵犀一点通的共鸣。

2014年6月20日

上周五晚上，儿子问我："妈，今天晚上我要看世界杯，行吗?"我回答："只要你不瞌睡，而且有激情，有热情，有这个爱好，就看呗。"

临睡前，儿子将手机闹钟设置在了凌晨两点三十分。本来以为他只是一时兴起，但看到他认真做准备的样子，我倒是把这事放在心上了，怕他起来晚耽误了看球赛，害得我没睡踏实，醒来了几次帮他看时间。真正到了他定的时间，铃声响的时候，我困得不行，想着儿子也犯困，他可能也会放弃。没想到的是，他竟然起床了。

周六早上醒来看到的景象是，他没脱衣服在沙发上睡姿不舒服但睡相蛮香地沉沉地睡着。再看茶几上，花生皮、荔枝皮、雪糕纸堆得乱七八糟的。叫醒儿子："看完了吗?"儿子说："下半场刚开始，迷糊了一会儿，但看完了。"我又指着茶几说："看这情况，还应该给你备点小酒，是不是就更好了。"儿子点头。

周日早上六点的一场儿子也看了，问他晚上十二点的还看吗?儿子回答："不看。会影响第二天上课。"我拍着他的头赞许地说："这还差不多。懂得节制的孩子我喜欢。"

昨天晚上一进卧室，看见墙上贴了海报。对于儿子的这种行为我是不加干涉的。所以一直以来，墙上除了固定贴着的世界地图和中国地图外，时不时就会被儿子贴上花花绿绿的海报。海报一般都是买杂志时里面附赠的。

儿子告诉我："左边的是阿根廷的梅西，中间的是荷兰的范佩西，右边的是葡萄牙的C罗。"我在口里重复念着。儿子说："这个不能死记硬背。"

愿四年一届的世界杯带给儿子一种激情的氛围，一种足球的快乐，一种男人的狂热。

2014年6月24日

一觉醒来，看见儿子还在写作业，催促他睡觉。他转向我乐呵呵地说："妈，签字。"拿起来一看，又是检讨书。

眼皮直打架，也没心看他检讨啥，听他简单地说了事情的经过："历史作业罚抄没抄，和几个同学自作聪明地复印后想蒙混过关，被老师发现了，做检讨。"

问儿子："我应该怎么签字？"他说："你看着办吧。"脑子睡意蒙眬一片，嘴里念叨着："知错就改。"儿子接口道："还是好孩子。"我就把这句话写在了儿子的检讨书后面。儿子说："你要写得刻薄点，否则我们老师肯定不行。"我反问："怎么个刻薄法？"儿子回答："你就写我的这种恶劣行为对不起……"还没等儿子说完，我接口道："是啊，你的这种恶劣行为对不起党，对不起人民，对不起老师，对不起你妈，对不起一日三餐。难道你忘了你现在的幸福生活是革命烈士用鲜血换来的吗？"儿子以为我真要这样写，赶紧申辩道："你这样是不是太夸大其词了？"

儿子洗脚的时候，我开始更年期的碎碎念："妈的宝啊，人家都说我溺爱你，但我希望你能经得起我的溺爱，而不是让我的溺爱摧毁了你。你知道你妈这个人感性有余，理性不足。我这一辈子也就当这么一次妈，你可千万不能让我失职啊！"

2014

—

十四岁

—

初 二

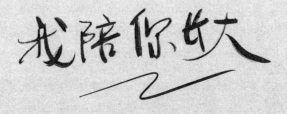

2014年8月14日

亲爱的儿子：

今天是你的十四岁生日。此时此刻，面对1.72米的你，说实在的，我内心不是轻松和愉快，而是充满了无尽的焦虑和挫败感。

这种感觉从什么时候开始的呢？

今年4月份我去了趟台湾。离开的几天，正逢你们学校篮球、足球比赛。你个大傻蛋竟然不知道换个薄点的衣裤，以至于大汗淋漓之后着了风，患上了荨麻疹，你难受我也跟着难受。特别是当医生告知我延误了最佳治疗时间时，强烈的自责感压得我喘不过气来。我觉得是我没照顾好你，我失职了！

这个暑假，我们的出行计划取消，给你报班的计划取消。我们只是一心一意地去医院坚持治疗。每天晚上，我都醒来几次，去摸你身上有没有出疹子。有时候，猛然间一摸到你身上大面积的疹子，赶紧去开灯想看看到底怎么样。由于惊慌失措，有两次都将灯闪坏了。

我每天会从网上寻找各种偏方，试图能起点作用。在这种"百度"的过程中，我被各种负面的消息困扰，变得脆弱而神经。可能是我的这种恐慌无形中也传染给了你，你越来越沉默，越来越无精打采。

一方面我恨不得替你受这份罪，一方面我又无法忍受病快快没有阳刚之气的你，我会指责你，贬斥你。正如医生所言，荨麻疹也有心理因素的病因。有一次当我训斥完你之后，晚上就出得比较严重，当时我真想扇自己几个巴掌。也就在那一刻起，我告诫自己，不管你有没有我认为的男子汉气概，我都爱你，没有条件地爱你，只要你健康就好。

这个假期对你来说，真的是无聊而寂寞的，每天基本上都是待在家里。由于长时间地看电视眼神迷离，整个人懒洋洋的。我没有设身处地地理解你，动不动就向你唠叨大道理，渐渐地我的唠叨就惹烦了你，你开始漠视我。面对越来越陌生的你，我不适应了，我开始变得狂乱而难过，总是忍不住掉眼泪。我不明白，那个每天都吧唧着小嘴和我说这说那的可爱小男孩哪里去了？

当我重新调整自己，反省自己，我才发现，在你成长的过程中，我犯了多大的错误。由于不会管理自己的情绪，任性地让不良情绪肆意蔓延，很多的时候我会无故地迁怒于你，向你宣泄。在我眼里，你一直都是乖巧听话的孩子，你对我从来都不反抗，基本上对母命言听计从。

不知不觉中你长大了，而我没有做好你长大的准备，我还是把你当作我的小宝贝。这么多年以来，已经习惯了你对我的依附，猛然间面对你的"背离"我孤单而失落。

儿子，我那么那么在乎你，那么那么全身心地养育着你，我一直以为我会是一个合格的母亲。可是，面对现在的你，我越来越不自信，越来越自责，越来越沉重。那种无法言说的挫败感强袭了我，那种心累的感觉几乎让我崩溃。

面对青春期的你，我其实茫然不知所从，我还是不能心平气和地面对所谓的叛逆。但我知道，我是妈妈，我一定得配合你的成长，先让自己不要被焦虑的情绪淹没，调整自己，让自己理智地陪你度过这个阶段，因为我爱你，我愿意为你做一切。

儿子，如果说妈妈有不对的地方，还请你原谅，毕竟我是第一次当妈妈，也是唯一的一次。由于性格执拗，阅历简单，内心脆弱，我其实真的不是一个完全意义上的大人。但为了你，我一直让自己在成长，结果可能不尽如人意，但我真的很努力地想做一个好妈妈。希望有一天你能理解，我最大的心结其实是很担心我的性格影响到你的成长，我不愿看到你越来越像我。因为我太明白性格决定命运的道理。

儿子，在你生日的这一天，我把我的诉说留在 WORD 文档里。对你，与其担心，不如祝福。

祝你生日快乐，平安健康。

2014年9月29日

星期六，我休息，儿子上学，开运动会。

出门前，儿子执意要拿我手机，我没答应，最后他强行拿走。看到他如此"目中无人"，我顿时泪崩。永远的老好人孩他爹劝我："他可能是要拍运动会的场面，拿就拿吧！再说了，平时上学他也从来没拿过手机。我每天在公交车上看到好多学生都在玩手机。"

中午，忍不住还是给他打电话，他告诉我："我在吃牛肉面。"我信以为真。

星期天早上，我提醒他："昨天别人请你吃的牛肉面，今天记得回请人家。"他歪着脑袋说："你还真以为我们吃牛肉面啊？"我问："那么吃的什么？"他答："零食，冰淇淋什么的。"

星期一晚上，左等右等，一直等到快九点才回家，听到敲门声，我没理。他自己用钥匙开门进来，主动给我打招呼，我没吱声。然后告诉我他吃过饭了。我没忍住，还是质问道："你们七点十分就放学了，你干什么去了？这么晚回家，知不知道我很着急。"他理直气壮地说："这又怎么了，同学叫我一起去吃饭了。"看他一副无所谓的样子，我怒不可遏："我给郭锐东、张小雷都打了电话，人家咋就没去，就你业务繁忙。"他回答道："你以为同学谁都叫啊。"言外之意，好像就他人缘好似的。

临睡前，无意中看到手机里他拍的同学，一个个都是头发朝上竖起的。这发型怎么看怎么觉得不舒服。这哪是学生该有的样子啊。

星期二早上，他临上学前，我又开始"谆谆教导"："你看你站在我面前比我高一大截，有些话，我还得说，和人相处，善恶是非还是要分。"儿子听了我的话有点莫名其妙地问："我又怎么了？"我便指着照片告诉他"近墨者黑"的道理。谁知他听了后哈哈大笑着说道："什么啊，那天我们踢球的时候下雨了，浑身都湿透了，就把湿头发用手抓起来了，那是你说的什么发型啊。"我再仔细一瞧，好像还真是这么回事。

给我老爸诉说了儿子的近况和我的焦虑，老爸批评道："娃娃很正常，我看就是你神经病。只要大方向把握好，男娃娃多交朋友，出去玩，回家迟有什么？你呀，天天把个男娃娃捧在手心里，这样好端端的娃娃都让你整坏了。"

难道我错了？怎么总是一错再错的。

2014年9月30日

早上五点五十分起床给儿子做早餐，六点半送儿子出门后我上床睡回笼觉。这一觉睡得竟然做梦了。

梦见儿子小时候的样子。奶奶拉着她的小手走在前面，儿子一步三回头跟在奶奶的后面，边走边用哑语的手势使劲向我比画着。我追上去问他比画的是什么意思，儿子稚嫩地回答道："妈妈，我爱你。"我顿时泪崩。

梦中醒来，依然觉得从眼到心潮湿一片。

为什么会做这样的梦呢？是日有所思，夜有所梦？

现实生活中，儿子不会说"妈妈，我爱你"这么温情的话。现在充斥我耳畔最多的话语是："你有意思没意思""你无聊不无聊""我比你KOU多了""再行了啥"……面对他对我的不耐烦和鄙夷不屑，我偶尔会冲着他说一句："我怎么养了一只狼啊。"

儿子上中学之前，我对自己的教育理念、家长职责应该没有多少质疑和否定，偶尔还会自夸一下。儿子上中学之后，我开始不断地怀疑自己，否定自己，越来越多的自责，越来越多的失落让我越来越不轻松。

作为一名妈妈，我很想做对，但什么才是"对"呢？我不知道答案在哪里。

在英国著名儿科医生、儿童精神学家唐纳德·威尼康特看来，要养育出身心健康的孩子，你不必非得是完美的妈咪。用他的话说，只需当一个"过得去的妈妈"就好了。

问自己，我是怎么样的一个妈妈呢？

回顾自己的育儿过程，发现自己其实对儿子做得太多了。当我指责儿子"衣来伸手，饭来张口"的时候，追究根源是我自己大包大揽了儿子生活的全部。情感上也是如此，对儿子依赖太多。

面对长大的儿子，一方面，我不适应他的疏离；另一方面，又看不惯他连基本的生活都不能自理。当我用挑剔的眼光看待儿子时，我找不到自己希望中的那个儿子，所以我内心充满了挫败感。

当我静下心来梳理自己的焦虑情绪时，我承认是我错了，是我的脚步没跟上孩子成长的脚步。我是爱孩子的，那么不管他是什么样，我都应该无条件地爱他。

记得有人说过，"家长改变，孩子蜕变"。那么从现在开始，纠正自己所犯的错误，尝试着让自己改变。我可能永远都达不到所谓的好妈妈的标准，但我至少可以跟着孩子一起成长，做一个合格的妈妈。

看到一段触目惊心的话："为孩子牺牲，把全部的时间、精力、感情，都投入到孩子身上，为他而活，是很多中国妈妈的现状。可我想说，这并不伟大。扪心自问一下，当你看着孩子熟睡甜美的笑脸，说出'亲爱的，我这辈子就为你而活'的时候，你真实的内心是什么样子的？是一片繁花似锦，还是一派荒芜之地；你的夫妻关系是什么样子的？是夫妻恩爱，家庭和睦，还是感情淡薄，缺乏温暖；你的人生规划是什么样子的？是拥有梦想和实施计划，还是一片迷茫；你对未来的信念是什么样子的？是充满了希望，浑身是劲儿，还是内心冰冷，充满绝望。答案自在你心。事实上，一个为孩子而活的母亲，往往拥有一个不堪接受的自己。孩子成为你逃避自我、依附于人的救命稻草。可怜的宝宝，多么稚嫩娇小，就被动地接受了如此大的压力，如果他们能表达，一定会说，妈妈，求求你，不要为我而活，你的生命很重，我承担不起。"

是啊，靠苦行僧似的自我牺牲，教育不出来一个健康的孩子。你希望孩子坚强，你自己就得坚强；你希望孩子快乐，你自己首先要快乐。把自己的生命活成一个典范，孩子才有可能会幸福。我们要为孩子活出幸福的样子，孩子才知道什么是幸福，而不是我们天天用一种不幸福的状态告诫孩子如何如何幸福。

2014年11月5日

开学之初，被儿子的班主任"请"到学校。原因是数学单元测试120分的试卷儿子只考了79分。

见到班主任，首先问我："李宏宇还在玩游戏吗？"我当然不能撒谎，如实回答："是。"老师一听顿怒："玩游戏的问题你们家长不解决，那我现在和你谈什么都是闲的。"我只得谦卑地认错。

老师语重心长地说："孩子也不是有多聪明，基础本来不好，家长就得配合老师抓紧一点。比你儿子聪明很多的学生就是因为玩游戏，最后无可救药。你们应该意识到玩游戏的严重后果。"听了老师的话，我也猛然一惊。说实在的，对于儿子玩游戏的问题，我是没有强硬制止的，总觉得每周五晚上玩一次就权当是在繁重的学习之后的放松。

被班主任"训斥"完，又和数学老师、英语老师、别的家长交流了一下，明显感觉自己对儿子是有点放任自流了，决定从此以后痛定思痛，改过自新。

晚上给儿子简单地"汇报"了面见老师的事。有意夸大了老师对他的认可和表扬，鼓励他继续努力。添油加醋地诉说了班主任对我的不留情面和难以下台，激励他为我争口气。

之后的一段时间，儿子明显表现得务实了，一向拖后腿的英语竟然连着考了两次班级第一。当我内心稍稍窃喜他终于像个正常人的时候，他又来了个180度的大转弯，每天阴郁着个脸，晚上做作业磨磨叽叽到十二点，时不时地以沉默的方式与我抗衡，我又开始跟着崩溃。

我去游乐园从来都没有勇气和胆量尝试坐过山车，但现在儿子带给我的最真实感觉就是坐过山车，让我的心脏忽而天上，忽而地下。

2014年11月13日

儿子晚上会用我的手机给同学打电话，通话的时候并不回避我，大多三言两语都是问作业的事。至于短信嘛，臭小子是有防范的，明明听到短信的声音，当我"窥视"的时候，早就被他删除了。

有一个晚上他用完电话我接着用，我挂断电话的瞬间，就收到一条短信："越来越看不懂你了。"在我的手机联系人里，此人的名字叫"地雷"。一直怀疑这个"地雷"是个女生，但被儿子否认，看了短信，自己先前的猜测得到证实。

还能咋样啊，只能假装什么都没看见呗。当妈当得越来越小心翼翼，只是因为宝贝儿子现在是青春期嘛，不是说理解万岁嘛，那咱这过来人就理解人家花季少年正处于情窦初开时期，男女同学之间有点朦朦胧胧的情愫就让他们顺其自然地释放吧。

昨天晚上看臭小子没摆出一副拒我于千里之外的样子，我主动凑上去和他交流："这两天怎么没见你和'地雷'联系啊，是你不喜欢她了还是她不喜欢你了呀？"儿子没生气，笑着说："地雷是张小雷。"我回应道："你妈笨是笨，但这方面的智商还是有的，妈妈想给你说，同学之间的友谊要珍惜，不要为了任何一个女同学和男同学伤了和气。面对你不喜欢的女生你要学会尊重，懂吗？还有你喜欢人家，人家不喜欢你的，你要能做到大度地自嘲，'天涯何处无芳草，何必为了一棵狗尾巴草'。比如这个'地雷'吧，好合好散，不要为此影响自己的情绪和学习。失去了'地雷'，你还可以找到'炸弹'，不是吗？"我最后的话惹得儿子哈哈大笑。

但愿儿子明白我的良苦用心。在他这个年龄，还不懂得爱情，只是一种淡淡的喜欢，当然在这种A喜欢B，而B喜欢C，C又喜欢D的过程中，免不了会受伤，会流泪。希望在他憧憬的爱情来临之前，他能坚强、豁达、阳光地等待自己慢慢长大。

2014年11月19日

周五，学校开家长会。

语文、数学、英语、物理老师轮流给家长们汇报了学生的情况。班主任考虑到学生和家长的感受，没有像以往那样给家长每人发一张学习成绩排名表。

从教室里出来，在清一色的校服人群中搜寻到儿子，告诉他我想单独再找一下班主任，询问一下他最近的表现。儿子对我说："这么多家长都在排队和老师说话，你等到什么时候呀，赶快回家吧。"我依然坚持，儿子又对我说："有什么好问的，朱老师肯定会告诉你我进步很大的。"我回敬了一句："你这自我感觉还挺良好的嘛。"旁边一个同学此时也插话道："阿姨，真的，朱老师天天都表扬他。"

一大帮家长围着班主任，问这问那的。我站在旁边听着。班主任回头看见我，对我说："自上次请过一次家长后，李宏宇进步挺大的，看来你们也费心了。"还没等我回话，班主任又被别的家长的话转移过去了。看到老师应接不暇的，我也只好作罢，静静地聆听家长们你一言我一语的诉说。他们反映的情况我一无所知，儿子现在和我交流不多，学校的事更是一字不提。

儿子这次的总分并不是特别理想，老师所说的进步很大主要指他的语文成绩，考了个全年级第三，这是他上初中以来考得最好的一次。其实，在小学时，这对他来说很正常。可能现在真的是处于一个高手如云的环境，对他来说要想成绩拔尖很难很难。特别是他的作文，下滑得相当厉害，看他现在的作文真的还没有小学时写的出色，原因是每天都在没完没了地写着作业，很少再有阅读的时间。我看在眼里，急在心里，但无能为力。

2014年11月20日

开家长会时，班主任直言不讳地说班上有男女同学互相倾慕，这很正常，但不知道家长是怎么处理的。开完家长会，和一位家长交流时，她自信地认为她的儿子没有谈恋爱。因为他时时查看儿子的QQ聊天记录，由此掌握他的思想动态和日常行踪。和她相反，我是凭感觉，我家臭小子肯定"有情况"。一直以来还真没有做"侦探"的想法，但内心深处还是难免被那位妈妈"挑唆"，也想去更深地寻找到点关于"恋爱问题"的蛛丝马迹。可是，当我登录儿子的QQ时，竟然密码错误，吃了个闭门羹。知道小子开始设防我了。难过吗？NO！

昨天晚上，儿子回到家，喜滋滋地说："今天发奖了，发了一个进步奖，一个超越目标奖。"我问："什么叫超越目标奖？"儿子回答："你没看见我们教室后面贴着的那张纸吗？上面写着每个人要超越的同学。"哦，原来如此。

就像班主任所言，我家儿子的学习态度时好时坏，学习热情时高时低。这一点，可能缘于性格，任性而情绪化。没办法，这是我遗传的基因。

晚上写完了作业，看时候不早，催他睡觉。他说要再背背英语，看来老师的鼓励对一个学生至关重要。

看着儿子，我在想，孩子作为一个有独立思想的人，他也有情绪，有时候高涨，有时候低落。所以，有时候他会厌烦学习，故意磨蹭；有时候他会喜欢学习，自觉情愿。有时候他渴望与父母交流，愿意诉说；有时候他拒绝与父母交流，沉默排斥。而作为家长，我要照顾和体谅孩子的这种正常情绪的宣泄，而不是把他看成机器人，要求他按部就班、永不停歇地运转。

孩子毕竟是孩子，简单而率性。高兴了笑得阳光灿烂，委屈了难过得阴云密布。他笑，我们跟着笑，分享他的喜悦；他哭，我们总不能陪着他哭吧，我们要做的是化解他的悲伤和苦恼。

作为妈妈，我习惯了儿子吧嗒着小嘴给我说这讲那的，我喜欢聆听他的语言，进入他的世界，了解他的思想。但总有一天，孩子会长大，他想拥有自己独立的空间，学会隐藏和守护自己内心的秘密。

当孩子不再吐露他的心声，其实我也不必失落。记得是谁说来着："拥有秘密是孩子迈向独立和成熟的必经之路，而没有秘密的'水晶人'是永远长不大的。"

那么，从此以后，我应该学会尊重孩子的成长。他说，我听，他不说，我不问。告诉自己，他已经是一个进入青春期的男孩，我要做的是配合他的成长，而不是遏制他的成长。

2014年12月10日

这几天明显感觉臭小子又长高了，原因是当他从我身边走过的时候，我有一种他在我面前"飘过"的恍惚感。告诉他长高了，他说没感觉出来。我便拿出卷尺来量，结果穿着拖鞋的身高是1.74米，较之前又长了两厘米。

硬拉着他在镜子面前和我并排站立，臭小子足足比我高出一个头，我将头抵在他下巴下面，对他说："妈妈在你面前现在就是一矮小的老太太了，你是不是不应该打着青春期叛逆的旗号一而再再而三地欺侮老太太，而应该学着照顾老太太呀。"臭小子一边不好意思地将我推开一边糊弄地点着头说："知道知道。"

说实在的，挺怀念儿子小的时候，可以让你亲让你搂让你抱。渐渐长大，他会拒绝你任何形式的亲昵。现在更是时时把自己"伪装"成大人的模样，有意拒你于千里之外。有些失落但更多的还是欣慰。毕竟孩子正在一天一天地长大。

臭小子最近的表现还是可圈可点，值得肯定和表扬。对学习的态度积极主动，对父母的态度阳光随和。吃饭的时候知道盛饭了，吃完饭知道收碗了。这么大的孩子才具备这些基本的生活习惯和自理能力其实是我们大人的错，一直以来四个大人围着这个小屁孩，根本没有他动手的机会。以至于他顺理成章地享受着"衣来伸手，饭来张口"的生活。

看着他在客厅里潇洒地做着投掷篮球上篮的动作，挥舞着乒乓球拍的动作，踢着足球的动作，当青春的热情和朝气洋溢在他的脸上时，我由衷地欣赏和喜悦。

记得看到过这样的一段话："青春期叛逆，其实是'思想的水痘'，每个孩子的一生，都会发作一次。在这个特定的时期，我在'一只眼开一只眼闭'的容忍里，努力照顾好他的胃，我觉得食物里的香气就是最好的治疗剂。"

2014年12月15日

周六中午，儿子告诉我要去参加同学的生日聚会。我明白他只是履行告知义务，而我已经没有阻拦的权力。

临走，向我要三十块钱。我问："给同学买生日礼物啊?"他答："不买礼物，买个饮料什么的呀。"给他五十块，顺便加了一句："省着点花。"

下午五点开始，我就等他回家吃晚饭。可是一直等到六点半，依然没回来，忍不住给他打电话，电话那端传来的是："我们在吃火锅，吃完就回来了。"还能怎么样，继续等呗，等啊等啊……八点半，他发来一条短信："我们打算在万达影城看《匆匆那年》"。没有耐心给他回短信，打电话过去："看完都几点了，你怎么回家?让你爸去接吗?"他回答："我都多大了，我自己就回来了。"

一直用那句"与其担心，不如祝福"劝慰自己。但是儿子不在身边的时候，我满脑子都是担心，虽说他已是个大男孩了，可在我心中还是个小孩。周围的环境那么杂乱和不安全，我岂能心如止水。

就在我心不在焉地翻看着书的时候，传来了臭小子独特的砸门声。我立马站起来去开门。他一进门就对我说："电影要两个小时，看完太晚了，我们没看就回来了。"我说："这还不错，你们也知道太晚了家长会着急的。"

接下来是我热情地问，他漠然地答。

"过生日的是男生还是女生?"

"男生"。

"谁啊?"

"你不认识。"

"你们去了几个人?"

"七八个吧。"

"都是男生吗?"

……

叮嘱儿子："以后出去还是早点回来。你知不知道，妈妈等啊等啊，等着焦急。"臭小子却说："和同学在一起，时间过得就是快，聊天啊，吃饭啊，打台球啊，还没玩够天就黑了。"

我知道，儿子晚归的次数会越来越多，因为他的那双小手已不需要我的这双大手牵引，现在的他，较之亲情他更需要友情。和同学在一起，有他想要的空间和自由，他的思想，他的话语，他的爱好……他的同学比他的妈妈更懂、更理解他。

告诉自己，慢慢习惯守候和等待。儿子晚归的时候，我能做的就是给他留一盏灯。

2015年1月30日

本来依了儿子的决定，下学期就停止学《新概念2》了。可是，昨天他上完课回来又对我说："妈，还是继续学吧。"缘由是和他同桌的女生提出要和他比赛背课文，但现在只剩几天了，所以只有下学期继续了。哦，原来意犹未尽啊。现在对儿子的话都是认真地听着，但不会立马就表态。因为现阶段飘忽不定的少年郎一会儿一个主意、一会儿一个想法，事后有可能连他自己都很快否定或忘记了。

儿子晚上洗完澡，穿上新买的睡衣，在镜子前面晃来晃去；然后问我："我觉得我留长头发挺好看的，你怎么就觉得不好看呢？"我说："审美不同呗，但你要相信妈妈的审美，所以周末就赶快理成寸头，多精神。"乘机夸了句："你这个寒假比暑假帅多了，这就叫相由心生，所以你一天要保持阳光快乐的心态，不要无故寻愁觅恨。"儿子回答道："这是气质不一样了。"惹得我哈哈大笑。

问他："现在这个班上有没有女生喜欢你或者有没有你喜欢的女生？"他说："我喜欢学习。"

记得开家长会的时候，老师说了句话："青春期的孩子给谁学习，给你们父母吗？给他们自己吗？都不是。他们给他们喜欢的人学习。"结合儿子最近的表现，感觉老师的话蛮有道理的。

看着儿子对我的防范，看着他打电话时羞羞答答的表情，我对他说："嗨，别躲躲藏藏的了，少年的心事，我懂。"其实呢，少年的心事我好像也不太懂。但不懂也要装懂。

2015年4月13日

周末，给儿子洗校服。掏口袋，依次掏出月票卡、钥匙、零花钱、纸巾、便笺。我的"火眼金睛"在此时绝对发挥了功用，仅瞄了一眼，就发现便笺纸上娟秀的字迹不是儿子的；拿起来一看，是个小女孩写给儿子的。大概意思是叮嘱他补上星期二早上因去医院看病落下的笔记，并叮嘱他好好休息。字里行间细微地表达了关心之情。看了纸条，心里莫名地涌上一种怅然若失的感觉。告诉孩他爹："有小女孩给你儿子写纸条了，你看吗？"孩他爹坚定地拒绝。

小心翼翼地把从口袋里掏出来的东西放在儿子的书桌上，然后在儿子面前装作若无其事的样子，否则我的行为会被儿子定义为窥视，惹他动怒。我才不会没事找事呢！

前不久，在《读者》上正好看到一篇文章——《青春期的小纸条》。课堂上，一个小女孩给同桌的小男孩写了一张小纸条，当她扔给男孩时，正好被严厉的老师看见；老师便当着大家的面，读了纸条的内容："韩冰，你的英语很好，能不能帮我补习一下，我想考上重点高中。"事后，班上的学习气氛大好，同学之间争先恐后地学习，很多人都考上了重点高中。毕业的时候，老师让男孩看了女孩写的纸条，上面写着："韩冰，我喜欢你。"看完文章，不由得为这样的老师叫好。

现在的孩子有电话、短信、微信、QQ、电子邮件……通过这些简洁的方式，表白的形式更趋多样化。但不管哪个年代，小纸条依然在青春岁月里不留白，想来也是一件美好的事。时隔多年后，你可能会忘了纸条上的内容，但也许依然会记得你给他写过小纸条，或者他给你写过小纸条。

2015年4月24日

儿子周末会和同学出去玩，基本都只是履行告知义务，出门前还必须得给他MONEY好让他吃饭时AA。估计他们所谓的玩其实就是找个地方聚在一起玩手机。这是我在很多场合看到的现象，想必他们也不例外。

儿子回家，问他："和男同学还是女同学？"儿子回答："你有意思没意思啊？"我便循循善诱："儿子，你要理解当妈的，你们这个年龄，男女生交往很正常，但不能影响学习，知道吗？"儿子以一个"哼"蔑视了我。

我依然不放弃地刨根问底："你是对那个小学同学李淼念念不忘呢，还是又有了新的人选啊？"儿子问我："李淼是谁啊，我都忘了。"听了儿子的话，我说："忘了就好啊，你告诉我你现在是不是喜欢王笑尘？"儿子矢口否认。现在到底大了，有了自己的秘密打死不说，不像小学时候，回家就叽叽喳喳地给我报告。从成长的角度来说应该是好事吧。

我说："儿子，你是男孩，如果你喜欢人家，人家不喜欢你，你可得给我记住了，天涯何处无芳草，何必为了一棵狗尾巴草。"儿子笑着说："我们现在说的是，你今天对我不理不睬，明天我让你高攀不上。"

儿子试探地问我："如果有你说的那样的，那你会不会支持？"我反问："怎么个支持法？"儿子说："比如吃饭、看电影啊这种物质上的支持。"我回答："要是集体约会吧我就支持，要是单独约会吧目前来说我不支持。"

事后想一想和儿子的这次比较"深度"的交流，觉得可笑好像又不可笑。我不会老土地给儿子随便扣一顶早恋的帽子，但也不会没有原则；不能扼杀小小少年懵懵懂懂的爱的情愫，但也不能任它肆意滋长。

2015年5月15日

昨天晚上，儿子一进门就告诉我："周五下午两点半开家长会，让我爸去吧。"我笑着说："哟，现在还学会挑三拣四了。"没想到我话音刚一落，儿子就气冲冲地对我吼道："你话怎么那么多呢，什么叫我性格内向，什么叫我爱和女生玩？"听了他的话，我这才想起开学初开家长会时，和一个家长有过这样的交流，可能是那个家长告诉了她儿子，她儿子又把话转述给了我儿子。儿子可能对我给他下的这个结论十分不满，但一直隐忍没反驳，这下算是逮住机会发泄了。

小学时，一直是孩他爹开家长会；上了中学，是儿子主动要求我开家长会。这我还没开几次，难不成就被"除名"了？

想一想还真生气，我便对他说："你人没长大，已经开始嫌弃你妈了？你半夜生病的时候，哪一次不是喊你妈，怎么不去喊你爸呀！"儿子看我生气了，便说："随便吧，你要去就去吧。不过，这次开家长会要带有流量的手机，要在网上传学籍，你会吗？"听了他的话，我的气慢慢消了。也许儿子不让我参加家长会的真正本意是考虑到我是个手机盲，说我话多是个借口。还真能跟小屁孩生气呀，事后也就释然了。

今天早上儿子临出门时，我告诉他："你放心吧，下午，你爸去开家长会，让他沉默是金，否则下次开家长会我们就得给你雇个家长了。"

2015年5月22日

刚才看到儿子更新了微博："初中美好的回忆，2015.5.21永远并肩战斗到底！"下面还配了一副球衣的图片。仔细一看，发现衣服上还有同学签名。

昨天晚上吃饭时，儿子告诉我："今天我们踢了总决赛，一比零得了冠军。"我问："今天你上场了吗？"儿子答："今天我没踢，我守门，当守门员虽然不会跑得那么累，但心里特别紧张。"听完儿子的话，我拍了拍他的头表示祝贺。

今年的比赛应该是从4月份开始断断续续踢到昨天结束。他们年级一共十二个班。一场一场地踢，整个比赛儿子一共进了两个球。想必是累且快乐着。

想起去年的比赛，当儿子告诉我他在比赛中踢进了一个乌龙球时，我压根就没觉得是回事，还喜滋滋地说："管他什么球，只要踢进去就挺不错。你看大家跑来跑去的，进个球多不容易啊，我儿子好歹还踢进去了。"儿子听了我的话，眼泪汪汪、气呼呼地说："你懂什么啊！"说实在的，我那时候真的没有体谅到儿子会为此事承受心理压力。后来当我看到儿子在一篇作文中写到他因踢了一个乌龙球而让自己的球队失利时的难过和自责，我才感觉到我的话语伤害了儿子。儿子觉得比赛是为班级荣誉而战，而我却看成了一场小屁孩过家家的游戏。

由于害怕踢球再次引发荨麻疹，所以这一个月的比赛，一直让我提心吊胆的。但还是出了一次，具体原因应该是多方面所致。祈愿荨麻疹不要困扰了儿子对足球的热情，让他能在足球中寻找到运动的快乐。

2015年5月28日

春节过后，儿子脸上的痘痘就雨后春笋般地冒了出来。我一个劲地告诉他，这是身体发育过程中的一个表现，没什么大碍。但小小少年却陷入了无尽的烦恼之中。

被逼无奈，给他买了洗的、抹的，最近又开始喝中药。效果都不怎么理想。理解他的爱美之心，但一个男孩太把美丽当回事就会让人觉得太"娘娘"了。

昨天晚上便把我压制了好久的火气引燃了，忍无可忍之下，一顿教训："你是靠脸吃饭吗？都给你说了，我上学的时候也长过，我还是个女的，也没像你这样要死要活的。你看刘翔、田源，不都脸上长过痘痘吗，影响人家什么了？你再看看马云，谁在乎人家长啥样了，男人主要是内在要有东西。你整天为脸上这几个痘痘纠结来纠结去，有意思没意思？告诉你，青春痘一直要长到三十岁，你就这样痛苦到三十岁吧。再说了就算留下疤痕，大不了娶不上媳妇。那你还不活了？"

不知道是我怒气冲天的样子吓到了他，还是在我的训斥中有所醒悟；反正，一时间臭小子终于哑口无言，乖乖地写起作业来。

等我熬好药喊他出来喝时，他又怯怯地问我："你说，我要是不吃肉，只吃素，是不是就会好起来？"我说："给你说要忌口，辛辣刺激、油腻的食品就是不能吃，多吃蔬菜、水果，还有一定要心情舒畅、保证睡眠。"

晚上临睡前，给他的脸上贴了土豆片，这是我在网上看的，说是能减轻痘痕。其实并不担心痘痘会让他变丑，让我心疼的是痘痘影响了儿子的心情，徒增了他的烦恼。

2015年6月5日

上周六，电影频道在播《同桌的你》，儿子在刚上映时就去影院看了，便建议我看看。边吃饭边看，故事情节没有特别吸引人要看下去的强烈愿望，对儿子说："没多大意思啊。"儿子说："你往下看呀，前面只是铺垫，后面挺感人的。"陪着儿子耐着性子看下去。原来儿子所认为的感人的地方是，在周小栀的婚礼宴上，林一和周小栀重新聚首，周小栀一把鼻涕一把泪地告诉林一，虽然两个人没在一起，但在国内的她一直关注着国外的他的生活。而这种关注其实就是"百度知道我对你的爱"。

我忘了儿子还处于对爱情遐想的年龄，世故地说："这就是你说的感人啊？"儿子气呼呼地回答："你看不懂就不要说。"

想对儿子说，我不是看不懂，而是我这把年纪看得太懂了，电影里的5211314，就是我爱你一生一世。所有的爱情片其实都是同一个桥段，相爱是相爱，现实是现实，因为没在一起，所以我对你有诸多向往和留恋。

想到在医院工作的梅琳告诉我的对青春期孩子要借机教育，我便乘着电影里的话题自以为是地给儿子"上上课"。

"你看不管是《匆匆那年》还是《同桌的你》，女生都做人流。现在的学生怎么都这样啊！人应该在什么年龄就干什么事，上学的时候不好好上，早早过起了日子，这拨人等到结婚了，没几天又离婚。这是对自己和别人极大的不负责。等你上大学了，你就好好享受单纯的学生生活，对爱情和婚姻心存美好，才会感受到幸福。"

儿子听了我的话，没吱声。可能对他来说现在谈这种话题为时有点早。但对我来说，从小给他多灌输点我认为对的东西，会让他知道什么该做什么不该做。这是我能给他的一点点影响。

2015年6月9日

周五晚上，一觉醒来，发现十二点多了，儿子还在上网，不由得怒气冲天。孩他爹为了安抚我的情绪，便喊着让儿子关掉电脑。儿子口里答应着，却不见行动。孩他爹一气之下，直接关掉了总开关。

瞬间，家里的空气凝固了。我知道孩他爹的举动绝对惹怒了儿子。果不其然，儿子坐在电脑前气得呼哧呼哧的。看到儿子气成那样，我心疼。

过了一会儿，儿子开始洗漱，我想洗漱完睡觉就没事了。可没想到儿子一进卧室就锁上了门。这是从来都没有的事。他一锁门，我害怕了。喊他开门，他不理我。也不知是我自己胡思乱想还是太敏感，我听到儿子好像在开窗户，在撕扯什么东西。一时间，脑子里闪现出青春期的孩子跳楼什么的画面，我自己首先把自己吓坏了。站在门外，苦苦哀求他开门，他就是不开。我顿时觉得心力交瘁。

我开始哄儿子："你把那床薄被给我拿出来，我要盖。"儿子抱着被子来开门。乘他开门之际，我推开了他走了进去，顺手拿起了放在书桌上的钥匙。再一瞧，儿子把放在床头柜上的一盆吊兰的叶子全揪下来扔了一地。此时此刻，此情此景，我还能说什么呢？

周六早上，应该去上英语课，他一直睡着不起来，我也没再强求。快到中午才起来，从表情看好像还没想通。为了缓和气氛，我笑着说："还跟爸妈记仇啊。"他依然阴沉着个脸没理我。让他吃饭，他也不吃。

他可能觉得委屈，我也觉得委屈。我的委屈给谁诉说啊，当着他的面给我老妈打电话："他把吊兰的叶子全揪掉了。"老妈说："揪掉就揪掉吧，下次我再给你一盆。"我说："不是你给不给我一盆的事，而是他这种行为挺可怕。这算啥？自虐！"老妈接着说："娃娃到了这个年龄，就有这么一折子，你少训人家，多让着点，过了这阵子，就好了。"放下电话，我对儿子说："真想回家去看看我妈呀。"可能是有点心累，也可能是想到当妈的不容易，说这句话的时候我竟然有点哽咽。

回头再看儿子，他的心情好像也平复了，再催促他吃饭的时候，他拿起了筷子。吃完饭，一起出门，我约了梅琳一起坐坐，儿子约了同学去看电影。我的心结在和好友的倾心畅谈中打开了，儿子不快乐的心绪也在和同学吃着爆米花看着电影时烟消云散。

看到过一句话，再次送给自己："当你的孩子到了十三岁，就当他出门逛街走丢了。如果老天保佑，等到十九岁，自己会敲门回家。"

2015年6月16日

有人说，家里有青春期的孩子就像是埋着一颗定时炸弹，不知道什么时候就会引爆。我对此话深表认同。在无数次的引爆之后，我开始总结经验，进行自我反思。

上一周，和儿子之间应该是相安无事。能做到此，我觉得只要当妈妈的学会闭嘴，不去招惹他，所谓的炸弹就不会被引爆。

青春期，总和"逆反"画上等号。孩子逆反，大人不能逆反。相对于青春期的孩子，大人的自控力应该比孩子强。只要大人不时时以家长的权威镇压孩子，而是学会放下身段，尽量和孩子对等交流，那么很多"战争"就可以避免发生。其实面对孩子不可理喻的暴躁和顶撞，家长偶尔迁就一下也无妨。因为孩子正在经受着青春期带来的心理和生理上突变的困惑。

很多家长都不理解："我们每天好吃好喝地供着他，什么好东西都满足他，他有什么资格不快乐？"是啊，衣来伸手，饭来张口的，有什么资格不快乐？但我们当家长的回头再仔细想一想，连不快乐都要被禁止了，可想而知，孩子希望得到家长的理解，获得精神上的自由，该有多么的难。

我们那么爱我们的孩子，就应该心平气和地陪他一起成长，允许他释放他不快乐的情绪，也努力营造让他快乐的氛围。我们应该多花点心思让孩子得到充足的情感滋润，所有的爱与关怀都应该在最合适的时候付出，不应该在太迟的时候叹息。我们可以让自己的孩子活得更快乐，身心更健康。

2015年7月1日

整理儿子的书桌，发现了一张单元测试卷，儿子写的一篇短文引起了我的注意，读罢，觉得写得相当不错，随即用手机拍了下来。

她晶莹的双眼再一次噙满了泪水，慢慢地一滴载满愧疚的泪水滑落她精致的眸子，洒进我的心田。

妈妈的双眼似乎有魔力，她哭的时候空气都会凝重，世界面对她的双眼时也会泛起忧伤。她只不过失手打了我就如此伤心，我并不记恨她，我知道错在我身上。

我靠前安慰她，凝望着她的双眼。细长的眼睫毛上悬挂着细小的水珠，仿佛破晓时分叶片上滚动的露珠。她的双眼皮失去了昔日的紧致，微微下垂。原本黑白分明的眼珠也蒙上了一层灰黄，掺杂着几缕细小的血丝。往日如同潭水清幽的双眼似乎枯竭了几分。还记得那敏锐的目光，可如今看去眼神失了那神采，饱含着幽怨与疲惫。母亲为了家一生操劳，衰老了许多，但在我心里她永远年轻。

待我问起他时，他说："我都忘了，那是题目要求描写一下妈妈的眼睛，本来还想前面应该有个铺垫，但时间来不及了，我瞎编的。"我说："如果正式考试的作文能写成这样，肯定得高分。"

尽管他觉得是在瞎编，但我还是感知到了浓浓的真情流露。看得当妈的我鼻子酸酸的，眼睛湿湿的，心里暖暖的。

2015年7月2日

儿子周末会按老师的要求写读书笔记。基本上我都是乘他没发现的时候偷拍下来在手机上看的。我并不是要窥视什么，只是想了解他的写作水平，仅此而已。

至于文字所呈现的内容和思想，我看完也就看完了，不会多想。因为我知道现阶段的他，一会一个想法，还没定型，所以我不给他任何定论。

当老师告诉我让我看一下儿子的读书笔记时，说实在的，我还有点纳闷，因为在以往读书笔记的字里行间我没有发现他有什么思想上的"异端"。最后还是忍不住问了儿子："老师让我看一下你的读书笔记，什么意思啊？"他让我看了一篇他写在另一个本子上的。

看完后，我笑道："真的是洋洋洒洒千余字啊，不过，好像背题了啊？"儿子说："这是一种手法，你不懂。"我问："你们班上是不是有人抽烟了，班干部给老师告密，你为抽烟的同学打抱不平，是吧？"儿子摇头，但也不告诉我真相。面对个头高出我一大截的他，我好奇但不再追问。正如老师所言，我也对他的言论不评对错是非，把一切交付给时间，岁月会见证他的成长。但在心底，我想说，这可能就是所谓的青春吧，有棱有角，黑白分明。

2015年7月10日

儿子好久没动过吉他了，一方面是为了应付没完没了的作业，无暇顾及；另一方面，主要还是兴趣不大吧。练琴这种事，强迫不来，所以随他意愿。

时隔多年，儿子还是记忆犹新地用文字记录下了当时练琴的苦与乐。我想，好多的时候，学习的过程和感悟可能才是成长中的最大收获吧。

木质的、深蓝的、崭新的，我第一次看到这把吉他时，它是这样的。丝毫不钟情于乐器的我，在父母的怂恿下，好奇心的驱使下，小心翼翼地尝试了这种乐器。

学了几节课，当我可以颤颤巍巍地独自演奏出《小星星》后，我隐约感受到了一点这种乐器的魅力。可与它之后的相处，给我带来的似乎只有疼痛与无奈。

"老师是疯了吗？"他这节课几乎没让我休息，而且一直在弹很难的练习曲。我的左手几乎麻木到感触不到指尖锋利的刺痛，那时觉得只要左手再按一次和弦就会涌出鲜血。那时我还小，没有勇气向老师抗议，只能默默地表示不满。我极力让自己的表情更加阴郁惆怅，对他的态度也愈发不屑，弹的时候刻意把每个音弹得模糊，节奏也被我弄得支离破碎。"他难道还不明白我的意思吗？快让我休息啊！"好吧，他压根没有觉察到，他若无其事地继续指导着我。我不知道当时是怎么熬过这堂课的，我只记得夺门而出的那一刻没有给老师说再见，眼眶中似乎噙着泪水。回家以后我重重地把吉他往鞋柜上一靠，崩掉了一小片明亮的油漆，露出浅浅的乳黄色，在它的诸多伤痕之中分外醒目。

在之后的一段时间中，我对它充满了敌意，它总是给我带来无尽的折磨，归根结底就是受不了这份苦。直到那个夜晚，父母都不在家，只身一个人，最初还欣喜，今晚可以偷懒不练琴了。可随着夜色一点点浓郁起来，时间与空间对我的压迫逐渐增大，总觉得心里空荡荡的，心神不宁。我突然意识到了问题所在。马上拿起吉他轻拨了几个简单的音，一种平静与安宁如潮水般缓缓没过心头，抚慰着不安的神经。那一夜，我弹了许多早已了然于心、可以轻松弹出的曲子，一遍又一遍地反复，思绪纷飞，全身心都无比放松，也忘却弹到了哪里，不知不觉中安然进入梦乡。

陪伴方是最长情的告白吧。每当我撩动你，就会让你不孤单，不寂寞。你对我而言又何尝不是最好的陪伴。我们一起迎接雾气凝重的破晓，一起度过一个又一个的漫漫长夜。我们似乎都离不开彼此，也罢，那就长相厮守，相依相伴走到地老天荒。

如今，你蜷缩在阳台上，忍受着日晒风吹，淡了色彩，脏了容颜。我背弃了诺言。可每当我无意瞟到你的时候，指尖总会隐约传来熟悉的刺痛。是啊，你的陪伴我怎能忘怀。

2015年7月13日

看到儿子写的一篇小文《雷哥传》，用的是文言体，内容是写他的好朋友张小雷。

其扬名江湖多年，余尝闻人名其李小三，或称其大师兄；实则其名为张小雷，号龙龙。众妹子见其沉默少言，细皮嫩肉，时故作高冷之状，便尊称其雷哥。余遂从之。

雷哥生性恬淡，不好纷争。孰知此仅乃其表。每遇其师，则愈一本正经；若其师退，则判若两人。放荡不羁，言语轻浮，众人欲吐之。

雷哥于九月生，适逢处女座。然也，其确偶有洁癖，时好妄想，造谣。

吾掐指一算，雷哥必黑我于其文章。明事理者阅之，必不受其愚骗，无中生有之。其唯恐天下不乱，以引舆论哗然为乐。吾醉乎，可笑之人耶。

虽为男子汉，内心却柔若女子，每遇情欲纠葛便不思饮食，不思游戏，消隐数日。反之，又如常人矣。

念其为人尚忠，心地还善，赞之矣。赞曰，别人笑其太疯癫，他笑别人看不穿。雷哥必可为他人不可为之事。愿其收敛心性，踏实做人，终挣脱其束缚之。

读罢觉得挺有意思，随即拍下来，发给儿子的梅琳妈妈。她看后回复道："好文采！洞悉事物很透彻。雷哥是隐喻他吗？"一语惊醒梦中人，我再品味的时候，果真也看到了儿子的影子。不过，有道是"物以类聚，人以群分"，他俩走得近，所以肯定有相似之处。当我把这番话当个笑话一样转述给儿子时，没想到惹得他大怒："你们都是脑残吗？你们想得那么复杂干吗？"我顿时被噎住，无语。

2015年7月17日

7月15日晚八点的飞机，第一次单独出门。儿子心不在焉地应付着我的千叮万嘱。看着他过了安检，身影消失在我的视线之外，我才离开，有些不舍也有些不放心。

回到家，就开始倒计时数着他到达的时间，忽然觉得时间过得异常慢。等啊等啊，到了预计到达的时间，因为害怕错过儿子打来的报平安电话，所以上卫生间时我都拿着手机。一直到十二点半总算听到了儿子的电话声，知道平安到达，我才放下了心准备睡觉。

16日中午，接到儿子发来短信："我要回，买票，快，速度。"我的头立马就大了，电话打过去，他也不接。接着我没完没了地发了四十多条空短信。最后他好不容易接了我的电话，告诉我："我本来就不想来，是你骗我来的，你说我待在这里有什么意思，我要回家，和同学一起补课一起玩，反正户口本在我这里，我现在去买票自己回家。还有，我没带充电器，马上没电了，手机屏也破了，发信息什么也看不见。你再不要给我打电话发短信。"说完就挂断了电话。

原以为他只是刚到不适应，发发牢骚而已。结果两点多接到孩他姑电话，说他们午觉醒来，不见儿子，打电话也不接。我一下子就懵了。如果傻小子一时冲动，要是真如他所言，能自己坐车回来也好，如果遇上坏人怎么办？自责，懊悔，瞬间涌上心头，眼泪奔涌而出。情急之下，给他要好的一个女同学打电话，让她给儿子打电话告诉儿子不想待就回来，但给大人买票的时间。一会儿，小女孩给我回电："阿姨，他不接电话。"我顿时心绪大乱。

在这种等待的撕扯中度过了三个小时，最终知道，他自己瞎转了一会儿还是回到了姑姑家。还没等心情平复过来，七点钟他又打电话"威胁"我要自己想办法回家。儿子如此的过激让我又生气又无奈。

但想一想，应该事出有因。首先，儿子这次出行完全是我的意愿，他自己不想去，只是勉强顺从了我而已。其次，让他带了一部不能上网的旧手机，一时间和同学完全失去了联系和互动。想到此，便将这些缘由讲给了孩他姑。

孩他姑是从事教育的，应该很会处理这些问题吧。反正，今天再也没有接到儿子的"恐吓"电话和短信，但愿，他能开心度过这个我以我的意愿为他安排的假期之行。

最后想对儿子说，妈妈的初衷是：一、让你换个环境去散散心，缓解一下学习的压力，调整一下这个学期一直低落的情绪；二、感知一下南方城市那么美好的空气和环境，顺带吹吹海风醒醒脑子；三、借此拉开一下我们母子的距离，让我学会放手，让你学会自立，最终能以良好饱满的精神冲刺中考。

可是，你却把好端端的一场出行演变成了一场让你抓狂让我伤心的出走。但通过这件事，我再一次认识到我们娘俩自身存在的不足。但人无完人，我不苛责自己更不苛责你，让我们慢慢来，去纠正，去完善。

记得听到过一句话："上帝给了你一个特殊的天使，是为了让你做一个特殊的母亲。"

2015

一

十五岁

一

初 三

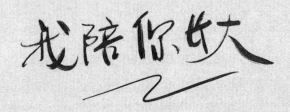

2015年8月14日

亲爱的儿子：

今天是你的生日，爸爸妈妈祝你生日快乐！

十五岁，说大不大，说小不小了。你有了自己的思想，有了不可言说的秘密，有了懵懂的情感。我远远地观望着你，也试图走近你。偶尔你会视我为朋友，但更多时候是抗拒。你时不时爆发的叛逆挑战着我忍耐的极限，因为爱你、懂你，所以宽容你、迁就你。

这个假期，我做了一个让你独自出行的决定，第一天你就闹了个鸡飞狗跳，吓得我魂不守舍。好在接下来的日子你"乐不思蜀"，倒是让我安心了不少。一个月了，我想你牵挂你但不问候你。你也不再像小时候那样事无巨细地向我汇报。我们的耳根都清静了许多。

儿子，我知道妈妈的羽翼已经无法再庇护你，是该放手的时候了，否则我以母爱为名义的管教会束缚你飞翔的翅膀。你的天空那么大，尽情地去飞吧；你的世界那么大，勇敢地去闯吧！

随着你一天天地长大，你不再依赖我，崇拜我。以前在你眼里无所不能的妈妈越来越LOW，听不懂你听的英文歌，看不懂你看的漫画书，不会玩手机更不会玩游戏。陪你吃比萨我会扫兴地来一句不如大饼夹咸菜。儿子，当你和同学坐在电影院、西餐店、咖啡屋、游乐厅追逐时尚与情趣时，当你觉得这种享受和消费理所当然时，我想不用我说你都应该明白，这一切都需要经济条件的支撑。作为父母，我们从来不会拒绝你的合理要求。当你越来越多地提出："给点赞助呗！"我会半真半假地说："越来越养不起了呀！"但值得欣慰的是，你每次需要钱的时候都会告诉我数量和用途，并且都是我交给你。从来都不会不经我的允许私自拿钱。妈妈希望你永远保持这种自律。

你越来越臭美，从小就被冠以"帅哥"之名的你无法容忍脸上长出的痘痘，在抗痘过程中你表现得忧郁而焦虑，你没完没了地洗脸照镜子让我怒不可遏，我摆事实讲道理的以身说法招来的却是你的一句："你说的是人话吗？"面对你的不可理喻，妈妈只能保持沉默。我知道，这个阶段，我说什么都没用，所以我只能把它交给时间。时间最终会告诉你，你现在所纠结和痛苦的这件大事是多么微不足道。而我真正想对你说的是，男人的胸怀和气魄远远大于男人的容貌。

无意中发现了你的情感小秘密，原以为自己会淡然处之，没想到内心却极不舒服。也自嘲：这是婆婆心理啊！我试探着向你挑明，期望你就会拿我当朋友；结果是我越表现得不在乎和理解，你越防范。你的言行告诉我，早恋这回事，我只能静观其变。

儿子，妈妈很多的时候也在经受着情感和理智的撕扯，一方面我希望你独立成熟，另一方面我又怀念你对我的亲昵和依赖。当你疏远我的时候，我会莫名地伤心和失落；当看到你连基本的生活都不能自理时，我又会陷入深深的自责，是我把你养废了。我越来越清醒地意识到从现在起我不能再无节制地宠爱你，而是必须对你狠一点，否则爱就会变成伤害了。

儿子，在你成长的过程中，我由于工作、生活的不如意或不顺心，会产生一些负面的情绪，也难免将这些负面情绪迁怒于你，我会因为一点小事指责你、贬斥你，也因此伤害到了你，妈妈向你表示深深的歉意。我想说，陪伴你成长的每一天，妈妈也在努力地成长。

每个人都有专属于自己的成长时代，我不再给你灌输我的思想，不再将我的人生观、价值观强加给你，我们之间横跨着二十多年的鸿沟，无法逾越，无法抵达。

儿子，我的小小少年郎，请聆听妈妈对你十五岁的生日祝福，希望你越来越坚强，越来越勇敢，做一个真正的男子汉！

2015年9月13日

儿子这学期的读书笔记，老师规定读《培根随笔》。一直到现在我也没有读过培根的书，只是偶尔看到他的一些类似名人名言的东西。此时此刻，又偷偷地看儿子的读书笔记，感觉有点恍惚。这是他写的吗？

可能是时代的缘故吧，培根在这篇中的一些观点过于片面，并不符合当今的世界，但还是有些许意义的。

不知培根结过婚没有，我也没兴趣去考证这个。但可以看出比起独身他更推崇婚姻。

那个时候的婚姻比起现在简单许多。年轻人没有太多的爱情自由，大多数都受到父辈的掌控。那种婚姻建立在两个家族的利益之上，而不是所谓的爱情。当然了，时至今日婚姻依然与物质紧紧捆绑在一起，所谓裸婚太过于理想化，不切实际，婚姻法保护的也只是财产，而不是爱情。

说到独身，最近两个年逾半百的"单身汉"很火，一个叫朴槿惠，一个叫普京。书中所言独身者的冷酷、心肠硬，他俩都不少，可仁慈他俩同样不缺。正如外媒的评论，朴槿惠把自己嫁给了人民，嫁给了国家。

培根说婚姻可以使人有约束，有责任感，不会放纵。但又有太多抛妻弃子的案例，尽管只是极少数，却足以说明是否选择承担一个家庭的责任完全取决于自身。九元钱的一张结婚证并没有十足的说服力。至于是否有能力承担一个家庭就要另当别论了。

培根写的是随笔，并不从实质出发，仅仅泛泛而谈一下，也没有必要和他的观点较真。

能用一生去守护一样事物的感觉真心不错。总有一天，所有的孩童为人父母，他们一定会很不错。同样也会有人耐得住人间繁华，独身终老。

纪伯伦有一首诗我一直都很喜欢，叫作《婚姻》，其中的一句是"彼此相爱，但不要让爱成为束缚"，其中的道理也不言而喻。

既然缔成姻缘彼此都不要后悔。

我们会遇见一些相似的人，玩闹甚欢。遇见一个相补的人，白头到老。

小屁孩从什么时候起脑子里装了这些关于婚姻的东西？他看到的？听到的？读到的？反正，回想当年十五岁的我，如果站在现在十五岁的他前面，我想，我们彼此是绝对没有共同语言的。

人到中年的我，其实面对儿子的这篇读书笔记，感知他对婚姻的看法，我真的也会从中受益。我们是两代人，可是我会觉得他的这篇文字和思想比我成熟。所以，我真的要和他平起平坐像朋友一样交流，而不是整日里大呼小叫让他吃这个穿那个。

2015年11月9日

收拾儿子的抽屉，看到儿子写的《给父母的一封信》。结尾处有老师写的"回信？"二字，很明显是老师布置的作业，应付完了老师的检查，他从作业本上撕了下来。细细读来，在字里行间里，我听到了一个拒绝成长，渴望被认同的十五岁男孩的心声，内心涌上一种不能言说的感觉。

我写这类东西是肯定不会给你们看的，所以也无须拘泥于书信格式。

你知道我为何总是无理取闹，大发脾气，恶言相对？当你问我想不想你时我总会毅然地说"不想"。我并非薄情，其中缘由我慢慢说给你听。

我最羡慕也最怜爱一个男孩，他叫彼得·潘。或许彼得·潘和小王子有些许相同，但彼得·潘让我觉得无比真实。彼得·潘拒绝成长，恰好他真的不会长大。我喜欢他的所有不好，喜欢他的自私，喜欢他的蛮不讲理。从我的内心出发我也拒绝成长，可我只有在你面前时才能心安理得地将自己的年龄抹去一位数字。彼得·潘总是伤害着身边的人，我也同他一样伤害你们。因为我知道你们是唯一任凭承受我多少伤害都不会停止爱我的人，我想我是自私的。

文蒂要走了，孩子们要走了，可是彼得装出一副无所谓的样子，他依旧在有口无心地吹他的破笛子。大家叫他一起去找妈妈，可是他不。"你们去吧，我才不去呢，真见了她，她一定又要盼望我长大了。我才不想长大呢，我要永远做个孩子，永远玩耍。"

彼得·潘有一个不好的习惯，就是口是心非。我在你们面前也是同样的口是心非，现在一切都很好解释了吧。《彼得·潘》这本书带给我的哀伤远远胜过任何所谓的悲剧。我之所以可怜他，也正是可怜我自己。但我深知我不是彼得·潘，我终会长大成人。等我用不了多久到了可以名正言顺抽烟、喝酒的年龄时，我自会表现出那份令你陌生的成熟。至于现在姑且让我在你们面前任性下去，你们也不要对一个小孩子太苛刻就好。

最早读《麦田里的守望者》是五年级的样子，当时唯一的感受就是：呀，这小伙真酷。后来又不厌其烦地读了几遍，才渐渐品味出一些成长中的酸楚。中国的

"愤青"和美国的"愤青"在成长过程中都会积攒太多的负能量，这些负能量总需要找到渠道来释放，释放过后便会有一些潜移默化的改变，只是你们看不到罢了。最终主人公从妹妹那里，也正是从亲人那里，找到了一种温暖的归属。

这让我不得不和你提一下我们之间的"亲情"二字。人类笼统地将感情分为亲情、爱情、友情。这其中我最不相信友情，因为友情只有两种结局：要么上升到爱情，要么破碎。友谊大多走向后者，仅有的爱情又存有零星背叛。若即若离的友情也毫无意义。唯有亲情无比牢固，那种深夜归家的温暖甚是美妙。

我走向成功的速度永不及你们衰老的速度，你们可以把我说的这些认为是我真情流露，也可以认为是我在为自己的不懂事找借口开脱，无所谓的。有一天，你们死了，我有多后悔，我就有多爱你们。

2015年11月17日

儿子期中考试下滑得相当厉害，看了试卷，看了排名，我内心不由得充满了愁绪和自责。明年关键的中考，该如何应对？

想来想去，首先想到的是电脑和手机。最近去爸妈家养伤，仅仅四十天的时间，孩他爹一味地放任自流，由着儿子尽兴地玩个没完。记得我回家看到的第一幕就是儿子玩着电脑游戏，孩他爹刷着手机，都激情投入地乐在其中。当时我就怒不可遏，但没有强行制止。

这下倒好，成绩的下滑，这不就是罪魁祸首吗？我能想到的就是断网，没收手机。冲动之下，没有想好策略，结果就上演了一场和儿子的大战。

此时此刻，不想再去回忆那痛苦不堪的一幕，只是想静下心来，梳理一下自己的情绪。

儿子小时候，我总是满怀慈爱以欣赏的目光看待他，他也一度带给我很多的惊喜和感动。很长的一段时间里，我幸福地享受着他对我的崇拜和依赖。

儿子上中学了，我真的是没有调整自己的教育方式，很多的时候我依然把他当小孩看，当小孩管。而且在此期间，他为了应付繁重的学业，我没有再陪他读书。那种一起学习，一起讨论，一起成长的时光渐渐都成了过往。

远离阅读的日子里，儿子开始从网上、电视上、学校里接触到大量的信息。他视野的开阔、思维的拓展、知识的获取，一下子就从以纸质为媒介跳跃到以电子产品为媒介。但是我依然故我地钟情于文字，不上网、不看电视、不玩手机。

儿子听英语歌，看美剧，玩英雄联盟，关注NBA……而我呢，读哲学，学灵修，练瑜伽……貌似他生活在现代，我生活在古代。彼此共同的话题越来越少，分歧越来越多，想要走近，真的需要穿越。

我每天唠叨的话题总是他不愿听的"努力学习，少玩游戏，珍惜时间，做事讲效率……"。我以过来人的身份给他灌输爱情的奢侈，婚姻的功利，目的就是想告诫他早恋的危害。

夜深人静，面对着电脑屏幕，敲打着文字，问一问当年同样十五岁的自己，你珍惜时间了吗？你好好学习了吗？你不喜欢玩吗？难道你没有过对美好爱情的憧憬吗？

这一问，顿时觉得汗颜。从什么时候起，我变得如此世俗不堪，不近人情。当我用审视而挑剔的眼光看待儿子的时候，却忘了站在镜子面前照照自己。

儿子大了，我老了。不是儿子走得太快，而是自己停止了追赶他的步伐。仔细想一想，不是儿子叛逆得不可理喻，而是自己霸道得不近人情。对，他是我的儿子没错，但他首先是一个独立的人，我不能用自己的思想禁锢他，不能用自己的处世方式要求他，更不能以爱的名义束缚他。

另外，他生活懒散，不懂节俭，不做家务……这些都是我长期以来没有注重过他这方面的教导所致，错在先的是我，希望他能有所改观，但这需要个过程。

儿子，原谅妈妈对你时不时表现出的简单粗暴，我不想再找太多的借口来为自己无心的错失而辩解。希望通过这一番自我的剖析认知之后，我会有勇气正视那个不完美的自己，重新用欣赏和鼓励的眼光看待你。让我们的关系能达到一个良好的状态。

2015年12月8日

周六，儿子匆匆忙忙去补课了。我看到电视播放的界面停留在电影《百万美元宝贝》。这部电影儿子应该看过好几遍了，他看的时候我偶尔会瞄两眼，因为看到画面上频频出现的是拳击，而我对这项运动是比较排斥的，所以也就想当然地告诉自己不会对这部电影感兴趣。但为了跟上儿子的步伐，我开始看起了这部电影，结果，没看多长时间，便完完全全地投入其中了，电影带给我震撼的同时也让我感到疼痛。我想这就是电影的魅力所在吧。

周天，看见儿子在看《我的个神啊》。和以前不一样的是，我不再是漠不关心，而是立马凑过去，和他一起看。

事后，孤陋寡闻的我才从儿子口里得知，《百万美元宝贝》是获得奥斯卡金奖的影片。《我的个神啊》创造了宝莱坞电影史上的票房冠军。

通过这两部电影，我肯定了儿子的品位，同时也肯定了成长中的他。孩子真的大了，有自己的思想，也就有了自己的喜好。我想，他对艺术懂得鉴赏，就会对事物明辨是非。

每次从当当网购书时，里面会附带着几张书签，上面写着"爱阅读的小孩不会太坏"。我想，应该是吧。

2015年12月18日

那天，当我强行拔掉网线的时候，儿子火冒三丈地冲我吼道："你为什么那么蠢呢？其实你不要管我，我玩上一会儿也就学习了；你非要管，我偏不听。你说你这么跟我较劲有意思吗？"我瞬间僵住。

事后，想来想去还是在自己身上找问题。我是不是真如儿子所言到了"蠢"的地步？也许还真是吧。明明知道儿子处于青春期叛逆，而这种叛逆就是你让他向左他偏向右，总之他就是凡事都要和你对着干。可是我的处理方式呢？我不由自主地要打压他，潜意识中总有个声音在支配着我的思维："我是你妈，我生了你，养了你，你还反了不成。"我知道在发火的那一刻我又当了情绪的奴隶。

怎么收拾这个局面？要求自己妥协、和解。待我和儿子的头脑都冷静后，我首先给儿子道了歉。

接下来的日子，我不再强行要求他，而是改变自己。我开始看他推荐的美剧，听他听的歌，看他看的书；从而真正了解他的思想，他的爱好，寻找到一种能和他平等相处的方式。我爱他，他也爱我，我们是这个世界上最至亲的人，不应该彼此伤害。

当我做到改变的时候，我真正体会到，孩子叛逆，家长千万不能跟着也叛逆。当家长不再简单粗暴地对待孩子了，孩子也就不再那么尖锐无礼地对待家长了。

2015年12月23日

儿子要网购巧克力，并且要两盒。不用说，一盒给自己，另外一盒当然是要送给那位和他有故事的女同学了。结算时，我看到价格不菲，便插了一句："这网上也不便宜啊！"儿子听了我的话，便回了一句："那就买一盒吧。"

货到了以后，隔着包装盒看到巧克力的形状是各种各样的贝壳，蛮漂亮的。我对儿子说："哟，品位不错啊！"儿子答道："那当然，进口的，因为是双十二才半价的。"儿子小心翼翼地把巧克力放在冰箱里冷藏起来，看来是不打算一饱口福了。

周末补课回来，看到他手里拿着一个特别雅致的手提纸袋。不用问，我就知道我的这个多情公子浪漫的意图了。不得不承认我对儿子这种潜移默化的影响已根深蒂固。不过对男孩来说，情感如此细密其实不是好事。但从另一个角度来说，像儿子这样的男孩会比较讨女孩子的喜欢。

现在对儿子的一系列言行，即使看不惯也强迫自己"睁一只眼，闭一只眼"。知道青春期的朦胧情感很美好，就由着他尽情抒发吧。不是自己支持"早恋"，而是因为通过我的观察和对儿子的了解，那只是一种情愫。过分地打着影响学习的旗号规劝和制止，也许会适得其反。

2015年12月24日

儿子一进门，吓我一跳，竟然戴着一只黑口罩。进了屋也没摘下来，便走到镜子面前臭美。我说道："这会没洁癖了，新买的，洗都没洗，就先戴上了。"儿子这才赶快摘了下来递给我："那你洗一下。"问他怎么想起来买个口罩戴。他回答："和我关系好的那个女生她说要买。"我忍不住还是来了一句:"女朋友?"儿子说:"不是,是另一个女生,和我特别像。"我问:"怎么个像法,长得像还是志趣相投?"儿子答:"志趣相投。"我开始八卦:"那你和她一起逛街,你女朋友不吃醋?"儿子说:"不知道。"接着儿子又主动地报告:"这种口罩只有两款,一款上写着'宅女',另一款上写着'型男',我们觉得男生戴'型男',女生戴'宅女'这也太没创意了,所以我就戴'宅女',她戴'型男',这样才比较酷。"我无语。心想,是啊,你俩这样的行头走在街上,是挺拉风的。

2016年1月12日

2015年的最后一天,儿子放学回来,手里抱着一个心形的精致礼品盒。

我问:"这又买的是什么啊?"

他回答:"分手礼物。"

我诧异:"分手?你说是要和王笑尘分手?"

他平静地说:"是啊,那又怎么了?"

我问:"为什么啊?"

他答:"麻烦得很,她嫌我和别的女生玩,老生气,太情绪化了,我现在准备要好好学习。"

我不怀好意地补充道:"你别是移情别恋了吧,还打着准备好好学习的旗号。"

他说:"反正我现在谁也不追。"

停顿了片刻,也不知在什么心理作用的驱使下,我忍不住地规劝:"现在不要和人家说什么分手的话,下学期最多再有三个月,中考结束,自然而然就分手了。我觉得小女孩也挺花痴的,爱与被爱都要负责任,你不要太拿自己当回事,随随便便伤害别人。现在是中考的关键时期,就像好朋友一样好好相处,互相鼓励考个好高中才是正事。"

晚上,儿子让我看了电影《HER》里面男主人公写给妻子的一封信,因为是中英互译,再加上我思想不太专注,也没太看懂,好像是他还爱着她,但是分手了。我也没再追问儿子借机想表达他的什么想法。只是听他说了一句:"我还奉劝别人要分手就赶快分手，把不好的事结束在2015年，我却没结束。"

看见儿子把礼品盒里面的小玩意一一摆放在书桌上时，我才看清，一模一样的东西是好几个，问他："这叫什么？"他答："龙猫。"知道我不懂，又补充了一句："有部日本动画片叫《龙猫》。"到睡觉的时候，见他依然没有收拾起来的意思，便打趣道："还在自我欣赏呢？"他答："什么啊，有味道，放在外面跑跑味。"听了他的话，我没好气地回敬道："原来这就是所谓的'士为知己者死'啊，你就不怕这个味道把你熏死。"说完，我全给他装到了盒子里，放到阳台通风的地方去。心想，你怕有味污染你的女朋友，我怕有味污染到我儿子。一声叹息，儿大不中留啊……

礼物在家放了好多天了，以为他不送了。今天早上，却见他抱着盒子出了门。事后才知，今天是小女孩的生日。再问他分手的事，他答："又好了。"没再追究详情，免得话不投机又招惹他不高兴。由他去吧。

2016年1月26日

先讲一个听来的关于青春期叛逆的事儿。家住五楼的一高中男生因和妈妈发生争执，为了发泄一腔怒气，将妈妈扛在肩上从家里冲出，一口气从五楼跑到一楼，再从一楼跑回家，将妈妈扔在床上。经他这么一折腾，最终导致的结果是120救护车将妈妈送至医院。当时别人讲得绘声绘色，我听得哈哈大笑，真的就是觉得那个孩子的举动太好玩太好笑了。

再讲一个我家邻居的事儿。他家住在我们家楼上，我儿子当时上小学，他家儿子上初中。每天晚上当我们准备要睡觉的时候，楼上就会传来母子两人声嘶力竭的哭喊声。隐隐约约也可以听到内容，应该是儿子在玩手机影响了写作业，妈妈去制止，从而引发冲突。想当然的，我视这对母子为家庭教育的反面教材。

还有一次，听表哥在给我们描述他儿子的种种叛逆行径，临了还用到一个特别过分的词——憎恶，来表明他对儿子的态度。

长期以来，什么事只要不发生在自己身上就可能真的无法理解当事人的诸多痛苦和无奈。直到有一天，你身处同样的境遇才会理解什么是"感同身受"。

目前，我就是处于这样一个阶段，面对儿子的青春期叛逆，我忽然就觉得发生在别人家的那些事儿一点都不好笑，一点都不反面，一点都不过分。

尽管喝了很多的"心灵鸡汤"，学习了很多的青春期教育；但是，事到临头，我依然如祥林嫂般的喋喋不休，我依然如那些更年期妇女一样声泪俱下。事后，我也为自己汗颜。

昨天晚上，儿子的一番话让我感到如雷轰顶。

"如果我上课不听讲，你管得了吗？你先管好你自己再说。"

"你不懂教育，更不懂平等教育。"

"我没有挥霍你的钱，如果你觉得我们之间只是钱的问题，我以后会给你还上。"

"你怎么和我相处都无所谓了，反正两三年后我就去外地上大学了，也不会再烦你了。"

"其实好多情绪都是受别人的影响，我不会再受别人的情绪影响。"

"你觉得我冷漠，那只是你觉得，其实我很善良。"

……

先检讨一下，最近这段时间，的确是自己不对。原因是多方面的。最主要的原因应该还是我内心的焦虑，眼看着中考在即，儿子却无动于衷地玩电脑、玩手机；我看在眼里，急在心里。每每催促他学习无果的情况下，我不由得怒火中烧，三言两语，就落得个两败俱伤。那种没来由的挫败感深深地强袭了我，让我顿时陷入无助与失望的谷底。

想来想去，还是放下家长的权威，控制自己的情绪，做出适当的妥协。因为实践证明，处于青春叛逆期的孩子你根本招惹不起。虽说忍无可忍则无须再忍，但这是孩子成长过程中的一个特殊时期；所以，我必须得忍，再忍，还要忍。

2016年2月29日

这个假期，臭小子基本以手机为伴，强制无果的情况下只能放任自流。开学了，依然照旧。打不得，骂不得，怎么办？

先拿孩他爹开刀，警告他："你再当着我儿子的面玩你的破手机，我就把你和手机一块从窗户扔下去。"将内心积压的怒火平息再平息，将面部表情放松再放松，以商量的口吻对儿子说："你想想，我们把大好时间浪费在八九十岁的人都能干的刷屏的事上真的是得不偿失。你现在这个状态就跟有瘾似的，你知道吗？所以，妈妈通知你，我必须得拔网线了。"

拔掉了网线，儿子中断了玩手机，开始和我冷战。叫吃晚饭，不吃。我狠下心，不吃就不吃，不吃证明不饿。看我没有妥协的意思，一个人无趣地走进卧室，躺在床上翻来覆去地折腾了一会儿，起身，穿上衣服，出门。我告诉自己，由他去！

九点了，还不见他回来。心里不由得着急起来，但一个劲地劝说自己："与其担心，不如祝福。"终于，听到敲门声了，长舒一口气。看到他手里拎着个食品袋，知道他去外面填饱了肚子。本想再推心置腹地谈一下，但想到时机不成熟，算了。自己拿着书坐在沙发上看，他在我眼前无聊地走来走去。我依然不理他，他说话了："你坐在这儿干吗？我要写作业了。"我一言不发地进了卧室。

不管他想通了还是没想通，反正磨磨叽叽地写着作业。在这期间，我还是忍不住地督促他睡觉，换回的是一句："你能不能不说话？"压制自己的结果就是心脏一阵一阵的感觉不舒服。一直到凌晨三点他才离开客厅走进自己的房间。

感觉刚睡着，就听到起床铃声，然后就听到他起床了。不管他多么地不可理喻，我多么地怒气冲天，早饭还是得给他做啊。当然，他也没再继续"绝食"。不声不响地吃了早饭，背上书包满脸倦意地走出家门上学去了。

想到他只睡了三个小时，我心疼不已。大脑开始启动自省模式，多挖掘孩子身上的优点，洞察自己身上的不足，平和自己的心态，陪他走过这段青春叛逆期。

中午，狼吞虎咽地吃光了我精心为他准备的午餐。看他脸色缓和，我开始语重心长地唠叨："儿子，你都快十六岁了，该知道为自己的行为负责了。你想想，哪有父母不爱自己孩子的？我们竭尽全力地养育你，什么好的都愿意给你，玩手机如果真的是什么好事，你说我会阻拦你，不让你玩吗？妈妈有时候真的也不知道怎么跟你交流，但你也换位思考一下，假如你现在是爹，你面对你中考的儿子，会怎么做？"儿子一直没吭声，想必是听进去了吧。

从现在做起，从父母做起，引领孩子远离手机，让学习步入正轨，迎战中考。

2016年3月14日

昨晚又和儿子较量了一番，矛盾升级，两败俱伤。事后依然是无尽的自责和追悔莫及，但于事无补。

"战事"的起因每次都是让他早点睡觉，他都是在玩手机或者电脑。不催促吧，他不自觉；催促吧，他总是"嗯，马上"，可迟迟没有行动。喊一次，二次，三次，四次……他烦，我怒。

频繁地上演着这种相似的剧情，最终的结果就是和他的距离越来越远。也许我真的就是一个失败而无能的母亲，他就是一个不知好歹的家伙。可是，我又不甘心就这样否定自己和孩子。

想想，这么多年来，心心念念的全是他。原以为，母爱是可以化解一切冲突和矛盾的，但一个青春期叛逆折腾得我苦不堪言。

看到别人侃侃而谈与青春期强烈叛逆的孩子过招：一、敌进我退，不跟孩子正面冲突；二、曲意怀柔，套出孩子的秘密；三、有理有节，让孩子心服口服。人家只用了看似简单的三招，就让孩子的青春期波澜不惊地安然度过，也让家庭的天空每一天都是晴朗和明媚的。

反观自我，错在哪里？这一问，还真是让自己汗颜。

问题的症结依然是情绪。我还是无法游刃有余地掌控自己的情绪。儿子叛逆我跟着叛逆，不会示弱不懂妥协，再加上娘俩性格相似，脾气一样，正话反说。气急败坏之下一句句发狠的话就像一颗颗子弹从彼此的嘴里射出，互相伤害，无一幸免。

扪心自问，过错多的是自己。自儿子上中学后，我对他的赏识变成了挑剔。我好像看不到他身上的闪光点了，放眼望去，看到的都是他的缺点。原来的可爱变成了现在的可恨。当我写下这句话的时候，我不得不承认我没有做好应对儿子长大这个现实。

其实当男孩进入了青春期，不是母亲的力量变弱了，而是男孩的"翅膀"变硬了。

2016年3月18日

周末晚上，和儿子又发动了一场"战争"。向来和颜悦色的孩他爹都被我们娘俩的无理取闹惹火了，冲着我俩喊道："滚出去吵去！"一时间，面对儿子的怒目而视和孩他爹的出言不逊，我被两个白眼狼气得声泪俱下。委屈、挫败、无助、悔恨、伤心……五味杂陈，心灰意冷。

周一早上，手机的起床铃声响起，我伸手关掉。心想，爱起不起。一分钟、两分钟……五分钟过去了，还听不到儿子起床的动静。我抬脚踢了孩他爹一脚，并冷言冷语道："你准备让他睡到几点，不去上学了吗？"孩他爹极不情愿地下了床，去喊儿子起床。末了我又给孩他爹补充了一句："从今天开始，姑奶奶我不侍候你们两位爷了。"

狠了狠心，一直躺着没起来。儿子空着肚子上学去了。本想着饿他一早上惩罚一下他，结果是我一个早上都处于不安之中。中午，依然准备了午餐，等待他回家吃。一进门，就看见他手里拿着包零食。换了鞋，洗了手，便打开袋子去吃，理都没理我。看这架势，是和我要打持久战了。知子莫如母，只能给他个台阶下，喊了一声："饭都凉了，快过来吃。"母子相对无言，闷着头吃饭。最终还是我没忍住说了一句："如果你觉得我做得不对，那么请你原谅；如果你觉得是自己做得不对，那么请你改正。但你别忘了，天底下没有不爱自己孩子的父母。"儿子没好气地回敬了一句："你能不能不说话？"

晚上，儿子下晚自习回来，写作业、洗漱、看杂志、睡觉。一切正常。周一、周二、周三、周四，天天如此。而我，埋头看我的书，不再去管他。看来，彼此都退一步真的就是海阔天空。

想一想，每当我一遍又一遍不断地催促他停止玩手机早点睡觉时，我的焦虑逐渐升级进而转化成愤怒，也许他反而不着急了，因为他的注意力被我转移了，他觉得我妄图"控制"他，而处于叛逆期的他偏要和我"抗争"。这样一来，"战争"就爆发了。

自己花那么大的力气催促他，结果是适得其反，一点作用都没起不说，还弄得个两败俱伤。而当我淡定下来，不再全身心地去关注他，不必为他那么着急上火，而是安守自己内心的平静时；也许他反而会懂得玩手机要有节制，早睡早起才能上学不迟到。

2016年3月28日

人说，要做一头快乐的猪。快乐的猪是怎么个样子呢？难不成就是人们眼里看到的吃了睡，睡了吃？

人说，思考是痛苦的根源。

是不是可以这样说，猪的快乐是因为它不会思考，而人不快乐是因为会思考。

我不知道，猪到底快乐不快乐，但是我知道，我儿，你不快乐！因为你不快乐，所以我也不快乐。

教育专家指出，被冠以独生子女称号的这代人从降生的那一刻起，带着与生俱来的孤独。我想，应该是吧。可是，回头再想一下，茫茫人海，其实，每个人都是孤独的个体。

孤独、寂寞、幸福、快乐……这些都不是生活的常态，它们只是内心的感受。当有一天，你的内心足够强大的时候，你就会游刃有余地排解孤独寂寞，享受幸福快乐！

你现在正面临着青春期的迷茫、困惑。说真的，我能理解，却无法帮你。这是人生的一个必经过程，而这个过程之所以痛苦，因为它是一个破茧成蝶的过程。

关于中考的压力，怎么说呢？必须承受，因为我们目前没有选择！看到你的心烦意乱，听到你的唉声叹气，好在，你还懂得咬牙坚持。

你让我知道，基因是个可怕而强大的东西，当我看着你，就像看着另一个自己。你越来越像我了！虽然我是那么不希望你像我！

2016年4月6日

儿子从上个学期开始，就留了个所谓的"蘑菇头"，齐刘海过了眉毛都快遮住眼睛了，他执意不剪短。这或许就是他现阶段的审美。我虽然看不惯，但也没办法强迫，只能由着他。

每次去理发，我不再跟着他去，他都是自己在小区门口一家理发店里理。但每次理回来，就跟没理差不多。他告诉我："我就让人家修了修。"头发越留越长，而且因为长身体的缘故，头发也容易出油。他倒不嫌麻烦，每天早上起来洗澡。头发一直保持得清爽顺溜。可能也是渐渐地看习惯了，我也接受了他的这种看似"TF-BOYS组合"的发型。

这个周末，儿子提议让我陪他一起去理发，顺带申明就按我的要求理。我一时纳闷。等问明原因才知，儿子在街上被路人问道："姑娘，保利山庄怎么走啊？"这样不是笑话的笑话可能也让儿子意识到了问题的严重性，所以主动地要去改变形象了。说到底，他自认为从里到外他就应该是个名副其实的MAN。

可能是随了时代大流，现在的男孩普遍"娘娘气"。说到我们大多数人讨厌男性身上的"娘娘气"，韩松落在一篇《不够硬朗的"快男"》中写道："因为主流文化对男性气概有规定、有要求，男性气概的丧失，被当作是负面的、罪恶的。但我最深切的感受是，男性的气质，是从生活环境、社会气质里生长出来的，并非什么人刻意为之，现在的男性和以前的男性，在气质上之所以有明显的差异，是因为时代到了这一步。值得我们追求的，不是统一定调的男性气概，而是生命形态的简单，是每个人顺应内心，长成自己该有的样子。"

说实话，有时候看到儿子"弱不禁风"的样子，我会忍不住地戏谑："亲爱的儿啊，我要是有个姑娘，我绝对不会同意我的姑娘嫁给像你这样的。你说，肩不能挑，背不能扛的，还得人伺候。这不纯粹是嫁了个爷吗？指望你承担家庭重任，难啊。"但回过头再看一看周围，上至那个中性化的快女李宇春、女汉子贾玲，再到儿子身边的姐姐妹妹们，真的是一片"阴盛阳衰"。

贵州大学校长郑强说："如今的青春正在逐渐失去蓬勃的力量，两性之间的差别越来越小，界限越来越模糊。如果在一个年轻的世界中，男孩都不爱打球了，男孩的脚都不臭了，那这个世界中的雄性味道也就彻底失去了。"同时他也说了一句让中国女性觉得解气的话："中国男性愈加没有担当，让中国女性承担了她们不该承担的责任，所以中国女性活得很苦。"

我是一个母亲，我非常宠爱我的儿子。但同时，我又是一个女人，所以我会以一个女人的角度来要求我的儿子。因为我知道，有一天，他最终会离开我的庇护，而要靠他的肩膀去承担他的责任。我希望他牢记男儿本色，不管是于国还是于家，都能做一个有担当的男人。

2016年4月8日

下周三就要一诊了，学校上周进行了摸底测试，用儿子自己的话说，就是考得中规中矩。他自己也分析，语文、物理、化学如果正常发挥，应该和优等生的差距不是太大。英语虽然考得不理想但他并不担心，他的心腹大患是数学。

儿子他们班，每次语文考试都是全年级第一，而数学就比较落后了。一方面，这可能和他们的班主任是语文老师有关；另一方面，可能就是他们班的同学普遍偏文科。数学的学习一定要多做题，儿子在这方面还是比较懒，缺乏耐心和毅力。

近几天，明显感觉到儿子有了压力，学习的主动性较之前有所好转。我呢，心里并不比他轻松，可是又不能把这种焦虑表现出来。唯一能做的依然是好好地做饭给他吃，并时时把控自己的情绪，注意不要影响他的情绪。

对于高中的去向，儿子内心的想法和我基本一致。一致的原因就是我们对这次抉择都很清醒，说到底他是知己我是知彼。但我现在不敢表露自己真实的想法，因为那是万不得已的选择，而且最后的这个选择一点都不敢掉以轻心，必须奋力一搏，坚持到最后。现在真的是箭在弦上啊！

2016年4月11日

昨天晚上快凌晨三点了，儿子还没睡，我忍不住走过去冲他吼了一句："都三点了，还不睡在干吗？"他可能已被作业整得焦头烂额、心烦意乱，气呼呼地回了一句："你能不能有点素质，哪个家长像你这样的？"听了他的话，刹那间，什么家长风度、权威都荡然无存，只有满腔愤怒地以牙还牙："那你说，哪个小孩像你这样的？"

周末作业是有点多，可是他白天一个字都不写，总是磨蹭到最后一个晚上才写，而且一般还是到了后半夜才"幡然醒悟"——作业还是要完成的。他这种懒散的状态持续好长时间了，说了无数次，总不见效，我真的束手无策。

我很理解他现在的状况，他不想学习但又不得不学。他应该也认识到这点。没完没了地做卷子，是烦，但不做怎么办？磨蹭便成了他消极抵抗的方式。而对我来说，每次看到他那种无用功的熬夜，学习倒是被我放置在了其次，睡觉成了头等大事。而在他看来，别人家的家长看到孩子半夜三更地还在学习都应该高兴才对，而我却是为他的晚睡大动肝火。由此，我竟然在他眼里成了个没素质的家长。

今天中午，他在吃饭时，管他爱听不听，我还是把我的不满表达了出来："我这个没素质的家长，看到你晚上睡那么点时间我心疼。我每天唠叨来唠叨去的那几句废话，都是为了让你早点睡觉，生活有规律，让你明白身体是革命的本钱。至于我的用心良苦你理解也好不理解也罢。"

试问，到底是没有像我这样的家长，还是没有像他这样的小孩。或许我不是他理想中的"好"家长，他也不是我理想中的"乖"孩子。

2016年4月13日

不管愿不愿意，不管准备没准备好，一诊都如期而至。

一诊第一天。早上：语文。下午：物理。

中午一回到家，儿子没来得及洗手，就拿起手机查看语文答案。然后说了一句："语文没考好。"我问："难吗？相比你们学校的考试呢？"儿子回答："题量大，难。"给儿子打气道："你觉得难可能大家都会有这种感觉，第一门，即便没考好，也不要紧，别的科目再把分拉回来。"

刚才在网上查关于中考一诊的相关消息，发现了一个中考家长群，加了进去。

群里的爸妈们都在热烈地谈论着孩子们的考试，有人已经和刚下考场的孩子取得了联系，但不敢问孩子考得怎么样。唉，真的是"可怜天下父母心"啊！孩子们在考试，其实家长们的心也跟着悬着。大人孩子都不轻松。

孩子们的考试结束没多久，网上的答案已经公布了，这神速！

相比之下，一诊对大家来说可能还是能以平常心对待的，毕竟不是最后的一锤定音。因为有时间上的缓冲，大家应该还有更多期待。但此时，看着群里不停闪动的消息，整个氛围都充满了紧张和焦虑，心真的难以平静。

2016年4月28日

《说文解字》将"纠"解释为"绳三合也"。意思就是拧在一起的三股绳子就叫"纠"。再用这三股绳子缩成的疙瘩就叫"结"。那么所谓"纠结"，应该就是三股绳子系了个死结。其实我们每天脱口而出的"纠结"说白了就是左也不是右也不是，相当矛盾，可谓矛盾中的矛盾。

一诊考试结束后，我和很多中考的家长一样，经历了一段非常纠结的时光。这种纠结就来自于到底报哪所学校。

儿子的一诊成绩不是太理想，但我也并不是特别介意。因为儿子内心早就定下了要继续上他们学校的高中，而要考上这所被外界评定为"不怎么样"的高中对儿子来说应该是一点压力都没有。开始不太能接受这样的结果，但想到这所学校离家近，再加上班主任"宁做鸡头，不做凤尾"的建议，内心也就默许了。

当我们一家老小在餐桌上一致达成"遂儿子的心愿，他自己爱上哪就上哪"的意见时，孩他爹去参加了各校组织的咨询会。反馈回来的意见是，上东方高中是下下策。缘由是以儿子的成绩上省级示范高中一点问题都没有，为什么不把省级高中作为首选，退而求其次上市级高中？

是啊，既然能上好的为什么不上？难道仅仅就为了图个上学方便？人人都说高中一定要择校，享受最优质的教育资源。这一下，我脑子全凌乱了。

正确评估儿子的成绩，对比历年的录取分数线，如果儿子中考时能正常发挥，那么除了师大附中和一中外，其他省级高中都可以报的。

开始在网上搜罗相关学校的各种资料。第一天：炼一。第二天：兰大附中。第三天：化一。三天下来，我眼睛干涩，神情恍惚，头晕目眩，茶饭不思。心里却依然没底，何去何从？

然而整个过程其实都是我一个人的孤军奋战。因为儿子主意已定，孩他爹的观点是"只要有学上就行",婆婆也叮嘱我不要违背她孙子的"旨意"。

但完全弃"省高"不顾,直奔"市高"而去,说实在的还是觉得心有不甘。看到排名第三的兰大附中和排名第四的炼一去年的录取分数相差无几,我有点比较倾向于报兰大附中。给儿子说了我的想法,儿子执意不从。看到儿子如此坚定,我打算彻底屈服,由他去吧。

25日早上开始网上报志愿,我无动于衷。反正有差不多三天的填报时间,不着急。

事情往往总是发生在预料之外。中午,给儿子开门的一瞬间,儿子就冲我说:"我要改志愿,报兰大附中。"这180度的大转弯让我始料不及。便骗他:"啊,我早上已经报了。"儿子听了我的话,怒不可遏:"啊,谁让你这么积极?"看到儿子信以为真,我立马改口道:"傻儿子,难道你不知道你妈不是急性子?"问他为什么又会改变主意,原来是一大早学校就通知准备报考本校的学生去教务处报名。他去了才发现,报考的同学都是成绩相对差的,而和他平时在同一水平的同学基本上都是有意向冲兰大附中,他猛然间深受打击。

晚上,又和儿子认真商榷,感觉儿子好像不是一时冲动地跟风,便重新和儿子达成一致,第一志愿填报兰大附中。并告诉他:"既然选定了报考这所高中,不是说只是填报一下就完事了,而是要做出为此努力的准备。"儿子点头应允。

儿子的这一"回头",又让我开始百般纠结。为什么?按一诊的分数线,儿子冲一下有可能,但没有百分之百的把握。既然第一志愿想上省级,那么还有好几所可供选择的高中,而且也可以确保万无一失。是求稳还是冒险?当然最后还是得听儿子的!

26号白天,填报好了相关资料,但没有提交。一直等到儿子晚上回家,让他"审阅"完,得到他的"批示",我才心惊胆战地点了提交。至此,填报志愿的各种纠结宣告结束。

接下来的备考日子,儿子必须奉行"谋事在人",而我只能祈愿"成事在天"。

2016年5月17日

早上，儿子起来要洗澡。打开热水器，发现没热水，我这才想起厨房的水卡忘记充值了。我赶紧给儿子烧热水。水还没烧开，就听到卫生间里传来水声。我以为儿子在用凉水洗头，便拿着壶冲了进去。没想到他在上厕所。我的这一举动便引起了他强烈的不满。随着他的怒吼就听到震耳欲聋的一声"咚"。他应该是用脚把门踹上了。

其实我冲进去的时候只是着急他会用凉水，可是儿子一时却不理解，觉得我又犯了没素质的病。当他洗漱完出来，阴沉着脸早餐也没吃就上学去了。看着桌上的早餐，想到刚才儿子对我的态度，难以言说的委屈翻江倒海般地涌上心头。

长期以来，我对各类育儿文章中的观点只是按自己的需求而学习，但从来不会拿自己的问题去向别人寻求答案，我还是比较信奉求人不如求己的原则。因为好多问题即便是别人给予你解答，那也只是说起来容易做起来难。而往往好多的时候，其实答案就在自己心中，只是无法付诸实践而已。

第一次有了向别人求助的念头，我想我可能真的是很无助了。求助的对象是儿子的一位补课老师。经过和老师的一番交流后，我对自己的委屈感到惭愧。现阶段我和儿子所有的冲突，其实更多的是我做得不好。首先，我没有给儿子在日常行为中做出好的榜样；其次，我依然把儿子当小孩看。

老师告诉我："平常我们习惯说女儿是爸爸的小情人，儿子是妈妈的小情人。但是我们却没有把儿女真正地纳入情人的角色。因为作为情人，彼此之间应该是平等的。"

想一想，我对儿子的生活包揽得太多，以至于到现在我依然不放手，怕他冷着，怕他饿着，怕他受伤，怕他……长此以往，儿子习惯了在生活上对我的依赖，或许在他眼里我渐渐地演变成了一个随叫随到的保姆。最最可怕的是，他会越来越没有责任感。而缺乏责任感是一个男人立足于世的致命伤。

有道是"听君一席话，胜读十年书"。这次求助让我肯定了儿子的优点，明晰了儿子的缺点，同时也更深刻地领悟到自己的职责。知道改变是一个艰难的过程，而我和儿子都必须改变，改变是为了让我们的明天越来越好。

2016年5月26日

中考体育的考试时间被安排在下午一点。学校要求学生十一点到校，所以早上不到十点，我就准备好了午饭。由于没到平日里吃午饭的时间再加上感冒，儿子食欲不振。

儿子不让我去看他考试，我嘴上答应了。但他走后，我便尾随而去。在考点门口，才发现家长们都早已守候在此。

由于考点学校的操场不大，站在学校的护栏外，基本可以看到里面的考试情况。考试前家长的叮嘱声此起彼伏。我搜寻到了儿子的身影，第一眼就看到儿子右脚的鞋带好像没系好，便大声提醒。

第一项，立定跳远。儿子第一跳之后，感觉跳得挺远。第二跳看着好像更远了一点。第三跳时，他几乎没跳。我心里一阵纳闷。没过多久，儿子冲我喊了句"满分"。较之平时的测试应该是意外之喜。考完第一项，便要更换场地，跟随着别的家长，从学校前门绕到学校操场的外围，地势高，考试情况更是一览无余。

第二项，引体向上。这对很多男孩来说，是致命的一项，早前就知道儿子一个都做不上，所以心里有数。但也不是太在意，毕竟像儿子这样的占多数。二十人一组，能做上的也就三个，好像有点惨烈。

第三项，五十米跑。看到儿子跑得挺快。跑完就开始按摩腰部，并坐在了地上。我看在眼里，疼在心里，但也没办法。儿子前几天踢球时，扭伤了腰。这两天只要一使劲，就疼。

第四项，足球运球。远远地看着，儿子好像也是挺快的。

第五项，一千米跑。半天不见动静，原来是测试的电子设备出现了故障。第一组的同学跑了七百米，因为机子出了问题不得不重跑。家长的抱怨声、指责声开始充斥于耳。我只是担心儿子穿着短裤，这么冷的天会冻坏了。

近两个小时吧，故障终于排除，考试继续。第一圈，看到儿子跑得相当快，第二名；第二圈，稍有落后……当儿子第七个冲出终点时，跌倒在地，我的眼泪夺眶而出，惊呼着让人快点扶起来。当然，这一切我都无能为力。他的旁边有同学和老师还有医生，他们会照顾好他。

在焦灼、紧张、难过中等到儿子出现在了我面前，扬起手中的成绩单给我看，总分竟然是四十二分。看到这样的成绩，喜出望外之余，更多的是感动。

儿子感冒一周了，天天喝药，再加上扭伤，我跟他商量过，让他申请缓考，可他说缓考挺麻烦，就坚持考吧。而且考试之前，儿子挺没信心的，他自己估计了二十多分，但我心底深处希望能考上三十多分，否则跟别的考生差距就太大了，毕竟体育的这五十分是计入总成绩的。

看到儿子的成绩，我落泪了。不是因为分数，而是分数背后折射出儿子奋力拼搏的精神，以及我亲眼看到儿子奔跑时那么努力的样子。这一刻，我深深地感觉到，儿子比我想象中的坚强许多。

2016年6月12日

从明天开始，3、2、1。6月16日的中考进入倒计时！

对你来说，最近的这段日子应该是紧张而忙乱的，因为要面对中考，面对分别，面对毕业。偶尔你会表现出烦躁不安，但更多的是平静努力。妈妈知道你是个心里有数的孩子，该是拼搏的时候就不言放弃，坚持到底就是胜利。

正因为在备考的路上妈妈一直和你同行，所以，妈妈和你一样，内心一点也不轻松。可是，我却不能有丝毫表露。我唯一能做的就是尽自己最大的能力给你做出最可口的饭菜。再就是小心翼翼地收敛自己的脾性不影响你的情绪，默默地守候在你身边，为你做好后勤保障。

相信天道酬勤，相信谋事在人。作为学生，你努力地做到了你应该做的。作为家长，我努力地做到了我应该做的。也许不是那么尽如人意，但我们都努力了，不是吗？

有人说，考场如战场。现在你就要上战场了，妈妈希望你持一颗平常心沉着应战。那么什么是平常心呢？作家刘墉在《给女儿的考前须知》里写道："平常心也是心常平，让你的心总保持平静的状态，才能以不变应万变。"

想必考试前的准备你已做好，考试中要注意的事项，你已烂熟于心。所以也用不着妈妈再啰唆了，那么就轻装上路吧。

此时此刻，忽然想到一个关于心想事成的说法，就是说，当你真心想要一样东西的时候，你身上散发出来的就是那种能量的振动频率，然后全宇宙就会联合起来帮助你达到你想要的东西。

我相信这样的说法，我祈愿我们心想事成！

儿子，希望你带着自信，带着梦想，迎接中考。妈妈为你加油，为你祝福！

2016年6月22日

6月15日下午，带上儿子的书、换洗衣服等物品坐车赶到小舅家里。小舅家就在儿子的考点附近，步行十来分钟。相比住商务宾馆，这样的环境就和在自己家里差不多，免去了不适感。

放下东西，儿子和同学约好去看考场。不大一会儿，儿子就回来了，而且拍了学校外围、操场、教室、座位的照片。看来是大致已熟悉了考试环境。

晚上，儿子翻了翻最近诊断考试写的作文，十一点催促他睡觉。

6月16日早上，叫儿子起床，问他睡得怎么样，儿子回答："还行。"吃早饭，儿子没有多大胃口，可能是鸡蛋煎得太油腻了。我通常的心理素质都是越想做得好就越做不好。

八点二十分出门，要下电梯了，发现忘了拿手机，回去再拿，耽误了两分钟，我们在如此关键的时刻丢三落四的行为遭到婆婆的责怪。紧跟着儿子的步伐，走向学校，八点三十五分到。校门口已拉起了警戒线。学生们陆续进考场，家长们一个个眼巴巴地目送着孩子走进去。

尽管心脏咚咚地跳个不停，还是尽量让自己平静再平静，因为母子连心，我怕我的紧张会传染给儿子。

第一场考试，可能有些家长没有预料到堵车会严重到什么地步。结果有孩子在开考十五分钟后，才被交警的摩托车送到考点。看到孩子腿脚发软地跑向考场，不由得一阵心疼。这多多少少会影响孩子的考试。目睹着这一切，有家长开始指责迟到孩子的家长:"太不操心了"。

两个小时,对于考场上的学生来说,可能过得太快。但对于在外等待的家长来说,可能就觉得有点漫长。当孩子们走出校门时,家长们都从马路对面围拢了过去,在人群中搜寻着自己孩子的身影。

我看到了儿子,迎了上去。当然不敢问考得怎么样,只是问了问教室里热不热。儿子主动告诉我,语文有点难,特别是古文阅读。不过,他觉得自己答对了。作文的题目是《我相信你一定会来临》,儿子告诉我,他大致写了什么内容。语文相对来说,是儿子的强项,他说有难度应该就有难度吧。从儿子的状态来看,好像没有达到他预期的目标。

回到家才知,我们早上离开后,婆婆发现桌上放着圆规、尺子,以为向来马大哈的我们忘记带了,便拿上东西一路追到校门口,结果没找到我们,一顿着急上火。问了别的家长,才知早上考语文,这些东西用不到。唉,可怜天下奶奶心啊!

午觉,儿子睡得不踏实,想必心里还是有压力吧。

下午的物理,走出考场的孩子纷纷议论着,说是很难,最后的题目好多人没做出来。儿子也反馈同样的信息。儿子表现出异常的情绪低落,因为第一天的语文和物理都算是他的强项,他原指望着靠这两门弥补他的弱项,结果双双失利。我安慰儿子:"你觉得难,大家应该都觉得难,不是难你一个,要难大家一起难。就好像今天天气热,大家都有这种感觉,所以没什么。接下来的科目好好发挥,尽全力对待每一科的考试就行了。"儿子有点沮丧地说:"反正也考不上。"

回到家,低落的情绪一直持续。为了了解一下别家孩儿的情况,我在微信群里发了条询问的信息,结果不出所料,大家的反映基本一致:难!

晚上九点多了,儿子的状态还没有调整过来。他说要出去走走,我便陪着他在马路上走了一圈。街上灯火通明,人声鼎沸。而我们心事重重。

晚上,我躺在床上,难以入睡。儿子好像还睡得不错。我知道,这种境况下,失眠是我一个人的事,我不能丝毫情绪化,纵有多不安,都要信心满满地给儿子打气。

6月17日,早上数学,下午化学。数学是儿子的弱项,也是他最担心的一门课,从他的描述中应该看出他基本发挥了正常水平,化学答得不错。

6月18日，早上英语。正常发挥。至此，中考其实就基本宣告结束。由于初二时地理和生物的会考已经取得了两个A，所以下午的会考历史和思想品德就有点应付的意思了。

三天的时间里，家长其实比孩子更紧张，虽然这种紧张和担心是那么的多余。所谓的陪考就是，每天把孩子送到考点，亲眼看着孩子进了考场，然后孩子在考场答卷，家长在考场外等待，最后再迎接孩子走出考点。唯有这样，才能心安。

中考，对孩子来说是一场经历，对家长来说是一场修炼。这一刻，终于如释重负。下一刻，又开始无着无落。只有成绩公布了，中考才算尘埃落定。

2016年7月13日

7月4日早上八点多就打开电脑，登录QQ。中考群里不停闪烁的消息搅动得人心惶惶。九点钟的时候，有人说可以通过手机查询分数了。第一次感受到自己一直用联通的好处，分数很快就查了出来。

语文：114.5分，数学：131分，英语：136.5分，物理：98分，化学：97分，体育：42分，总分：619分。当听到语文分数的时候，我的心就咣当一声往下沉，再听到物理分数，心不由得沉入谷底。最后听到总分数时，心里有个声音在说："没戏了。"

还躺在床上半梦半醒的儿子表面上一副无所谓的样子，但我能感觉到他脸上瞬间划过一丝失落，毕竟在报考的那一刻，孩子是做了奋力冲刺、志在必得的准备。

我低落的情绪无法掩饰，儿子不可能感受不到。但作为妈妈，我还是安慰他："统招不行，补录应该有希望，就算考不上，咱不是还有退路嘛，就像你爸说的，只要有学上就行。"儿子回答："没什么啊，本来我就想上东方的啊。"

呆呆地盯着屏幕上不断闪现的信息，万能的群里果然有消息灵通的人，很快就透露出各校的预估分数线，儿子报考的学校是627分。看到这个分数，我眼前一亮，心里一振。按往年的情况，补录一般都要再降10分，这样的话，儿子补录就有希望了。

7月5日一大早，我就赶到学校。领上成绩单后，咨询发放成绩单的老师："我

们是东方的，没有统配名额，这个分数补录有希望吗？"老师回答："有希望，就等
着补录吧。"老师的话给了我希望也让我半信半疑，便和另外两个家长去了教务处咨
询，得到的消息是："没问题，回家去等吧，下周二来拿录取通知书。"事后，才知
如此肯定地说这个话的是教导主任。这一刻，我心里踏实多了。

接下来等待的时间里，其实依然没底，因为毕竟没有拿到录取通知书。但相比
于别的家长过分煎熬，我心里还是充满了希望。

7月11日，各校开始张榜。家长们在校门口一直等啊等。下午五点多，从教育
局拿到录取结果的工作人员才赶回来，立马将名单张贴在学校大门口的公示栏里。
家长们蜂拥而至，挤到前面拿着手机拍录取名单。看到孩子名字的这一刻，久久悬
着的心总算放了下来。

7月12日，终于拿到红彤彤的录取通知书了。

至此，中考尘埃落定，我们心想事成。儿子将成为高中生，我也跟着升级为高
一新生的家长。新的一轮征程又即将开始。

2016年7月18日

当把儿子的录取结果告诉给周遭熟悉的人时，免不了有人会反问："你满意
吗？"我知道，他们是对儿子更有期待的，他们也理所当然地认为，我对儿子的期望
值应该是师大附中，而不是兰大附中。

当静下心来，回想着别人的提问，我认真地问自己："你满意吗？"

从小学到中学，我参加家长会的次数寥寥无几，老师、同学、家长我都很陌
生。由于没有多少沟通的渠道来获得更多学校及班级信息，所以对儿子的学习也就
没有大的比较范围。在学习方面基本是放任自流，偶尔会在乎一下学习成绩，但更
多的时候表现出的是好坏都能接受。

说来惭愧，相比于别的家长，我不知道哪个补习班好，也没有积极主动地为儿
子报过任何补习班。儿子断断续续地上过的几个补习班，都是跟着同学去上的，我
唯一做的就是支付学费。别的，都没怎么问。现在想来，我所有的付出只是关注在
生活层面，而对学习真的如老师所言"不负责任"。

一诊结束后填报志愿时，班主任对我说："能看得出你们对孩子根本就没有监管，孩子也是管不住自己，学习上没尽力，玩着学。如果你们再不上心，由着他，高中真不好说。"儿子呢，面对同学嬉笑他有点偏低的中考成绩，他自嘲道："我考的分数，付出和收获一样多，所以也没什么啊。像我这样的都能被兰大附中录取，看来学校的含金量要大打折扣了。"

举个身边的例子，西西的儿子也是今年中考。平常他们两口子对孩子事无巨细的付出就不说了，就说中考体育前夕吧，他们每天陪着孩子跑步，周末找场地测试，还买了引体向上的器械放在家里练习。而我呢？什么都没做。单凭这一点，我真的只有汗颜的份了。所以当人家的儿子以670分的成绩考取了师大附中，我由衷地祝贺，但没有一点拿自己的孩子与别人家的孩子攀比的不良心理。我想，什么事都是有因有果的，没有付出，当然不求回报。

说到此，我想我也给出了自己的答案，那就是："我满意！"

2016年7月28日

时间过得真快，转眼中考结束一个多月了。臭小子这一个多月的生活，一言以蔽之——懒散。

欧洲杯期间，基本是黑白颠倒。晚上不知道是几点睡的，第二天总是在我的"起来，吃完午饭再睡"的呼唤声中起床的。看着他晨昏不分的样子，我戏谑他在倒时差。

除了吃饭、睡觉外，就是打游戏、聊QQ、看美剧。眼睛游离在电脑、电视、手机之中，没有片刻闲暇。忙得根本没有时间看书、学习、写作业。

领取通知书的时候，学校发了厚厚的五大本作业，花了我一百二十五块钱买回家。可他到现在一个字都还没写。催促他，他反驳道："我都不急，你急什么？"是啊，我急什么？情急之下我冒出一句："重点大学和非重点大学的区别就是好学上进的同学和不思进取的你之间的区别。"他也气呼呼地回我一句："这用你来告诉我吗？"

渐渐地我也懒得说他了，因为说了也没用。现在在他眼里，我的家长权威几乎为零。盼着快点开学，让他步入正常生活。说实在的，学不学习是其次，主要是眼睛看瞎了。

唯一让我觉得干得有意义的事就是他又重新练起了吉他。原因可能是他现阶段比较热衷于民谣。满心希望他能弹出优美的曲子，谁承想隔着门却传出来："你的三个私生子，在巴基斯坦。七个老婆在阿富汗。我就静静地看着你装逼，从来都不会打断你。你又有钱又帅气。从来都没人比过你。你能秒天秒地又秒空气，你爸你妈都害怕你。"

难不成这就是所谓的民谣风？我不喜欢这样的歌词，孩他爹也在嘴里嘟囔道："乱七八糟的什么嘛。"问儿子："这歌名叫啥啊？"儿子答："《静静地看着你装逼》。"

2016年8月6日

7月31日早上六点半到校，七点从学校出发前往新区进行为期六天的军训。

马路两旁柳树的叶子随着晨风轻轻摇曳着，初升的太阳给大地镀上了一层暖暖的金色。家长们围拢在大巴车前和孩子们挥手告别。此情此景，杨柳依依、别也依依。

由于报到的当天各班都建了QQ群，所以班主任会及时在群里公布军训的相关消息。操心惯了的家长们，虽然孩子们不在身边，可是心依然跟着孩子一块儿去了军训基地。每天拿着手机，追随着孩子的身影，关注着孩子的生活。

看到了荤素搭配的伙食、干净整洁的内务、整齐划一的步伐、丰富的训练内容和充实的军营生活……这些都让家长们感到放心。同时也纷纷建议，军训时间最好能延长几天，好好让这些昔日的少爷、公主历练历练。

当我在老师发的图片里看到儿子的身影时，不由得一阵激动。这是那个整日晃荡在我眼前懒洋洋的儿子吗？他用力地摆动着手臂，抬着笔直的腿，俨然一派军人的气势。

盛夏季节，骄阳似火。孩子们一遍又一遍地重复着立正、稍息、军体拳。对他们来说，这也许是有生以来第一次吃苦。他们的身体忍受着酸楚与疲惫，但在这痛苦与坚持的煎熬中，他们体会着意志上的磨炼、接受着军魂的洗礼。他们的表现更让家长们感到莫大的欣慰。原来，离开了家长的庇护，孩子比我们想象中的更坚强、更独立、更成熟。

8月5日下午，孩子们返校。在学校操场进行了汇演，家长们到场观看。嘹亮的口号、整齐的队伍、完美的军体拳表演，淋漓尽致地将孩子们的军训成果——展示。这一刻，家长们也见证了孩子的成长。

孩子们的小脸晒黑了，但是笑容却更加灿烂了。不知道是自己的心理作用驱使还是因为那套军装的作用，明显感觉儿子身上多了几分男子汉的气质。

当家长们担心孩子们无法忍受高温天气、难以适应离家在外的生活时，孩子们以他们坚强的意志、乐观的生活态度为我们交出了满意的答卷。

军训的时间是短暂的，可是军训生活带给孩子们的回忆是无尽的。此次军训也得到了家长们的高度认可。愿孩子们铭记军人精神、发扬军队作风，为自己的三年高中生活谱写出更绚丽的青春乐章。

2016年8月

14

2016

—

十六岁

—

高 一

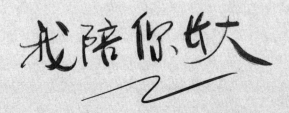

2016年8月14日

亲爱的儿子：

在异国他乡的日本迎来了你的十六岁生日。令我们娘俩没有想到的是当地导游代表旅行社为你送上了一份富有日本特色的生日礼物，同行的游客用手拍打着节奏蛮有爱心地唱起了生日歌，大家一起祝你生日快乐。对你来说，这真的应该是一个意外之喜而别有深意的生日了。

十六岁了，妈妈对你说点什么好呢？最近脑子迟钝得厉害，还是想到哪就说到哪吧。

记得小时候，妈妈带你出去旅游，我一只手拉着行李箱，另一只手紧紧地拉着你的手。你也懂事地紧跟着我。我们都害怕一不小心在人群中走散。

可是这次，我们娘俩互换了角色。你一只手拉着你的行李箱，另一只手拉着我的行李箱，肩上背着包。而我呢，紧紧跟着你的步伐。妈妈由于身体不适，自顾不暇。所以，每到一处，我们的事务全部由你负责。

走了一路，你吃了一路，连导游也戏称你是十足的吃货一个。我笑你"口口声声说自己长大了，不用我管了，可是我怎么觉得你就会吃啊"。

晚上回到酒店，我休息，你出去逛。当我还在为独自外出的你担心时，你安然无恙地返回。并告诉我，出去正好碰到同一旅行团的几个小孩，便和他们相约一起去纯日式料理店吃寿司，费用AA制。这一刻，妈妈知道，我眼里的小小孩真的长大了。他懂得和初次相逢的人如何相处，并且能融入其中，一同享受美食和快乐。

你真的好会吃啊！生鱼片、寿司、豆腐、抹茶、沙拉、哈根达斯……甚至到机场，你也不忘喝一杯星巴克的拿铁吃一份三明治。

日本之行，我不仅仅见证了一个小吃货，而且也见证了一个由青涩走向成熟的少年。

再来说说你今年的中考吧。

中考的过程有些煎熬，但中考的结果，有惊无险，相对来说还算满意吧。可能是这段时间接触了太多的家长，聆听了太多备战中考的故事。我在想，如果我也能像他们一样对你要求严格一些，期望值更高一点，你再努力一把，或许我们会有更好的选择。当我向你诉说和别的家长相比，我和你爸爸真的好像不称职，对你的学习没有起到任何帮助作用的时候，你回了我一句："知道就好。"你的话瞬间让我觉得不知所措。说真的，我希望你能认可我们，包容我们。有时候不是我们做得不尽心，而是我们希望你轻松。不知道你能不能理解。但反过来，我又会觉得，我们对你的这种疏于管理，会不会让你也降低对自己的要求而不思进取。其实这是一个很纠结的问题。我不想沦为"慈母多败儿"的下场，也不想让你成为只会念书的机器。

最后说说接下来的高中生活吧。

高中三年，可以说是求学阶段最苦的三年，也是人生中最重要的三年。这三年，你必须坚定信念，确立目标，为理想而奋斗。

除了学习，高中生活中不可避免的就是男女同学之间的情感问题，对你而言，想必也已不再是什么敏感话题。前几天妈妈还和你开玩笑："你和笑尘同学从恋爱到分手，爱情的风风雨雨你已经历过，那么高中，就别再去经历风雨了，静下心好好学习，等上了大学再去恋，那时候妈妈就管不着了。"

儿子，十六岁了，你应该明白妈妈的唠叨、发脾气其实不是妈妈在嫌弃你，而是在意你。爸爸寡言少语，给你的感觉不是那么亲近，其实不是爸爸漠视你，而是父爱如山，他有他自己的情感表达方式。

十六岁，多么美好的花季年龄，多么羡煞人的青春岁月。愿你在如花的年龄里书写五彩的青春。

十六岁，生日快乐。

2016年9月29日

权衡再三，还是下决心不再陪读，让儿子去住校。

每个周五晚上，站在阳台上，望着楼下，眼巴巴地等着儿子回来。可是他一到家，就急着打开电脑玩游戏，和同学聊QQ，忙得根本无暇顾及思儿心切的我。

一会儿拿个酸奶，一会儿端着切好的水果，走到他身边提醒他吃。得到的回应是："别说话！"对专注于游戏的他来说，我不合时宜的关心都是打扰。

问他："住校生活怎么样？"他答："吃不饱，睡不好。"我心里一阵说不出的难受。再问他："那你说怎么办呢？"他答："凑合呗，还能怎么办？"

周天下午该返校的时候，他倒是一点都没表现出任何的不情愿，这或多或少地减少了我的担心和顾虑。把他送出家门，然后站在阳台上，依依不舍地看着他走出小区的院子。

龙应台在《目送》里写道："所谓父女母子一场，只不过意味着，你和他的缘分就是今生今世不断地目送他的背影渐行渐远。你站在小路的这一端，看着他逐渐消失在小路转弯的地方，而且，他用背影默默地告诉你，不必追。"

儿子不在家，顿时觉得家里空荡荡的，少了很多生气。很难得地和孩他爹一起追《小别离》。在剧中，黄磊饰演的方圆谈及对"别离"的理解，他认为人生有三重离别，一是跟自己子女的小离别，他们离开你的身边独立生活；二是自己跟自己的青春告别，四十岁以后人生步入中老年期；最后的离别就是逝者长存，与这个世界告别。这段解读不由得令人一阵唏嘘。

还有一句戳到泪点的台词："所有的爱都是为了团聚，唯有父母的爱指向别离。"是啊，从现在开始，我们就算是和儿子开始了一段一段的别离。高中三年，每周别离一次；等上了大学，一学期别离一次；等他毕业了，成家了，会离我们越来越远，别离的时间会越来越长。

年少时，总会把父母的千叮咛万嘱咐视为烦人的唠叨，总想远走高飞逃离家的束缚。但是，总有一天，我们会知道，父母是我们花心思最少、花时间最少，却最爱我们的人。

此时此刻，我想对儿子说，总有一天，你会知道，如今让你百般嫌弃并漠视的爸爸妈妈一直会是最爱你的人。我也想对自己说，也许所谓父母之爱，就是一场得体的退出。

2016年10月10日

给自己买了部新手机，没用两天，便被儿子据为己有了。上周末他返校时，我将新手机收回，想给他一部功能不太好用的旧手机以此限制他频繁地使用手机。他断然拒绝，带着怒气走出了家门。

每周返校后都是他到了来个电话，我才能放心。所以还是忍不住给他同学打了个电话问他到了没有。同学告诉我："阿姨，我没见到他，但书包放在床上，应该来了。"我又多嘴地给同学说："刚才出门的时候阿姨惹他生气了，你开导开导他。"这话一说完，我马上就后悔了。果不其然，没多久，儿子就用同学手机打来电话："谁让你给我同学打电话了，你有意思没意思。"然后挂断了电话。

我带着伤心和怒气给儿子QQ留言："儿子：你对我的态度越来越变本加厉，你静下心来想一想，从小到大你是怎么一点一点长大的。我是个失败的妈妈，但我有心，心被伤透了。我教子无方，自食其果。你放心，我再也不会自讨没趣地给你打关心的电话了。"

一波未平，一波又起。又是两败俱伤的局面。是我错了还是孩子错了？

这个假期没怎么限制他玩手机，他渐渐地也像大人一样离不开手机了。可能对他来说，手机的功能越强大越好，所以新手机更能满足他的需要。事已至此，我只能做出适当的妥协。就现在的社会环境而言，关于手机，只能让他少用而不能不用。好在由于住校，宿管会将手机没收。

有时候看到"别人家的孩子"，从来不玩电脑游戏，不拿智能手机，很听话地拿着老年机给父母汇报自己的行踪。回家就写作业，不睡懒觉不熬夜。不挑食，不聚会，不早恋，更不会惹父母生气。我不知道是他们父母教子有方还是孩子懂事。但我清楚地知道，我的孩子终究成不了"别人家的孩子"。

他身上遗传了我的诸多不良"基因"，倔强、执拗、感性、情绪化。嫌弃他就是嫌弃自己，所以要多看孩子身上"基因突变"而形成的优点，给他更多的宽容和鼓励。

自儿子住校后，一周见一次。周末回家，总想给他更多的爱与关心。但往往适得其反，感觉儿子和自己越来越疏离，总是"话不投机半句多"。我心里明白，其实孩子不是我在失望和愤怒之下认定的"白眼狼"，而是孩子长大了，作为妈妈的我还没有从这么多年对孩子的情感依赖中调整过来。

正好看到这样的几句话，用来自我反省。

"分离不止发生在物理距离上，更发生在心理距离上。"

"人类是因为付出而期待回报的，这个回报不一定是利益，也许是爱。"

"父母口口声声说，要让孩子独立起来；但其实，当孩子真的彻底独立了，他们是无法接受的。中国式的亲子关系里，最需要独立的，其实是父母们。"

反复品味着这几句话，我在想，父母和孩子之间应该彼此期望，你若独立，我便安好。

2016年10月17日

这一周和儿子分开了七天，所以周五晚上等他回家的时候，在心里一直告诫自己，千万不能和儿子发生冲突，尽量哄着他，开心度周末。

给他好吃好喝，自认为侍候得蛮周到。临走时，看他有点烦躁，但还是自己收拾好东西走出了家门。我一如既往地站在阳台上目送着他离开。

每次儿子走后，心里会有一阵子空空落落。无心干别的，坐在沙发上胡乱地翻看着手机。也就半小时左右，熟悉的敲门声响起，心不由得"咣当"一下，自言自语道："臭小子，这又是怎么了，忘带什么东西了？"

打开门，他怒气冲冲地说："根本就没有公交车，出租车也打不上，我不去了。"他三下两地踢掉了鞋，把书包往地上一扔，就进了他的卧室。

唉，这又是哪一出戏啊，我的爷。知道此时不能发脾气，只能假装心平气和地问他到底是怎么回事？他说："我本来就不想上这个学校，来来去去的都堵车麻烦死了。"我问："那你说怎么办？"他说："上东方和五十七中都行。"听着他孩子气的话，我不知道该怎么接口。

孩他爹去外面叫了出租车，停在楼下。我哄着儿子又一次出了门，他执意不让他爸送。可这种时候，他这种情绪，他爸怎么可能让他一个人走。

孩他爹回来后，告诉我，周末再加上有个什么考试，车站上都是人，堵车严重不说，那阵子就是没有公交车。为此，也就理解了儿子。

晚上九点钟，手机响了一声，拿起来一看是儿子的，回过去，没接。随之收到短信："我不想写作业了，我明天回来写，你得给我请个假。"我回复道："你抓紧写，不会的就先别写。"他回了一句："又写不完。"我又回复道："儿子，坚持一下，大家都一样。妈妈知道作业多，你静下心来好好写。别任性，妈妈相信你。"

不知道儿子的心情平复了没。反正他这一出又一出的，整得我都没脾气了。强迫自己不再去想他的事，看了会儿书，便梦周公了。

也许应该习惯他的种种行为，好的，不好的。但愿他在这种自我折腾中慢慢成熟起来。

2016年10月24日

周五晚上，照例准备好一大堆吃的等儿子回家。由于放学后还要参加社团活动，所以左等右等不见回来，孩他爹便去车站等。

儿子一进门，一边换鞋，一边对我说："你得给我把药费报销了。"听了儿子的话我笑着回答："还报销呢，你不愧是会计的儿子啊。"上周走的时候，就有点感冒，给他带了药，可能没见效，所以自己买药了。问他买的什么药，他说三九感冒颗粒。也不知是药店的工作人员给他介绍的，还是他早就在电视广告里知道了，抑或是有细心的女同学陪他去买的。

吃了饭，他便开始处理一周来积压的"业务"，一边打开电脑，一边在手机上回复QQ。知道他没时间搭理我，便把水果放他的桌子上知趣地走开。

周六晚上，吃饭时，我对儿子说："你不要嫌妈妈爱唠叨，我也知道你不爱听，但我还是忍不住要说，你看吧，我们也没有强令你不玩电脑和手机，但凡事得有个度，你要有点自制力。时间过得很快，等你明白过来时，真的就来不及了。"也不知道他听没听进去，反正没吱声。

晚饭后，我收拾碗筷，他依然玩手机。面对向来学习欠缺主动的他，我只能提醒："儿子，该行动了吧。"他回答："知道。"

磨叽够了，开始写作业。时不时地也看一下手机。没有全神贯注，但总算是在写。对他的要求也只能到这份了。

周天早上，一家人习惯性睡懒觉。起床后，各自洗漱完毕，孩他爹去打乒乓球，我就开始张罗着给儿子做吃的。很难得的是儿子没有我的催促竟然写起作业来，我当然是看在眼里，喜在心里。

吃过午餐，儿子进了他卧室，关起门来弹吉他。我乘机翻看了一下他的作业，以此了解他的学习情况。从书写上来看，应该是没有初三那么浮躁了，特别是英语，写得相对规范多了。从做题质量上看，数学还是弱，错题很多。物理和化学掌握得不错。

语文老师让每天针对课堂上学的知识写反思，类似于日记。看到儿子在学完《包身工》之后写的一句话："看着别人悲惨的命运，内心总是五味杂陈。有好奇，有悲悯，也有自己人生尚好的欣慰。"

还看到一句他发的感慨："我这一生中很少后悔，我唯独后悔的两件事都是关于升学的，一是没上二附，二是没上师大附中。能力不够才比较遗憾。希望我能考一个可以让父母用来吹的大学。"

儿子出来的时候看见我在看，只是说了句："看什么啊。"并没有像以往那样表现出强烈的厌恶和拒绝。我回答："我看你们学到哪儿了，关注一下你的学习进度，否则家长群里说什么我都不知道。"

下午，儿子返校。这周除了书包和衣服还要带上吉他，我便决定打车去送他。送他到校后，看时间还早，便带他去理了个发。从理发店里出来，他接到同学电话，说是在超市等他一起去买酸奶。我便和儿子告别。依然不忘叮嘱他："注意保暖，早点休息，静下心好好学习。"他都蛮有耐心地一一答应。

一个人挤公交回家，坐在车上，回想这两天和儿子在一起的时光，忽然觉得这是一个难得平静的周末。我们娘俩都表现出超乎寻常的心平气和，是我在试着放手，还是儿子受了《包身工》的影响？

最近，网上流传着一段话："我钦佩一种父母，他们在孩子年幼时给予强烈的亲密，又在孩子长大后学会得体地退出，照顾和分离都是父母在孩子身上必须完成的任务。亲子关系不是一种恒久的占有，而是生命中一场深厚的缘分。我们既不能使孩子感到童年贫瘠，又不能让孩子觉得成年窒息。做父母，是一场心胸和智慧的远行。不仅仅是做父母，人生的许多时刻都应该懂得进退。"

2016年11月3日

要返校了，你又表现出极大的不情愿。看着时间一点一点过去，我不得不催促你。你说："这个志愿本来就报错了嘛。"面对你的无理取闹，我极力让自己表现得心平气和。柔声说道："儿子，志愿可是你自己报的，要是当初你努力一把考上师大附中，是不是就没有现在这种上学的麻烦了。如果再不努力备战高考，那你的人生会留下更大的遗憾。"你听了我的话，嘴里嘟囔道："烦死了。"但还是从沙发上坐了起来，整理书包。

送你走出家门，再站在阳台上眼巴巴地看着你走出小区。

你知不知道，每次你走后，妈妈的心里都要空空落落好一阵子。现在每天回到家连做饭都失去了动力，你不在家的日子里我和你爸都是随便凑合着吃点，直到你回家的周末，我们才大包小包地采购，用心地给你做饭。

我知道，住校条件肯定没有家里舒适。我想过陪读，但考虑再三，我还是选择让你住校。因为我觉得学校的晚自习可以强制你安心学习，而在家里，你没完没了地玩手机，不说不行，一说我们娘俩就矛盾升级。再说，每天晚上陪着你熬夜，说实话，妈妈也力不从心，真的熬不动了。

晚上收到凤儿同学妈妈发的微信："现在我们家的问题还严重，都不想住校，每天纠结这个问题，姑娘说她每天上课心里想怎么不住校就好了。"凤儿同学虽说是个女孩，但个性泼辣，理性有主见，一直担任班长。按说，她应该适应环境快，可她也不想住校了，所以，妈妈也就更加理解你了。

但理解是理解，现实是现实。住校是你没有选择的选择。你已经不小了，不能再任性，想怎么就怎么。生活中所面临的困惑和问题，你必须想办法面对和解决。父母陪不了你一生，最终，路，还是要一个人走下去。

说到学习，你必须全力以赴，不能有任何懈怠。关于为什么要努力学习，妈妈把龙应台的一番话送给你："孩子，我要求你读书用功，不是因为我要你跟别人比成绩，而是因为，我希望你将来会拥有选择的权利，选择有意义、有时间的工作，而不是被迫谋生。当你的工作在你心中有意义，你就有成就感。当你的工作给你时间，不剥夺你的生活，你就有尊严。成就感和尊严，给你快乐。"

2016年11月8日

上周期中考试。周末回家问他考得怎么样？他回答："估计除了英语能及格，别的都及格不了。"他坦然的回答让我忧心忡忡。弱弱地问了一句："那怎么办？"他答："还能怎么办，那你去考啊。"

再看书包，除了带回家要洗的校服只有一本数学书。作业都不准备写了，看样子他是要彻底放松了。半学期就这么过去了，学习还是不知道上心，依然自在逍遥地沉迷于游戏。我看在眼里急在心里却束手无策。不能训斥，不能说教，除了焦虑还是焦虑。

好不容易制止了游戏，他又打开电视搜电影。见我坐在他旁边，他问："你不进去睡觉，坐在这儿干吗？"是啊，我坐在这儿干吗？一周没见了，不就想和他多说几句话吗？可是他能理解吗？看他对我不理不睬的样子，我也盯着电视看，但心思压根就不在电视上，便说了一句："我怎么看不懂啊。"他说："看电视就静静地看电视，你话这么多，能看懂吗？"说完，他也觉得可笑，自己哈哈笑起来。

心宽体胖的孩他爹说得最多的一句话就是："别管他，让他自己弄去。"可问题是，他自己一点自制力都没有，就这么消磨着大好时光。作为一个曾经挥霍过青春年华而至今后悔不已的过来人，我能眼看着让他重蹈覆辙吗？孩他爹宽慰我："初中的时候也是这个样子，不也考上了吗，你不是说高考比中考容易吗？"

静下心来想一想，从什么时候开始我也和很多家长一样，对孩子的要求好像只剩下学习了。应该是中考的时候吧，我看到了太多为孩子竭尽全力的家长，这让我感到自己的不称职，一种说不清道不明的负罪感强袭了我。我开始怀疑和否定自己，然后就是心里一遍又一遍地追悔：如果当初我对儿子的学习要求严格一些，儿子就能在更好的学习环境里和更优秀的同学在一起学习成长。缘于此，如果现在我再放松对他的要求和管理，放任自流的话会不会让高考留下更大的遗憾。

可现实呢，一边是我一个人深陷其中的自我折磨，另一边是儿子置身度外的自得其乐。可说到底，学习是他的事，他不学，我能怎么办。想不通也得往通里想。

不写作业的周末，他心情愉悦平和，返校的时候也没有再磨叽来磨叽去，而是早早地就走了，并且主动提出不打车去挤公交车。

一个人坐在空荡荡的家里，看儿子这个周末收藏的电影《辛德勒的名单》《这个杀手不太冷》。这两部电影耳闻许久，却一直没有时间看。当我的整个身心都被剧情牢牢吸引的同时，我脑海中也闪现着这样一个念头，一个对艺术有品位的孩子也许不会离谱到哪里去。我其实不应该那么焦虑，换个角度看，我的儿子，除了不爱学习，其他方面其实都还是挺不错的。

2016年11月14日

周四中午儿子打来电话："明天下午开家长会，你知道吗？让我爸去。"我反问："为什么？"他答："没有为什么，让我爸去就让我爸去。"放下电话，心里着实有些委屈。怎么连开个家长会的资格都没了，混来混去怎么混到这地步了。

跟孩他爹商量了一下，不管儿子愿不愿意，这个家长会肯定得我去。一是孩他爹没时间，二是孩他爹去了，回来肯定又是一问三不知，急死人。

晚上，儿子又来电话了："我给你说，我们住校的四个都是倒数，反正下周我就不住校了，你看着办吧。"我这才明白他为什么不让我去开家长会了，原来是考了个倒数。

失眠……怎么办？真的是住校的缘故？

细想一下，假期没完没了地玩游戏，以至于心浮气躁。高中与初中的知识跨度大，不容易衔接。住校确实得有个适应过程，在家被侍候惯了，猛然间和那么多陌生的同学挤在一个宿舍里，睡一张狭窄的床不说，还得自己张罗吃饭。心理上感觉不适，可以理解。如果真如他所说，是住校影响了学习，那么接下来我们该如何解决这个问题？陪读的成本和辛苦就先不考虑了，重要的是有成效吗？会比住校更有利于他的学习吗？

周五下午去开家长会。

先是聆听副校长关于创建学习型家庭的讲话，接着是校方请的一个教育专家的讲座。听的时候心潮澎湃，感觉很受益。告诫自己一定要付诸实施，可现实情况呢，一切照旧。

　　最后由各个班级的班主任给大家开会。坐到指定的位置，看到儿子的成绩单。总分和排名比期望中的差，比他所说的倒数好点。一科一科细看下去，语文、英语、政治在班级名列前茅，在年级平行班里的排名也比较靠前。历史、地理按说应该是他的强项，但成绩一般，应该就是像他所说的，上课时根本就没听，全用来补觉了。物理算中等，化学稍差，数学最差。他所说的倒数就是数学了，150 分的卷子他只考了 78 分。

　　透过分数，主要折射出的还是他的学习态度和学习习惯。学习方法可能没转换过来是一方面，但最重要的还是心思的确没有完全用在学习上。数学是需要多做练习题慢慢总结规律才行，他就是懒，不愿多做题。还有就是自上中学后，对数学有一种畏难情绪，自己给自己找理由放弃。

　　看到他写的试卷分析，自己的不足分析得很是到位，可见他心里什么都清楚。对他来说，不是学不好，而是缺乏自我管控力，没有学习动力，再加上意志力薄弱，遇到困难就退缩。

　　生活中懒散，学习上也就如此。坏习惯很容易就养成了，可是好的习惯却不容易培养。就目前来说，他时不时地来一句："这个还用得着你给我说吗？"足以把人噎死。所以说，什么大道理都不能给他讲了，只能靠他自省。

2016 年 11 月 22 日

　　从儿子的书包里看到儿子买的最近一期的《读者》。翻开看时，从头至尾，每一页都有勾勾画画的痕迹。有点诧异。因为儿子看书一直用书签，从来都不会有折痕，更别说是乱涂乱画了。

　　但细看他勾画的文字，应该都是每篇文章的点睛之笔，想来他是认真阅读了。他自己也坦言："看《读者》比刷题有意思多了，从中还能收获到很多书本以外的东西。"我说："那当然了，这就是阅读的魅力。"

　　不过话又说回来，他现在用来阅读的时间少得可怜。不是真的没有时间，而是他把时间都用在了玩手机、玩电脑上了。这学期的阅读量从他嘴里得知，他看完了马尔克斯的《霍乱时期的爱情》和太宰治的《人间失格》。

我个人很喜欢文字，文字的魅力正如余秋雨所说："人类成熟文明的传承，主要是靠文字。文字的选择和汇集就成了书籍。没有书籍，任何个体都很难超越庸常的五尺之躯，成为有视野、有见识、有智慧的人。"

儿子早期的阅读，应该说我还引领得不错。但自上中学后，儿子渐渐地就不怎么看书了。学业压力大是一方面，另一方面到底还是对阅读缺少真正的热爱。扪心自问，自己不也是这样吗？虽然一直没有放弃阅读，但就目前来说，刷手机的时间远远大于读书的时间。

想起童话大王郑渊洁说的一句话："我认为最好的家庭教育就是身教。我对家庭教育有一个理解，作为父母，闭上你的嘴，抬起你的腿，走你的人生路，演示给孩子看。教育不是管理，是示范和引导。"

是啊，教育就是示范和引导。我们天天喊着不让孩子玩手机。可我们大人是怎么做的呢？就拿我家孩他爹来说，回到家里除了吃饭、睡觉，其余时间都是眼不离手机，耳不离耳机。甚至上个厕所都要抱着手机。所以也难怪儿子被传染。

孩他爹已经是积习难改，任他去吧。但我是母亲，世人给母亲这样一种解读，母亲的含义就是影响。人们也习惯将孩子的成长归结为成也母亲，败也母亲。所以，我必须得以母亲的名义给孩子做好榜样。

那么说到此，我最想告诉儿子的是，保持终生阅读的习惯吧，读经典的书籍，就像接受一次次精神上的洗礼。在这个人人都向往上层社会生活的时代，也许读书，真的就是世界上门槛最低的高贵。

2016年12月1日

周末回家，儿子一进门，边脱鞋边告诉我："今天我们开班会，老师说期中考试过后，别的学校有两个学生跳楼了。"我接口道："听说一个是高一的学霸男生，就因为数学考了104，家长骂，老师骂；另一个是高二的女生，文理分科后考了个倒数。"儿子用满不在乎的语气回应了我："我才考了78分，我也是倒数，觉得也没什么啊。"

我乘机给儿子一番大道理："没有百分之百的父母，但父母对孩子的爱却是百分之百的。父母都期望孩子比自己优秀，更盼着孩子过上比自己更好的日子。可能有时候会有些极端的批评或打骂，但孩子真的不应该为此说跳楼就跳楼。父母养这么大容易吗？一个孩子好端端地说没就没了，那简直就是要了父母的命。我们小时候都挨过打，但谁也没有记恨过父母，更不会为此有轻生的念头。不过你可是个例外，你想想，从小到大，我偶尔训斥你几句但没有打过你吧，你爸更是重话都没有说过你一句，更别说打你了。"

我啰里啰唆地说了这么多，也不知儿子听进去了没有。我只是想让他明白，任何时候都要珍惜生命，千万不能拿生命和父母赌气。对我们来说，他的健康存在比什么都重要。

2016年12月8日

上上个周末，儿子提出不返校，我没有多想就顺从了他的意愿。帮他请了假，但被宿管冷言冷语地回了一句："那就算不遵守纪律，扣分呗。"

周一早上，我把闹钟定到五点半，准备到时候叫他起床。结果五点二十六分，儿子的闹钟就响了起来。我随之也就起了床，本想给他做早餐，但儿子说没时间吃。五点五十五分，收拾完毕，儿子出了门。从阳台上望去，漆黑的夜空，孤单的身影，瞬间，强烈的不舍与心疼涌上心头。

上个周末，儿子又提出不返校。我没有答应。语重心长地给他讲："既然我们选择了住校，就要遵守学校的规章制度，宿管看似不近人情的严厉管理是对你们负责任。你再坚持一下，也就剩一个月放假了。"

差不多僵持了一个小时，他才极不情愿地在我的护送下出了家门。想到天色已晚，路上堵车，我便给他打了辆出租车。

眼看着一个学期马上就要结束了，他还没有适应住校生活，我虽然焦虑但真的也能理解。想想自己当初在外求学的日子，每次离家，都是泪眼汪汪的，惹得妈妈也跟着我抹眼泪。

对于现阶段的住校生活，用儿子的话说，他能答应住校就已经不错了，想想也是。听说有个别孩子，当时家长求爷爷告奶奶地好不容易争取到住宿名额，结果没住几天，就不住了。相比之下，儿子没任性地拒绝住校，也算是体谅了我们。

说实在的，让儿子住校，有现实的无奈，也有理性的抉择。说到现实的无奈，首先是学区房昂贵的房租，其次是以我和儿子的洁癖，住别人家的房，睡别人家的床，坐别人家的马桶，用别人家的厨房，肯定是吃不好，睡不好。说到理性的抉择，如果我辞职陪读，能为儿子的学习助力，我愿意。可是，就目前的情况来看，一点作用都没有。况且，长期以来我义不容辞地对他生活事务大包大揽地代办，让他几乎丧失了自理能力。所以，我必须狠狠心，把他推出去，让他适应我不在身边侍候的生活。

较之于生活上自理能力差，明显感觉到儿子的思想还是比较独立的，这可能缘于我有意无意的"放任自流"。即便面对小升初、中考这样重要的人生抉择，我都把决定权交给了他。由此看来，不是儿子生活上无法独立，而是我以爱的名义对他过度的照顾，渐渐地使他独立的能力受阻。

弗洛姆曾经指出母爱的实质："母爱的真正本质是关心孩子的成长，也就是说，希望孩子与自己分离。这里体现了母爱与性爱的根本区别。在性爱中，本是分离的两个人成为一体；在母爱中，本是一体的两个人分离为二。"

是啊，孩子从出生的那一刻起，就一直在努力挣脱着母亲的怀抱，而作为母亲的我们却在使劲地牵扯着不让孩子独自前行。有时候，我在想，我们对孩子全心全意地付出，到底是爱孩子还是我们依赖孩子？

还有就是，在陪孩子成长的路上，我们有太多的担心。担心摔着，担心饿着，担心冷着，担心心灵受伤，担心身体生病，担心……

最近看到一句"处处担心，即是诅咒"，触目惊心。所以，我一直很欣赏也在努力践行着那句"与其担心，不如祝福"。

最终，我们是要把孩子培养成一个能自食其力、有责任感、有担当的人，而不是一个永远长不大的巨婴。父母总有一天会离开孩子。那么在我们离开之前，重要的，是让他有力量接受"被离开"。

分离的过程艰难而痛苦，在这个过程中，我们首先要做的就是——放手。

2016年12月17日

周五中午，接到凤儿同学妈妈的电话："告诉你一个好消息，让你提前高兴一下。你儿子这次月考班级第二。"我的第一反应，不可能吧。接着她又叮嘱道："儿子回家你就装作什么都不知道。"

这的确是个好消息。但好像又难以置信。

晚上，儿子回到家。吃饭时，轻描淡写地对我和他爸说道："这次考了个第二。"我和他爸面露喜色地回应道："挺不错啊，祝贺，祝贺。"紧接着儿子就打击了一下我们高涨的情绪，郑重其事地说："这次只不过是别人没考好而已，期末考试我不一定还能考这么好。期末考试考的是一学期的内容，期中考试之前我根本就没学，不会的还是不会。"我还能说什么呢？只能说："现在好好复习，只要努力就行。"

这次月考是期中考试过后的一次阶段性考试，由此可以看出，他应该还是有所觉悟。其实只要用心学，并不像他自己所说的什么都学不懂。看来，还是学习态度的问题。只有靠他自己去解决，我和他爸再急也无济于事。

回想他的成绩，之前有过单科排名第一、第二，但总分排名第二，这应该是第一次。但愿他能以此为动力，不要辜负他的大好学习时光，不要虚度青春年华。

2017年1月7日

周五中午，收到儿子发来的微信："我今天不回家。"我第一个反应就是，马上要放寒假了，乘着周末，他是不是要和宿舍的人去外面聚个餐、唱个歌什么的。

下午放学后，给他打电话："儿子，怎么回事啊？"他答："不是给你说了，不回家嘛。"我问："为什么啊？"他答："复习。"

对于儿子所说的复习，其实半信半疑。相信他起初是有这个美好愿望的，不过，以他的自制力能否真正做到用心复习真不好说。但人家已经汇报说他要复习，就说明，他知道什么时间他应该做什么事。那就暗自欣慰并祝愿他期末考个好成绩吧。

时间过得真快。儿子的高中生活就在一周一周的回家与返校的折腾中过去了六分之一。每一周的分别与相聚，真实的感觉就是，不见了想，见了又惹人烦。

眼巴巴地盼着他回家了，我多么想听他能给我讲讲他在学校一周的学习和生活。可这只是我卑微的心愿。对他来说，好不容易回家了，不用学习了，自由了。最最主要的是可以上网打游戏，手机聊QQ了。他忙得根本无暇顾及我。

周末两天的时间里，他要补课，还要踢足球、看电影。他有他的事要做，他有他的生活乐趣，他有他的朋友圈子。我成了他生活中的局外人。

我从开始的不适应，渐渐地完全适应。我知道，我该走开了。

每个人都有自己独特的人生，孩子不能也不可以成为一个母亲生命的全部意义。

2017年1月13日

看到儿子的期末成绩，班级排名9，年级排名184。较之期中考试，值得肯定的是有进步。语文和化学相对稳定，进了年级前100。英语低了20分，或多或少地和终止补课有关吧。物理这次题目较易，但也没有考好。数学还是最差，问题如儿子所言："期中考试前基本没学，不会的还是不会。"政治、历史、地理三门课好像大家都在上课时间用来补觉了，整体都差。

对于儿子的学习态度，班主任的评语一语中的："你思维灵活，表现良好，适应高中学习生活能力较强；但学习上对自己要求不够高，有惰性和贪玩，不成熟导致效率不高。"

品味老师的话，细究一下，孩子身上的毛病其实都是家长自身问题的投射。

学习上对自己要求不高，这可能是我长期给他的不良暗示。他认为，不管他学习成绩怎么样，我都不会太在意，那么他也就无所谓了。现在再来反思，可能我的引导还是有问题的。一个对自己没有要求的人，当然也就没有什么目标了。我向来稀里糊涂地混日子思想无形中也就影响到了儿子。这一点，我意识到有点晚了。但既然意识到了，就要尽力改正和弥补。从即日起，以身作则。

有惰性和贪玩。是的，衣来伸手，饭来张口。这是我的大包大揽给惯的。晚上不睡，早上不起。这是受我的影响。生活上懒，学习上也就懒了。平日里，踢足球、看电影我都是挺支持的，从来不干涉。但相较这些有意义的活动，他更感兴趣的是玩游戏，玩起来没有一点节制，而且愈演愈烈。自中考过后，为了减少和他的冲突，我睁一只眼闭一只眼地容忍着，基本没有限制，没有给他立规矩。

不成熟导致效率不高。不成熟就意味着相当情绪化，管控不了自己。反思我自己呢？有其母必有其子，一点都没错。

教育专家说："如果你认为你有一个有问题的小孩，一定先反过来，在你身上寻找问题的根源。在教育之中，要解决小孩的问题，先解决你的问题。没有一个有问题的家长，就不存在一个有问题的小孩。"

2017年2月22日

一觉醒来，又是午夜十二点过了，儿子还没有上床睡觉。喊着让他睡，他依然无动于衷。我好言好语地给他讲晚睡的危害，可是面对我的关心，他竟然回应道："关你屁事。"我怒不可遏，真的想给他一巴掌。

躺在床上，心里的委屈与无奈难以言说。

早上看到儿子在微信圈里转发的一篇文章，文章里有这样的一句话："那么《蓝色夜晚》就是关于一个母亲一生的恐惧：她是否尽了做母亲的职责，是否给了女儿足够的关心、保护和爱。"

这句话狠狠地刺痛了我。

是的，我也是这样一个内心充满恐惧的母亲。我一而再、再而三地否定自己：我没有尽到母亲的职责，我没有照顾好儿子的生活，我没有教育好他的学习，我没有平等地处理好和他的关系。他所有的问题都是我的问题。我在自责和纠结中变得焦虑、狂躁。

自上中学后，儿子也不知是长个子的原因还是睡眠严重不足，原本圆嘟嘟的脸变得只有巴掌大小了。上学期又是住校，吃得不合口，再加上假期生活也没有规律，晨昏颠倒，手机不离手，整个人更是看起来瘦弱不堪。我看在眼里，疼在心里。和同龄的孩子站在一起，唯有他瘦得像个麻秆。作为妈妈我能不难过吗？我多么想让他有一个健壮的身体，可他一点都不理解，依然天天为晚上不睡早上不起的事和我闹别扭。我真不知道该怎么做才好。

儿子的话越来越少，给人感觉越来越冷漠。面对他的种种让人不解的行为，我都试图安慰自己，这只是青春期的反应，会过去的。

我知道我的诸多担心和焦虑不经意间就会把负能量传递给儿子，所以我时时告诫自己要保持稳定而舒缓的情绪，可是说起来容易做起来难。我就这样一直处于矛盾之中。

我不得不承认，我对儿子现阶段的一言一行都特别特别不满意，我几乎看不到他身上的优点，只看到他的缺点。我总想善意地提醒他改正，希望他能成为更好的自己，可事与愿违。

也许，除了深深的恐惧还有无尽的贪婪。我们总想让自己的孩子像被精心雕琢过的玉一样没有半点瑕疵，这可能吗？我们自身劣迹斑斑，却要求孩子尽善尽美。

读到这样的一段话："真正的爱是一种无为。它没有要求，它里面没有任何恐惧的阴影，它不隐藏任何掌控的企图。它像太阳给予万物光和热一样，给出本性的能量。你不期待他，不要求他和本来的自己有所不同，不试图改造或修正他。真正的爱是完全无条件的。无论如何你都爱他，怎么样你都爱他，你的爱甚至和他无关，这才是真正的爱。这爱像老天对万物的态度一样，给予你但对你没有要求，没有期待，他对你无为。"

2017年2月25日

自从儿子在全民K歌里发他的弹唱，我就成了他忠实的粉丝。不管好赖，我都会一遍又一遍地听。偶尔也会以一个母亲的自恋一厢情愿地分享给别人。

昨天晚上他弹了一首久石让的《天空之城》。

看到他写了一段话："作业还挺多，但我决定录一下。假期又完了，我想说虽然没怎么学习，但我坚持每天练一两个小时琴，从放假到现在每天如此。没有老师教，就自己瞎弹。虽然进步得很缓慢，但我觉得坚持做了一件喜欢的事，对这个假期也很满意。我不希望自己被那些我并不情愿的事情限制住。车到山前必有路，能相对的自由，我也此生无憾。"

白天他到底弹了没有，我不知道。但每天晚上都是快十一点的时候关起门来弹，因为是看着电脑上的谱子弹的，所以弹得断断续续的，感觉应该最多也就半个小时吧。不过正如他自己所言，的确还是做到了坚持。

在我眼里，这个假期就在他睡懒觉、玩手机中无聊地度过了，我为他如此荒废时间感到生气。而在他心里，认为自己坚持做了一件喜欢的事，所以对这个假期也很满意。

角度不同，要求不同，对结果的感受当然也就不同。

对他来说，他不情愿的事情是学习。可是作为一个学生，特别是一个面临高考的学生来说，还这样对学习一点不上心，浑浑噩噩地消磨着如此宝贵的时间。懒惰加贪玩，难道就是他想要的自由吗？

他说得倒轻巧，车到山前必有路。而我要说，天上不会掉馅饼。一分耕耘，一分收获。

但愿他能早日醒悟，学习没有任何捷径，必须好好下功夫。希望他严肃认真地对待上大学这件事，而不是抱着无所谓的态度。

2017年2月28日

2月26日下午，和孩他爹一起送儿子去学校报到。

由于出门晚再加上堵车，到学校刚赶上规定的报到时间。儿子去教室，我去了宿舍。帮他换了被套、床单，整理了柜子。儿子是下铺，收拾起来还算方便。有两个住在上铺的孩子妈妈，一边跪在床上很费劲地套被套，一边哀叹孩子的自理能力差。

我们就是这样矛盾的妈妈们，明知道孩子是我们养废了，但还是不忍放手，竭尽全力代劳和包办着孩子的大小事务。

收到班主任发在群里的公告——关于寒假作业检查问题的一些思考。

老师说的句句是理。我作为家长的确做得不好。正如老师所言，我也只是简单的唠叨督促之后无果，为了相安无事，任其不写作业。儿子是在快开学一周才赶作业，真的只是为了完任务而完任务。这样的学习态度能学好吗？孩子自制力差，我们以心有余而力不足为自己找借口而不去管束他，最后害的却是孩子。

面对老师的提问："关于孩子的逆反心理和青春期许多问题，作为家长我们是否了解或者做好了应对准备？如果没有，我们是不是应该开始重新学习或者改变？"

问自己，我是如何应对的呢？说来汗颜。我真的是跟着儿子一起"青春期叛逆"，根本不知道怎么和他相处，也不懂如何和他交流，感觉一直在较劲中彼此伤害，一直也在纠结中反思。

时间过得很快，高一的下学期开始了，儿子又开始了住校生活。但愿他能意识到学习的重要性，知道为自己负责。

其实在我心里，我还是多多少少地觉得让儿子住校有些对不起他，也有很多的不舍。但目前来说，只能选择让他住校。

2017年3月22日

昨天早上和小颖的妈妈打电话时，她告诉我："我姑娘回家说你儿子最近天天上课睡觉。"听了她的话，我情绪失控泪流满面。一整天都有点恍恍惚惚，思忖着该如何解决目前这种状况。没想到晚上就接到儿子电话说是感冒了。

今天中午买了感冒药送到学校。先去学校食堂找儿子，结果望眼欲穿也没找到。便又去宿舍，在楼梯口等了好久，才看见他手里拎着包方便面一个人耷拉着脑袋慢悠悠地走上来。瞬间就感觉到他孤单的身影着实可怜，不由得一阵心疼。

问他："你怎么不在食堂吃饭？"他答道："不想吃。"再问："就吃方便面，能吃饱吗？"他反问："不吃这个还能吃啥？"我一时语塞。

从宿舍楼下来，我给班主任打了个电话想当面和她聊一下儿子在校的具体情况。班主任也说儿子的学习根本不在状态，建议有条件的话还是选择陪读比较好。听了班主任的话，我立马就准备陪读。说来也巧，班主任正好在微信圈里看到有位老师发的房屋出租信息，便把电话给了我让我去联系。

回家给婆婆和孩他爹汇报了我的想法，他们对我这种脑子一热想起啥就是个啥的举动不太赞成也没强烈反对，但我的主意已定。

2017年4月7日

仅仅用了三天的时间，换了工作，租了房子。顺利得有点玄乎而不可思议。学校、公司、临时的家，方位呈一个三角形。只要步行七分钟，儿子就可以到校，我就可以到公司。意料之外地达到了陪读上班两不误的目的。

早上六点起来，手刚触到热水器的阀门，只听当啷一声，阀门掉了下来，接着就是水冲流而出。一时间，我整个人蒙了。一边喊儿子过来帮忙，一边给房东打电话。结果是家里压根就没有总阀。房东让求助邻居，热心和善的邻居老师傅告知我总阀在院子里的井下面，可能是看到家里还有个小伙子，这点小事小伙子就能去解决。殊不知小伙子看着挺大个，这种事我都没经历过，他哪经历过。最后还是靠邻居解决了难题。房东也赶过来，重新换了阀门。

陪读生活就以这样的方式拉开了序幕。不至于魂飞魄散，但至少胆战心惊。看着老房子里的陈设，我开始变得小心翼翼。

晚上和儿子闲聊。我对他说："生活中会遇到很多意想不到的事，我们只有去勇敢面对，这点小事算什么啊。"以此安慰、鼓励自己和儿子。同时，非常感谢邻居老师傅，春寒料峭，大清早他只穿着居家短袖就下楼去关阀门不说，还帮我清理了室内的积水，让我深切地体会到了"远亲不如近邻"。

2017年4月22日

儿子下周期中考试结束就要文理分科了。学校先让填写个人意愿并让家长签字。

起初，我和孩他爹对儿子学文学理都能接受。但婆婆强烈反对学文，周遭熟识的亲朋好友给出的建议基本也都是学理。最终随大流的思想主导了我，感觉男孩还是学理应该更好一些。

儿子对班主任关于文理发展趋势的一番分析和预测非常赞同和迎合，所以打定主意要学文。对于学文的原因他列了三点：一、更偏爱文科科目，二、想就读文科类专业，三、文科有比较好的前景。

当儿子让我签字时，我试图劝说他"回心转意"。没想到我自认为人活着还是要面对现实的言论却招来他对我的一顿贬斥和打击："我想通了，人不能只为了生存，我要干自己喜欢干的事。我可不想像你一样平庸地活着，我要活得精彩。再说了，你能保证我学理就能找到好的工作，你怎么知道我学文就找不到工作？"

我一气之下，冲口而出："我就平庸怎么了，我好歹还能把你养大，你以后还不如我呢！就你这样好吃懒做只知道享受的，有什么能力养大你的孩子，要不是我为了生存而苟且地活着，哪有你的诗和远方。"

最后，儿子把意愿书扔给我，丢下一句话："你爱签不签。"稍微平静了一下，心想，这又何苦呢，两败俱伤。从小到大，一直引导他遇事自己做主，小升初、中考，这样的大事不都是他自己说了算嘛，现在，他比小时候更有思想和主见了，我为什么又不让他自己做主了呢？想到此，有些委屈，有些无奈地拿起笔，签上了家长的名字。

看到儿子发的两条微信。一条微信是一张图片，图片上写着："来自未来的剧透，你烂爆了。"这应该是回应我关于大学四年后的就业问题。另一条微信是三毛的一段话："有时候，我多么希望能有一双睿智的眼睛能够看穿我，能够明白了解我的一切，包括所有的斑斓和荒芜。那双眼眸能够穿透我的最为本质的灵魂，直抵我心灵深处那个真实的自己，她的话语能解决我所有的迷惑，或是对我的所作所为能有一针见血的评价。"

2017年5月11日

自上次为学文学理的抉择引发了不愉快之后，我们娘俩对此事闭口不谈。但在内心深处，我们都应该在纠结这件事。

婆婆生日，一家人在一起吃饭。婆婆对她的宝贝孙子说："你爸学文的教训你不知道吗？你又要学文，奶奶的血压这一周喝什么药都降不下来，听没听见，就学理。"祖孙俩为此辩解了一番，儿子也含糊其辞地答应了奶奶。

到了正式的文理分科时，儿子决定学理。当他让我签字时，我忽然又难以下笔起来。弱弱地问儿子："你真的想好了吗？妈妈还是希望你听从内心的声音，不管学什么，只要努力，妈妈都支持。"儿子生气地回敬了我一句："还想什么！我都答应我奶奶了，人不能不讲信用。"听他这一说，我更加无所适从了。于情于理，我不想让婆婆这么大年纪为这件事失眠、上火，但也不想儿子委曲求全。

就在我内心挣扎时，儿子让我看他发在QQ里的一段话："终于到了分文理的这一天，最早有文理这个概念还是小学看郭敬明一篇矫情文章里了解到的，当时对他而言，文科是左手，理科是右手。他抉择的时候也很纠结，最后，他一个活脱脱该学文的人在诸多客观因素的驱使下学了理。感觉自己情况也挺类似，文理都不想放弃，也都能学。对我而言，学文贴近理想，学理更加现实。过去也羡慕那些以梦为马的人，可现在还是认清了现实，未来还是该脚踏实地地发展。有的人以梦为马活得很好，可我只能以梦喂马。岁月易逝，不想一滴不剩，语、数、英、理、化、生，就这样吧。"

字里行间虽然透着一丝无奈，但以我对儿子的了解，他也是经过了一番考虑和权衡才决定的。不管这次抉择对错与否，但对我来说，向来都不会顺从家长意愿的儿子能顾及奶奶的身体，还是蛮让我感动的。事后，才知道，班主任也找他谈话："现在改还来得及，你不能只听爷爷奶奶爸爸妈妈的，你要为自己做主。"儿子给老师的回答依然是："就这样吧。"

接下来的几天里，儿子情绪比较低落。作为家长，或多或少地让我有些说不清的内疚，感觉有点对不起他。毕竟我希望他能心甘情愿地听从内心的声音进行选择。可能孩子还是孩子，情感波动起伏来得容易去得也快。几天之后，儿子不知是自我安慰还是真正面对现实了，他对我说："我也觉得学文太简单，学理更具有挑战性。"我乘机说："就是，你说文史，课本上能有多少东西，只要你喜欢，你就可以自己去学，可数理化就不一样了，况且你学理一点也不妨碍你喜欢文科方面的东西啊。"

不得不承认，每每遇到抉择时，儿子比我更有主见。希望儿子，自此安下心来，以理科生的姿态迎接学业的挑战。

2017年5月23日

每周五下午放学后，儿子不作片刻的停留，收拾好东西就回安宁的家。周天下午，娘俩又一起返回到城关的家。

依然这么来回折腾着，但较之以往，他的情绪和学习状态的确是稳定多了。对我来说，虽然每天要侍候他三顿饭，还时不时被他挑剔和嫌弃，但能关照到他的生活，掌握到他的思想动态，悬着的心总算是踏实了。陌生的环境，简陋的条件，和儿子在一起享受吃苦的幸福。

儿子买的《足球周刊》里的彩图，我都一一给他贴在卧室的墙上。这样一来，儿子晚上夜读时，只要一抬头，就能看到这些足球明星。我想，有了偶像们的陪伴，无形中也能带给他榜样的力量。

有时候，吃完晚饭，儿子写作业，我会和别的陪读家长约着一起去超市采购或者一起谈谈孩子。虽说大家都因满怀期待而焦虑，但最后都会互相安慰，不去计较陪读的辛苦和代价，我们只是尽自己的义务，至于最终的结果，顺其自然。

2017年6月7日

高考，学校放假。儿子一大早就出门了，说是要去参加志愿活动。

中午看到他在QQ里发的图片和文字："第一次参加志愿活动。这一早上确实累得够呛，但真挺开心的。这里的孩子或许面临着脑瘫、自闭、多动症等各种各样的问题，也会有很多怪异的举止，甚至情绪突然失控伤害自己。但正如每个人都该被平等对待一样，对于他们，我们更应有足够的耐心和关怀。希望下次有机会还可以来这里陪他们玩，也希望他们可以早日康复，最后也希望大家可以多参与这样的志愿活动，踊跃加入我们爱心社。"

儿子指着图片上的一个小男孩告诉我："这个就是我带的那个小孩，四岁了，没有社会意识，就是不知道自己做什么，无法上幼儿园。"我说："那你觉得他的问题严重吗？"儿子回答："他在那些小孩中情况算是比较好的。"向来不会说话的我则插了一句："所以，我们能成为一个正常的人，真的要感恩上苍的眷顾。"听了我的话，儿子极不友好地回了一句："你说的是什么话嘛。"中断了和我的聊天。

说心里话，一方面我鼎力支持他参加这样的活动，另一方面我其实难以相信让人侍候惯了的他有能力和耐心去照顾小孩。

看着眼前的儿子，随着一天天长大，我对他充满了挑剔和指责。首先是衣来伸手、饭来张口的少爷派头，然后是心浮气躁的学习态度。我在他身上看不到所谓的担当和坚持。当越来越多的不满意占据了自己的大脑时，内心就会产生莫名的失望。

他总是很忙，忙得没有时间静下心来好好学习，好好吃饭。周末回家，晚上玩电脑游戏，手机聊QQ，弹吉他。时不时地还半夜起来看球赛。白天间或看电影，间或踢足球。真正写作业的时候就开启磨叽模式，不是啃指甲，就是走来走去转圈子。我忍无可忍时就会冲着他吼道："你都十八了，哪像个要参加高考的学生，一分耕耘一分收获，比你聪明的人都在拼命学，你就睡着等天上掉馅饼吧。"

有人说，对孩子不满意其实就是对自己不满意。也许吧，孩子就是一面镜子，照出家长自身的诸多缺陷以及教育上的不足。

2017年6月26日

中考期间，学校放了将近五天假。最后一天晚上儿子才赶作业。五天的作业要在一个晚上完任务似的赶出来，可想而知。

果不其然，班上就他一个没有完成。儿子告诉我，班主任让我打电话。我一听就气不打一处来："你说，你就经常给我找这样的好事，我都没脸给老师打电话，你让我怎么说？"儿子竟然理直气壮地回敬道："你不打就不打，一共才几次，怎么是经常。"

不管怎么样，老师的电话还得打。老师语重心长地说："您儿子的自律能力差，懒散，对自己没要求，对什么都无所谓。眼看着高一就要结束了，特别是这个6月份，端午节、高考、中考、会考，基本就是在放假中度过的。学生之间的差距一方面在于学校的学习，另一方面就是在家里的学习。而作为家长，对于学生的监管是不是到位尤其重要。"老师的一席话让我无颜面对。

放下电话，我对儿子吼道："你说，你都十八了，站起来比我高那么多，我现在在你面前连说话的权利都没有，怎么管你？"儿子面无愧色地回答："你既辅导不了我的学习，又不懂教育，更没有能力管我，那我的事就不用你管，你管好你自己就行了。"我怒不可遏："是啊，我就会侍候你，哪有什么能力管你。"他也不示弱："你老说我磨叽，不思进取。如果你不是那么懒散，做事优柔寡断，我能是这个样子吗？"没想到他竟然会对我这样说话，我一时语塞。

无疑，儿子戳中了我的软肋。我一直在心里自责自己没有给儿子树立起好的榜样。平日里，我是儿子的一面镜子，现在儿子就是我的一面镜子，从他身上映照出我的诸多缺点。想到儿子小时候对我的崇拜和亲热，再看看目前儿子对我的鄙视和冷漠，我知道问题还是出在自己身上。这些年，孩子在成长，而我放弃了成长。

更多的时候，我以当一天和尚撞一天钟的消极态度处世，却看不惯孩子浪费时间混日子，自己没有以积极进取的生活态度引领他，而只是一味地要求他，这可能吗？小的时候，他会顺从，现在他长大了，当大人要求他这样而不能那样时，他有一万个理由来反驳，从而让我哑口无言。他会觉得，你都做不到的事，凭什么要让我做到。

记得有一次聚会。大人们苦口婆心地劝导孩子："你看我们那时候就没有你们这么好的条件，现在想学也来不及了，所以你们要珍惜这么好的条件，乘着年少，努力学习，争取考个好大学，跨入更高的平台。"虹的儿子立马反驳："现在八十岁都可以考大学，你们怎么就来不及了，只要你们想继续深造，都可以读研、读博，读MBA啊。"瞬间，孩子的话让大人深陷尴尬进而僵住，然后不能不为此触动。

一直以来，人们总是习惯站在道德的制高点上要求别人，家长们总是以过来人的身份要求孩子。但我们从来都没有在要求别人的时候先要求自己。

我们日复一日、年复一年地虚度着光阴，却要求孩子珍惜少年时；我们手机不离手，却要求孩子远离手机。所谓言传身教，首先自己要身体力行，否则靠什么言传身教，让孩子怎么信服我们。

想到此，汗颜。

先给自己立规矩。从即日起，回到家，不再有事没事地刷微信圈；而是回到儿子小时候的场景，他写作业，我看书。儿子稚嫩的话语依稀还在耳边："谁说你没有文化，你都有写作文的文化。"感觉还是不久前，自己在儿子眼里还是个有文化的妈妈。而现在呢？用什么来让儿子觉得自己的妈妈除了更年期的唠叨还会干点别的事？想想还是应该坚持写博客，一方面是对生活点点滴滴的记录，另一方面也是对自己深深浅浅的反思。

当自己埋首写文字时，也就不再只关注儿子，就如他所言，我只管好我自己就行，我做我的，他做他的。当我对自己有所要求时，无形中我也会传递给他一个信息，你也要对自己有所要求。

时间一天天流逝，年龄一年年增长，我们应该在岁月的沉淀中变得更好而不只是更老。

2017年8月12日

儿子：

由于期末考试考得一塌糊涂，所以这个暑假你没有拒绝我给你安排的补课。钱花了，至于效果怎么样，只有你自己知道。其实平日里如果不认真学，那很难凭着补几节课就起到立竿见影的效果。

说到暑假作业，你比以往假期表现得稍微好点，每天晚上在我再三督促下，好歹能写上一点；而不是像以前那样纯粹不写，一直等到报名前突击完成。

那天，一家人好不容易聚在一起。聊天的过程中我没忍住，当着大家的面说起了你的成绩。你立马拉下脸冲着我说："你有意思没意思，我就这么一次没考好，你说了多少次了。"说完，转身就走了。事后，妈妈也意识到自己做得不对。

姑姑说你没有考好，是因为我们强迫你学理的原因。奶奶更是为此背负了压力。私下里我们商量，如果你实在不想学理，那就转文。可当姑姑找你谈时，你说："既然已经选择了学理，我还是想坚持。"为了再次确定一下你的真实意愿，我又婉转地表达了一下我的想法，没想到你回了一句："你们都有病吗？什么意思啊？"是啊，我们被你整得都有病了，除了不知所从，我们还能有什么意思啊。

但最终，何去何从，你说了算。但愿，如你所言，既然已选择了，就坚持下去。其实，不管选择学什么，都要努力。即使选择了学文，要想把文学好并不比学理容易。

　　不管怎么说，这个暑假应该还是一个相对好的转折。我慢慢地调整了自己，不再纠结于你的成绩，而是依然选择了相信你。对于你的成绩你也意识到了，如果再不努力，真的很危险。

　　这个暑假也是高中阶段唯一的一个暑假。高二的暑假就要在正常上课中度过了。有没有感到时光飞逝，属于你的时间越来越少？别人都在争分夺秒地为理想而奋斗，希望你真的有所改变，不要让我失望，不要让自己遗憾。

2017

—

十七岁

—

高 二

我陪你长大

2017年8月14日

亲爱的儿子：

今天是你的生日。时间过得真快啊！转瞬之间一年光阴悄然滑逝，送走了十六岁的花季，迎来了十七岁的雨季。你又长大了一岁。

十七岁了，1.8米的身高，42.5码的脚。脸上此消彼长的青春痘，嘴唇边冒出的小绒毛。但相较于同龄人的健壮，你就比较瘦弱。这也是妈妈的一块心病。不知道是不是如教育专家所言，你"豆芽菜"般纤弱的身材是我们对你过度的呵护所致。但我也认同一句老话："养儿像舅舅。"随着年龄的增长，你越来越像舅舅了。不光外形，性格也像。你也知道，妈妈特别不喜欢舅舅的性格，但遗传基因这个东西真的非人所愿。

回想这一年。

作为高中生的你，离开了熟悉而温暖的家。经历了住校，经历了和妈妈在一起的陪读生活。在这种生活的变迁中，你的情绪和学习状况多多少少地受到了影响，成绩的急剧下降不排除这种影响，但更深层的原因是你丧失了进取心。你时不时地表现出对凡事都无所谓的消极状态。

偶尔还会表现出一种如"困兽"般的焦躁，我看在眼里，却爱莫能助。我为自己的力不从心而抱歉。我也想像朋友一样和你相处，可是，我已经习惯了当家长。我心里在想，谁的青春不迷茫？我的嘴里在说，一天到晚心浮气躁的，能学好才怪。此话一出，就招来你的反唇相讥。随之而来的还有你对我的漠然和嫌弃。

儿子，从什么时候起，你开始和我白搭话了，妈妈这个称谓仅限于你在和别人的交流中的第三人称了。妈妈纵有千错万错，你也不能如此伤妈妈的心吧。伤心之余，我坚信了因果。当年，妈妈也是这样决绝地对待姥爷的。想到此，我原谅了你，也不再伤心了。因为，你也看到了，现在妈妈和姥爷的关系很亲近。我也相信有一天，我和你之间也会恢复这种被我们不小心而破坏掉的亲密无间的母子关系。

陪读的日子里，我承认我是有压力的。这种压力是什么呢？就好比是，住校时，你是一个人孤军奋战，胜败都是你的事。而陪读呢，就是我和你并肩作战，战役的胜败关乎我们两个人。还有就是，陪读对我来说，从财力到精力付出的更多，那么内心深处免不了要在付出与回报之间寻求平衡点。那就是你只能比以前学得更好才合乎常理。

每当看到你小时候的照片，翻阅以前的文字，我内心总会涌现出一种怅然若失的感觉。我知道，这是妈妈没有调整过来，你已经长大了，而我一直停留在过去。这么多年，我习惯了你在我耳边叽叽喳喳，所以很不适应你现在的沉默寡言。

在话不投机的日子里，我只能在你的QQ说说里窥探着你的心事和情绪，在全民K歌里听你弹唱，在微信圈里捕捉你周末的行踪。我们之间最多的交流就是你需要钱的时候。而随着你要钱的数额越来越大，频率越来越高，我免不了要给你讲挣钱的不容易，讲我是如何地省吃俭用养活着你，你根本不理会我的这番说教，扭头就走，空留我一个人懊悔、自责、伤心。

儿子，你一天天长大了，妈妈一天天变老了。我由于自身不足，所以没有给你树立好榜样。遇到我这样的妈妈，这也是你的命，你就心甘情愿地认命吧。我虽然在你眼里没文化、没思想，不温柔、不上进，但我和天下所有的妈妈一样，我对你的爱浓厚而热烈。现阶段，每每和你谈起这种爱，你都鄙夷不屑。在你看来，妈妈爱孩子，就像母鸡爱小鸡，这是母亲的本能，有什么好表白的。想想也是啊。

人们常说，换位思考，理解万岁。可说起来容易做起来难。我们之间，你觉得我不理解你的苦闷和压力，我觉得你不理解我的焦虑和辛苦。你坚持你的想法，我执着于我的理念，我们谁也不迁回妥协，最终两败俱伤。

生日了，本该是个高高兴兴庆贺的日子，妈妈又祥林嫂般絮絮叨叨地诉了这么多苦。好在这些都是我的自说自话。

还是回到生日的主题吧。

花无百日红，人无再少年。青春是最美好的时光，你在妈妈眼里是最美的少年郎。愿你珍惜当下，愿你每天为了理想进步一点点。高二了，学业的压力会越来越大。在这个艰难而关键的时刻，除了坚持还是坚持。请你相信只有坚持到底，才不负青春。

过完十七岁的生日，你就离十八岁的成人不远了。希望你能对自己有更清醒的认识，对自己有更高的要求。学会承担责任和为自己负责。爸爸妈妈不能陪你一辈子，最终，路要你一个人走。愿你坚强面对生活中的风雨，愿你快乐享受生活中的阳光。

亲爱的宝贝儿子，生日快乐！有生的日子天天快乐！

2017年9月20日

周四晚上，儿子对我说："今天晚上是决定国足命运的一场球赛，我必须得看。"我说："儿啊，咱还是先决定自己的命运，好好写作业吧。"最终，儿子依然选择了先关心国足的命运，后写作业。

儿子一边看，一边时不时地呐喊、叹气，完全融入比赛中。

球赛结束。儿子告诉我："中国队赢了。"我说："1：0吧。"接着又补了一句："我猜肯定是点球。"结果完全正确。

不知道是受他爹的遗传还是影响，儿子越来越对足球感兴趣起来，平日里踢球不说，玩的游戏也是踢足球的。真正让我感受到他对足球的热爱和懂得，其实是前不久看到他写的两篇关于足球的评论文字。我虽然不懂足球，但自我感觉对文字应该还有一定的鉴赏能力。也有可能是自己在这方面的孤陋寡闻吧，个人觉得儿子写得相当不错。

写下这句话时，猛然发现好久都没有认可过儿子了，现阶段对他的态度除了嫌弃就是打击。也许真的应该多方面地看儿子，而不仅仅只是局限于学习。

周五晚上，左等右等不见回来。正准备打电话时，看到他在微信圈里发的小视频。打开一看，是他和社团的同学一起排练。儿子和一个男孩弹吉他，另一个男孩打鼓，唯一的一个女孩主唱。起初以为自己听力有问题，后来才知道是英文歌，怪不得一句歌词都没听出来。先不论水平高低，那种乐队的雏形还是挺像模像样的。

对于儿子的业余爱好，我们基本都是抱着支持的态度，从来都没有以学习为由强行制止。渐渐地，儿子出门释放他的业余爱好时最多只是履行告知的义务，压根不是征求我们同意与否。他也习惯了自己的事自己做主，特别是诸如吃喝玩乐的事。

对于家长的定位，我自认为是放任型，儿子认为是专制型。他可能真的是没有见识过什么是专制型的家长。很多的时候，我是希望儿子有自己广泛的兴趣和爱好，那样的话，人生会充满很多乐趣，而不是寡然无味。但有时候，我又会因为他无节制地把时间耗在娱乐上影响学习而焦虑。毕竟他是一个备战高考的学生，一分一秒都弥足珍贵。

记得初中老师在中考前对我说："你儿子是玩着学，根本就没使劲，所以说还是很有潜力的。"但再有潜力，使不出来还不是等于零。潜力是靠努力才能不断挖掘出来，他站在原地不动，潜力从何而来。我看在眼里，急在心里。真的是"皇上不急急死太监"，抑或是"船上的不努力，哪怕岸上挣断腰"。

从开始说足球，说吉他，最后又说到了学习。就像一个陪读妈妈说的，她女儿说她："不管说什么话都会扯到学习上，没劲，烦透了。"每当我奉劝儿子好好学习时，儿子也说我："你除了说这个还会说什么？"也是啊，面临高考，不说学习，还能说什么。

2017年9月23日

学校组织星期六去兴隆山参加拓展训练。班主任说家长也可以去，美其名曰陪伴孩子的成长。可是，儿子坚决不让我去，问他原因，他说："你去干什么？"我说："陪你啊。"他回答："我不需要你陪。"既然人家都这么说了，再死缠烂打地去也就太伤自尊了。

下午，看到陪同去的家长在群里发的两段视频。一段是整个训练结束后，班主任的总结性发言。当听到班主任说班上只有二十位男生坚持到最后，并大大地褒扬了男子汉的这种担当和坚持；我习惯且肯定地认为，儿子不会在其中。另一段的背景音乐是《烛光里的妈妈》，教官在讲述着什么故事，同学们都低着头站立着。听到这样的音乐和歌词，本能的一阵伤感和难过。

晚上八点多的时候，看到儿子在车上发的微信圈："说实话长这么大没遭过这种罪。全班除我们几个之外，剩下的所有人被我们用手臂撑过去。说实话，当我撑过体重是我两倍多的彭雨争的时候，真的感觉自己贱他妈的牛逼。前面的女同学第四次踩过我手臂的时候，我一抬头看见她在哭，当时心里不是滋味。反正我自己装的逼，用生命也要装完。我们累死累活完成任务。当时大家都哭了。但是教官给我们来了一波感恩父母，真他妈的无语，难道今天不是应该重点突出全班坚忍不拔、团结一心的精神吗？放《烛光里的妈妈》的时候，我内心真的毫无波动甚至还有点想笑。感觉自己有点小牛逼。大家都牛逼，走过去的人心里也很难受。都不容易。值得回味的一天。"

读前面的时候，我还正想着要转发他的这条微信，可是一句"放《烛光里的妈妈》的时候，我内心真的毫无波动甚至还有点想笑"让我再也难以抑制自己，我坐在沙发上号啕大哭。

边哭边向孩他爹诉说："我怎么就这么失败呢，一天到晚全身心地付出，结果老的老的不领情，小的小的不懂感恩，我到底做错什么了？"孩他爹见状，为了耳根清净躲出了家门，空留我一个人上演内心大戏。

儿子怎么会如此冷漠无情？越想越伤心。

想到仅仅几年前的事，小升初后放假期间。儿子去韩国旅游回来，不但给我买了礼物，还哽咽地说："等我长大有钱了还要去，给你买马油。"原来导游强烈推销马油，说是治关节炎效果特别好。奶奶说那是忽悠人的，没有买。儿子知道我关节不好，这份心意当时让我眼泪夺眶而出。这才是我的儿子啊。可现在，儿子怎么会变成这样呢？青春期的叛逆我能理解，可是一下子变得如此无情，说真的，我无法接受。

正在我胡思乱想时，传来敲门声。

一进门，儿子就问我看视频了吗？我说："看了，还看哭了。"儿子问我看的是啥，我说《烛光里的妈妈》。儿子马上说："本来大家都扮演的是'战士'飞越金沙江。一起经历生死，有的'战士'还'牺牲'了。大家为这种情意感动而哭。结果变成了《烛光里的妈妈》，一点都不搭调。我甚至觉得可笑。"

他不说则已，一说，我本想不提的话题还是没有忍住："儿子，你到底对爸爸妈妈有没有感情啊？"经我这么一问，儿子不耐烦地打断了我的话题："跟你就没办法交流，你爱怎么认为就怎么认为。"

问自己，真的是站在情感的立场上钻了牛角尖吗？难道仅仅只是我的断章取义？误解了儿子。他觉得不搭调而感到可笑。而我觉得不管在什么情境下，听到《烛光里的妈妈》，内心都会涌上一种潮湿的感觉才正常啊。

抛开了《烛光里的妈妈》话题，看到他胳膊上和手背上又青又红又肿，特别是当他很自豪地告诉我，他瘦弱的臂膀硬是咬牙撑住了将近他两倍体重的同学时，我难以相信。这是我眼里手不能提、肩不能扛，衣来伸手、饭来张口的儿子吗？或许正如班主任所言，我们的孩子比我们想象中的坚强。

不管怎么样，值得肯定的是，对于他的那句"反正我自己装的逼，用生命也要装完"，话糙理不糙，隐隐透视出一种坚持和忍耐。

虽说只是一场在游戏中完成的训练，可孩子们却感受到了很多。眼泪和激情过后，但愿他们牢记班主任的那番教诲，把这次活动中表现出的毅力和坚持用在接下来的生活和学习中，用在两年后的高考中。相信他们会给老师、家长、同学和自己一份满意的答卷。

再回到我失控下的号啕大哭。究其原因，还是我不相信自己，不相信儿子。我害怕面对教育专家所言的"白眼狼"。随着儿子一天天长大，分歧越来越多。用他的话说我们娘俩根本就不在一个频道。也许吧。

2017年9月28日

问儿子月考的成绩。他答："就那样呗，还能怎么样。"我说："儿啊，你能不能像以前考完试那样说一句'还行'，让我也稍稍有些安慰。"没想到他却说："考上大学又有啥意思，还不是要么没工作，要么工资特别低；还不如学门技术，挣的钱还多。"听了他的话，我说："好啊，那就现在不上学了，你去学门技术也行。你告诉我，你能干什么？"儿子说："电焊什么的。"我接着说："你以为电焊就像传说中那样很容易就拿高工资吗？要上电线杆子，要去地底下，要冒酷暑，要耐严寒。你觉得就你这小身板，能行吗？"儿子弱弱地辩解道："反正体力劳动也挺好的。"

我继续说："一个铺砖的工人一天的确挣的比一般人多，可是他吃的苦一般人能吃吗？捡垃圾的人一天挣的也不少，你会去吗？酒店的厨师、发廊里的理发师、美容院的美容师都挣的很多，你觉得这哪一个容易？有你能干的？"儿子没吭声。我乘机多说几句："远的不说，就说我和你姑姑。我如果不上学，当年就不会从小县城来到省城。你姑姑要不是毕业于北师大，就不可能有机会全国各地甚至世界各地的到处跑。正因为你姑姑是名校的科班出身，而我只是个不起眼的中专生，我们起点不同，生活也就天壤之别。人与人之间的距离就是这么拉开的。再说了，你只有上了大学，才有资格评说上大学到底好不好。"

也不知儿子到底听没听进去，最起码他难得地给了我面子，没有鄙夷不屑地打断我，而是待我说完后说了句："我姑说我只要考个全日制的本科就行。"我说："像知行学院那样的三本吗？那是你姑感觉以你现在这种状况考个大学都费事。但你对自己一定要有要求，努力考取自己心仪的大学；那样的话，你的青春才不会留白，你的人生才不会遗憾。"

太多的大道理我也不怎么会讲，便把白岩松写的一段文字读给他听。

"孩子，不考试，不上学，你还有多少东西可拼。考试不是唯一的路，却是最公平的那条路。正是考试，让大多数孩子拥有了公平竞争的机会，不管你出身如何，长得怎样，父母是谁，只要你成绩足够好，你就有机会上好的大学，长更多的见识，认识更多的人，过上相对好的生活。"

"看不上考试，你的优势在哪里？是综合素质还是你的见识？作为大多数普通家庭出来的孩子，不拼考试，你要跟人家拼素质和见识，你的底气在哪里？毕竟，拿出十多年的时间专门学习，在这件事上你表现得很差，你凭什么觉得自己其他方面就能行。"

"考试，在我们看来，有这样那样的缺点，但对大多数孩子来说，是最值得去拼的一件事。虽然，在一些人那里，考试不一定是最好的路，但对大多数孩子来说，它是。孩子，希望你在该学习的年龄，努力去拼一拼，将来的你会感谢现在的自己。"

2017年9月30日

说实话，对于这一次月考，我是满怀期待的。可是成绩出来后，现实还是狠狠地打击了我。数学和物理都是年级倒数，总分自然而然就被拉了下来，年级排名360名。这仅仅是480多名理科生的排名，要是全校排名，应该更是倒数。

和陪读家长聊成绩，我尽量保持着不在乎，可心里呢？站在学校2017年的录取榜前，数着上榜人数，忽然就有一种无法言说的恐慌与失落。两年之后的高考，不要说什么985和211了，以儿子目前的学习状况都有可能沦落到榜上无名。

尽量安慰自己，不会的，怎么会呢？今年一本的升学率87%，二本的升学率不都97%了嘛。儿子即使上不了心仪的大学，但上个大学应该没什么问题。

纠结了一个晚上，第二天还是去找了班主任。由于学校在兰大开运动会，班主任让我去体育场的看台上找她和儿子当面一起谈。我说了我的顾虑。班主任说："就是要让他知道，并要他在场，否则光我们谈能起什么作用？是他高考又不是你高考，你现在害怕他知道，到时候考不上了怎么办？"听了班主任的话，我只能硬着头皮去。穿过密密麻麻的学生，来到儿子的班级所在地。儿子首先看见了我，立马用眼神示意不让我找老师。是啊，他压根不会想到我此时会出现，我不经他同意便来找老师，其实也害怕他事后找我"算账"。

班主任不愧是班主任，不得不叹服她的应对能力和说话技巧。老师一边让我在她身旁坐下，一边把儿子叫了过来。开口就对儿子说："你妈还不想让你知道她来学校找我，即使你妈今天不来，我晚上还要打电话给你妈。你妈今天能主动来，我感到很欣慰，至少，让我知道，这孩子是有人管的。"随之，老师问儿子："你妈来找我，说明了什么？"儿子回答："我妈关心我的学习。"接下来，就是老师拿出月考成绩表，一一分析每个科目的成绩，并让儿子定下阶段的学习目标及承诺年级名次。儿子看了看他前面的同学成绩，想了想，在他的名字前面写下了260。老师说："你还挺有野心的，从360到260这可是100名的差距啊。"儿子淡定地回答："我看了看，我觉得还可以。"是啊，看起来差距只有30分，想要超越并不容易，前面的同学不会站在原地等你超越，只有自己使劲追赶。我还是愿意相信儿子，他就是懒惰，但心里是有数的，他对自己还是相对有比较清醒的认识，他知道自己的优势劣势，也清楚自己的问题所在；只要他愿意努力，他是能达到这个目标的。但愿他能履行他的承诺，并为此加油。

班主任当着我的面又一次肯定了儿子在拓展训练中的突出表现，并坦言她认为儿子是个有正能量的孩子，同时也说到儿子性格内向。这也是我比较苦闷的，儿子小时候其实蛮活泼的，曾经一度，我很高兴地认为儿子活出了我希望而自己没有做到的一面。可是，随着儿子的长大，渐渐地他表现出淡淡的忧郁和沉默寡言。当说到我因为《烛光里的妈妈》一事而哭时，老师给儿子说："昨天我在班上讲的那段话就是你妈妈写的，你还不知道吧？"问儿子为什么和妈妈不沟通不交流，儿子不假思索地对老师说："从小的生长环境就这样。"老师补充道："人与人之间不亲密，是吗？"儿子点头称是。心里一阵隐隐的痛。我还能说什么呢？

和老师谈完后，说实话，心里其实忐忑不安，真心怕又和儿子为此事闹个不愉快。但令我没想到的是，晚上儿子回到家只字不提，而且对我的态度明显温和了许多。我在心里对老师千恩万谢。

2017年11月16日

时间过得真的是飞一样的快，月考完一个月又迎来了期中考试。

一方面，可能是自己意识到月考成绩极度差；另一方面也可能是班主任的那次面谈起了作用。总之，较之刚开学时的不在状态中，近一个月的学习态度有所好转。最起码可以做到在写作业时将手机放置在客厅。

学习是最能体现一分耕耘一分收获的。成绩单下来后，他自己觉得还可以，我也看到了他的进步。这次考试，化学题目特别简单，所以貌似还不错的82分连班级的平均分都没达到。一向比较稳定的英语这次也拖了总成绩的后腿。除了这两门，其余的都较之月考有了一定的提升。数学和物理依然徘徊在及格线上。这两门已经从高一开始就落下好多，要想追上非常不容易。急也不是办法，只能靠他自己一点一点地去补，去追。

班级排名从35到了28，年级排名前进了100名，实现了他对老师的承诺。看来，只要用心去学，心中有目标，并不是不能学好。

周五开家长会。班主任分析了各科目的成绩之后，给家长来了一场《学生学习上为什么有差距》的讲座。

字字在理，句句戳心。感觉到作为家长的失职。说实在的，最根本性决定学习效率的仍是后天的学习习惯。儿子随着年龄的增长，毅力不但没有增强不说，而且整个人越来越懒散，从生活到学习，恶性循环。用老师的话说，就是小时候家长没有培养孩子好的学习习惯，现在只能自食其果。

就目前来说，只要他一点点地在进步着，就值得肯定。只要他尽力，最终的结果是好是坏我都能坦然接受。学习上的事并非一朝一夕就能发生翻天覆地的变化的，只能慢慢来。只要他高二的爬坡阶段能挺住不要滑下来，那么高三的冲刺阶段就还有希望。

开完家长会，当面向班主任表达了谢意。班主任在肯定了他进步的同时也指出了他最大的不足就是懒惰；并直言，她对孩子信心十足，只要努力，潜力还是有的。

但愿吧。我只能心存美好希望地鼓励他，肯定他，给他做好后勤保障工作，陪他一起奋战到底。

蒋方舟的《高三，我不相信传说》中有这样一段："我不相信半天足球，半天上课，晚自习还睡觉的学生，会考上北京大学；我不相信平时交白卷的学生，高考忽然灵光乍现，考了满分；我不相信左手吉他，右手美眉的人，能考过专心致志的学生；我不相信翻围墙去上网的，学功课最灵光；我不相信家长从不过问的学生，心理最健康；我不相信今天经某名师点穴，明天就逃出生天；我不相信高考会提供作弊的空间；我不相信高考会给予超常发挥的机会；我不相信脑白金脑黄金……"

是的，蒋方舟所言的那些不相信我也不相信。我相信天上不会掉馅饼。我相信付出不一定有回报，但不付出一定没有回报。

2017年11月18日

把期中考试成绩单发给孩他姑。她说理科太差，建议转文。

晚上儿子回家，我踌躇再三，转述了姑姑的建议。儿子一听就炸了，情绪失控，对我万般指责；更是让我方寸大乱，自觉理亏。

在文理分科这件事上，我其实是犹豫不决的，在内心深处，我自知儿子偏文，可是又顾及他是男孩，学理出路可能更广一些；再加上婆婆的强加干涉，本来就没有主见的我偏向了学理。但我还是把最终的决定权交给了儿子。

可是，此时此刻，当我再次为自己开脱时，儿子义正词严地回敬我："我当时说学文，你根本就不支持啊。"我一时语塞。

说实在的，对于现阶段学文学理以至上大学后学什么专业，对我来说，其实都是很茫然的。用儿子的话说就是："你知道什么啊。"是啊，我真的什么都不知道。学历低，眼界窄。我的思维受限，在这方面的确不能为儿子出谋划策。

我在心里告诉儿子，为什么让你学理？

首先，你是男孩，学理出路相对广一些。这是普遍认知，我只能随大流。

其次，文科班总人数少，不少同学选择学文压根就不是兴趣爱好所致，只是对理科望而却步。再加上文科班男女比例严重失调，在这样的学习氛围里，懒散的你可能会更没有斗志。

最后，我和你爸都偏文，喜欢文。所以更深的体会是文科要学得特别突出才能混口饭吃，否则也只能当个业余爱好而已。

儿子，你妈是俗人，俗人活在俗世里只能有世俗的想法。

事已至此，儿子既然都选择了不放弃，那么这个学理的对与错都只能坦然接受。再纠结下去，于事无补，只能让我崩溃。

好了，还是朝好的方面想，毕竟儿子还在一点点地进步着。向前看，总会看到希望的。

2017年11月20日

一个高一男孩的妈妈让我看她的手背，又青又肿。原因是儿子把自己关在卧室里玩电脑游戏，她想进去制止。在和儿子的推搡中，手被夹在了门缝里。儿子竟然置之不理。那一刻，她寒心至极。

一个高二女孩的妈妈向我诉说，她女儿边写作业边玩手机。她忍无可忍，夺过手机扔在了地上。手机壳随之脱落。女孩见状，扑向手机急呼道："我的手机啊！"而此时，妈妈因为又气又急，半边身子陷入麻木不能动。女孩仅仅只是冷冷地对妈妈说："你放心，我不会因为你扔了我的手机，我就跳楼的。"

反观我家儿子，去年中考结束后，强行将我新买的手机据为己有。由于学校明令禁止上学期间不准带手机，他也只能遵守制度。住校期间只是周末玩。现在是只要逮住机会就玩。他应该是聊天、游戏、追剧、浏览新闻等面面俱到。自月考后，他超低的学习成绩不能不让我认为手机是罪魁祸首。他可能也意识到了手机的危害。在我的督促和监控下，我们达成一致，写作业时将手机放置在客厅。

这次期中考试成绩的提高，很明显地反映出对于手机，一定要管控，不能放任自流，否则真的就会毁了自制力差的孩子。

前几天看到过一篇文章《手机夺命案：杀死孩子的不是手机，而是父母》。作者写道："尤其是那些处于青春期的孩子，宁愿对着手机屏幕寻找安慰，也不愿和大人多说一句话。"

但这到底是为什么呢？作者的答案是："父母的自我教育缺失。作为父母，当我们无所事事地身陷刷屏魔怔，不读书不学习，不陪伴家人，不专心做事。我们又有什么理由指责孩子毫无节制地玩手机，又有什么理由要求他们去学习，去进步，去自律？"

现在每每和家长在一起谈论到手机时，大都表现出一副无可奈何的模样。好像只要不让孩子玩手机，孩子就会自杀。在这种恐惧感的笼罩下，家长更是不敢招惹孩子。最后，面对手机，只能举手投降。就让玩吧，否则还能怎么样？

当我们一遍又一遍地质问，现在的孩子怎么了？到底是手机正在毁掉我们的孩子，还是孤独摧毁了孩子脆弱的心灵？抑或是父母杀死了孩子？

引用文章末尾的一段话："当大人们不再为自我教育的不及格隐瞒撒谎，孩子们才会在爱与平等的环境中获得尊严和成长，悲剧才会在反思和改善中得到减少和遏制，教育才会在家校携手中渡人上岸，救人慧命。而这个社会，才会在坐享科技、尊重生命中，变得越来越好。"

2017年11月26日

早上和一位陪读妈妈去早市买菜，边走边聊。她的女儿在文科重点班。最近班上有一位男同学心理有疾病不来上学了。同为父母，听到这样的消息心里蛮难过的。

中午吃饭时，和儿子谈起了这个话题。儿子轻描淡写地说："我们学校已经有好几个了。"我接着说："现在的孩子到底是怎么了，我们上学时就没听说过这样的事。"儿子回答："你们那时候没有升学的压力，当然没有这样的事了。"

儿子说得没错，想当年我们在学习方面，你爱学不学，压根就没人管。父母不管，老师不管，亲戚朋友更不管，学好学坏纯粹就是自己说了算的事。学习好的同学那是自己心里目标明确，自愿认真学习。学习不好的同学也就随大流混日子。可能大多数人都觉得高考真的就是万人过独木桥，遥不可及，当然也就与自己无关。

可是，儿子这一代独生子，享受着父母提供的前所未有的物质生活，同时也承担着一家人的希望。他们从小被灌输的是，你的任务就是学习，别的什么都不用干。孩子在被强迫着学这个学那个，除了学校上课，还有没完没了的课外辅导班。在这种畸形的教育下，越来越多的孩子疲惫地穿梭在各个辅导班中，被繁重的作业淹没，失去了童年的快乐。小学，初中，只要反复记忆，反复做题，足够努力就能取得皆大欢喜的成绩。可是高中就不一样了。课程难度增加，一些在小学、初中拼尽全力的同学，在高中阶段就显得有些力不从心了。如果一直在意以前的成绩和排名，这种落差就会影响情绪从而影响心理。

想到儿子，虽然我也在乎成绩，但基本都是在心里和自己做斗争，而没有在儿子面前赤裸裸地表现出来。长此以往，我给儿子的感觉也就是我不在乎他的成绩；那么，对他来说，考好考坏，就有点无所谓了。

相对来说，儿子一直学得比较轻松。可是高中阶段，毕竟是通过层层选拔，大家都有不错的实力。别人都铆足了劲地努力，他依然按部就班。这样，差距就明显地表现了出来。知道儿子也就是很普通的孩子，所以也没异想天开地希望他考取多么牛的名校。只希望他能正常地步入大学的校门，接受完整的教育。

其实，每一个家长都在纠结与矛盾中陪伴孩子的成长。大家的初衷都是希望孩子越来越好，可能有时候就会用力过猛，迷失了方向。最终，父母的要求很简单，孩子的健康存在比什么都重要。

2017年12月2日

儿子：

看着一副悠然闲适、无所事事，在我眼前晃来晃去的你，问："儿啊，告诉妈，你现在到底有没有目标啊？"答："有啊，南京师范大学。"听到你的话，我还是忍不住打击："那可是211啊。"你扬起嘴角轻描淡写地说道："知道啊，怎么了？"我一时语塞。

就你目前的这种学习状态，这种效率，为娘的我都不敢多想，想多了会夜不能寐。我只能一而再，再而三地降低对你的要求和期望：我的儿子好歹能考个二本吧，最不济也应该有个学上吧。

所以当你脱口而出一句"南京师范大学"，我还真是吓了一跳。

为了不扫你的兴，同时也是为了安慰自己，我极力地鼓励你："就目前来说，要想考取你姑姑的北师大，还真有点望尘莫及；但考个南京师范大学，只要你努力，还是能做到的，是吧。妈妈一直相信你，你肯定不会让我失望的，也不会让自己有遗憾的。接下来的时间，就看你的了，加油。"

想起在你不同的阶段和你谈上哪所大学的话题。最开始是厦门大学，接着是四川大学，然后是西南大学，之后就是今天说的南京师范大学。完后还会有……你终于渐渐地对自己有了清醒的认识，也明白了理想与现实的差距。

定个目标容易，难的是要为实现目标而努力。牛人与常人的最大区别是，牛人选择了坚持，而常人选择了放弃。

2017年12月7日

儿子的电话调成了震动。电话响起，我听见了装作没听见，为了不影响他学习我也不打算叫他接电话。结果在卧室心猿意马写作业的儿子还是听见了，出来拿起了电话。

看儿子表情，就知道是女生打来的。想必依然是老套路，不是问作业写什么就是问题怎么做。果然是问问题的，而且是问的数学函数。儿子在电话里从概念到抛物线的交点之类的一番讲解。说实在的，虽然我已经听不懂了，但感觉儿子讲得条理清晰，如果对方在专心致志地听，应该是能听明白的。

儿子放下电话后，为了借机鼓励一下他，我说："臭儿子，不错啊，看来最近数学进步得挺快的，都能给别人当老师了，讲得挺不错。这下妈妈就不担心你的数学了。"听了我"虚伪"的话，儿子冷冷地回了我一句："这有什么啊，拿着书把概念照着念了一遍，谁不会啊。"

此时此刻，我很感谢那个问问题的女同学。因为当妈的我太知道这种无形的动力了。这比我一天到晚喊着让他学习、学习管用得多。试想一下，有同学请教他问题，就说明他最起码比这个同学学得好一点。这样一来，或多或少能让他增加点自信。为了下次还能帮助同学解答问题，上课时，他就会认真听讲，课后会把自己不懂的问题搞懂。但愿儿子也是这样想的，这样做的。

最近一段时间，时时提醒自己，不断地反思不断地改变。知道大吼大叫对他已不起半点作用，只是把自己气个半死。至于无休止的纠结焦虑，除了让自己失眠崩溃更是无济于事。现在儿子时常挂在嘴边的一句话也是"你该干啥就干啥"。是啊，我该干啥就干啥，做自己应该做的事，做自己喜欢做的事，不再心心念念的都是他。我做好自己的事，做好自己，给他树立起好的榜样；对他来说，何尝不也是一种无形的动力。

一辈子一直不停地努力是不可能的。真的能做到这一点的，只有那些被称为大天才和高才生的人。普通人既没有那份毅力，也没有那种体力。所以只要在关键时刻，在每一次关键时刻拿出足够的干劲就可以了。

2017年12月8日

儿子补课回来，看到他书包里装满了各色零食，顿时心里不悦。问："你怎么买了这么多？"他说："不是我买的，是别人的。"

脑子有点短路。狐疑。

"别人的，怎么会在你的书包里？"

"给你没办法说，这个比较复杂。"

在我的再三追问下，儿子才道出了原委。初中班上的一个男孩给一个女孩买了一箱零食，男孩让儿子代他转送给女孩，可是女孩不接受。儿子未能完成同学托付的事，打算物归原主，可男孩却告诉他："那你就扔了吧。"

"你说，我难道真的就扔了吗？"儿子问我。

看着满满一书包的零食，再想到那个内心受伤的男孩，不由得叹息道："真是造孽呀！"没想到我此话一出，儿子抢白了我一句："你说的是什么话嘛！"

为了缓和一下气氛，我又开玩笑地说："他们没人要，那么我儿坐收渔翁之利。"儿子补充道："你以为我会全吃吗？我去分给别人。"

当妈的我又开始八卦："这个女孩肯定不喜欢这个男孩呗。"儿子回答："那还用说吗？"

是啊，这还用说吗？不接受你的礼物就是告诉你，我拒绝你的感情。

哪个少女不怀春，哪个少年不钟情？这个年纪，情感的萌发挡也挡不住。拿着父母的钱买礼物送给自己喜欢的人，很多的时候不但得不到芳心，而且吃个闭门羹。所以受伤在所难免。

想到久远的一件事。那时候，班上有个外号叫"猪猪"的女孩，不但人长得可爱，而且性格也好，所以非常招人喜欢。她应该是班上被男生追得最多的女生。过元旦了，女生的桌仓里被不知何时放了一套贺年卡。送贺年卡的是一个在大家眼里其貌不扬而且略显自卑的男生。当女生把这套贺年卡向我们几个关系比较好的女生展示时，我们竟然异口同声地说："癞蛤蟆想吃天鹅肉。"而女生的做法呢？当然是将这套贺年卡原封不动地退还到男生的桌仓里。那个不知天高地厚只图自己痛快的年纪，根本无暇顾及别人是不是会受到伤害。

没想到N多年后，我还清晰地记着这件往事，并将它记述了下来。此时，在心里向那位已人到中年孩子都上大学的男生道个歉，原谅我们曾经的年少轻狂。

转眼之间，儿子这一代人也将面对儿子所说的"这个比较复杂"的情感问题。或许他们依然会重复我们当年的言行。

一代又一代的人都在寻求爱与被爱。一代又一代的人都在伤害与被伤害中成长。

但随着年纪的增长，有一天，就会渐渐懂得以情度情，学会宽容和柔和，明白这世间其实没有几个人能真心喜欢你，特别是年少时期那种不掺杂任何利益的纯粹喜欢。

2018年3月18日

周末晚上，收到班主任发来的QQ消息："第二次生物考试今天出成绩，由于和第一次题目有一半相同，大多数人都85分以上。孩子又没考好，有机会和他好好聊聊吧。之前我和他聊了一下，感觉他的心思还没完全放在学习上，看有没有感情问题或是其他问题？"

脑子有点短路。思忖良久，给老师回复："谢谢老师！自从中考后的假期完全失控后心就没有收回来。再加上一开始住校，学习一直没进入状态，导致步步跟不上。除了学习外，性情也大变。小时候爱说爱笑的，现在越来越忧郁，纯粹像变了个人。感情问题轻描淡写地向我提过一次，我也在抽屉里发现了一封信。具体情况他只字不说，但应该也影响到了情绪和学习。作为家长，我很想好好和他交流沟通，无奈他根本就不让我说话。可能我除了催写作业也没说到点子上吧。烦请你有机会能给予他疏导和鼓励。我切实地感受到，老师一句话胜过家长百句劝。让您费心了！"

接着又收到老师不厌其烦地回复："老师和家长作用完全不同的，相互都不能替代，我觉得找个时间和机会，不行第五周月考结束后，看成绩找他好好谈谈，以对待成人的平等方式，听听他的想法和目标。现在很多孩子不愿承担责任，拒绝成熟。"

看到老师写的"不愿承担责任，拒绝成熟"深有同感。忽然间就想起了儿子上初二时写过的一篇关于拒绝长大的文字，便给老师发了过去。老师看完后回复："有些孩子就是需要更多时间和耐心去等待成长。"

是啊，说到等待成长，记得有这样的一句话："教育不是管，也不是不管。在管与不管之间，有一个词语叫'守望'。难道真的是我没有耐心去等待抑或是守望吗？我怎么感觉越来越多的是伤心和失望呢？我被困住了，束手无策。

我承认自己才疏学浅，在学习上没办法给予儿子任何帮助。但自认为在做人方面，自己应该还不错啊。为什么儿子连最基本的感恩都不懂了呢？那个小时候就表现出非常懂事、宽厚、自强、自律的儿子去哪儿了呢？就算是青春期叛逆，但为什么就面目全非了呢？我百思不得其解。每天都在小心翼翼尽心尽力地伺候着他，到头来还落得个百般挑剔和嫌弃。不伤心才怪。

这两天一直翻看以前的文字，和儿子相处的一幕幕都在眼前闪现。感觉随着儿子的长大，我和他都深陷在一种非常沉闷的空气中，大家显然都不开心。问自己，到底是怎么了？好端端的母子关系怎么如此僵持而冷漠呢？

每天督促他学习，难道错了吗？如果他自己有自控力，有目标，努力上进，我至于一天到晚唠唠叨叨吗？我不就希望他能抓紧时间好好学习，争取考个理想的大学，让他的人生之路走得顺畅一点，让他的未来过得精彩一点吗？作为母亲，对他抱这点期望，有什么不对吗？写到此，感觉自己像极了日本作家林真理子《平民之宴》里的那个叫由美子的母亲。自我安慰，也许如我这般困惑的母亲并不是个例，我只是全世界大多数母亲中的其中一个。

台湾心理学博士洪兰女士在TED演讲时，用她对男性与女性的脑部研究报告，从科学的角度阐明：从人类演化角度，女性的情绪能量远远超过男性，母亲是家庭的灵魂，母亲快乐全家快乐，母亲焦虑全家焦虑。

虽然有口难言，但告诉自己，以此为戒。

2018年3月30日

时间过得真快，转眼之间就是一个月过去了，迎来了这学期第一次月考。

月考结束后，成绩马上就出来了。依然是在满怀期待中平静地接受了失望。班级退了2名，排名31。年级进步28名，排名290。儿子坦然地回答："和期末考试差不多啊。"看样子，他应该还是对自己的成绩比较认可和满意。

去学校找了班主任。班主任认为孩子没有大的毛病，只是心思还没放在学习上。当着儿子的面，老师问他："就现在的这个成绩，感觉自己什么程度？"他答："也就二三本吧。"听了儿子的话，老师说："像你这样喜欢音乐、写作的孩子，如果去一个不是那么好的学校，别的不说，光那个环境就能把你压死。"老师的这句话一下子就触动了我的心弦。这可能就是每一个"过来人"最深切的体会吧。儿子或许还不能真正理解环境对一个人多么重要。老师再问他的目标。他答："争取到入校时的名次吧。"正好有同学来办公室找班主任，班主任借机给儿子打气："你们都听到了吗？李宏宇说他下次考试要进到200名，你们都是证人啊，如果他做不到呢，就不是男子汉啊。"

很感谢老师提出儿子的不足，并给他指方向、定目标、打气。正能量充盈，鼓励满满。再想到自己，除了自我折磨的焦虑就是不合时宜的唠叨，怪不得在儿子面前没有"话语权"。

晚上，又一次在儿子面前提及老师说的那句"光那个环境就能把你压死"。以自己为例，给儿子诉说了在一个特别糟糕的环境里不得不与那些低素质的人为伍，那种格格不入的痛苦和孤独，真的会让人压抑到窒息。也不知儿子听没听进去，听没听懂。如果听进去了，听懂了，那么希望他能明白，他今天所有的努力，都有助于他在明年的高考中能游刃有余地选择一个相对高的平台，相对好的氛围，去完成他的大学学业。

2018年5月20日

自月考后，看到儿子有一点点变化，学习上稍稍用了点心。我看在眼里，多多少少有些欣慰。当然也就希望在期中考试中，他能达到如他所说的目标。

周一中午回家吃饭，说没胃口，吃得很少。我并没太在意，想着可能早上早餐吃得多，午饭不想吃就不吃呗。

下午看到QQ群里老师发的通知，才知早上成绩就出来了，在"好分数"上可以查。看到分数的一瞬间，也就明白儿子为什么没有告诉我成绩。他自己也知道这个成绩是说不出口的。没胃口吃饭，应该也是觉得有压力了。

面对着460多分的总成绩，心沉入谷底。但事已至此，还能怎么样。开始分析他的每一科成绩和班级排名。语文排名第9，比第一名低6分。英语排名16，物理排名18。再看看数学、化学、生物都是排名40多。数学还能理解，一直都差。最不能理解的是生物竟然才考了46分。所以总分一下子就拉了下来。说实在的，我一直对他的生物没有担心过，初中时他是生物课代表，学得相当不错。就算高中生物和初中生物没有可比性，但生物最起码在理科的学习中应该算是偏文偏记忆性的。

以他的理解能力，再怎么着，也不至于如此差吧。

周五开家长会。也不知道别的家长听了老师列举的学生种种不良表现会不会也如我这般全盘"对号入座"，反正我深深地感觉到自己简直就生了一个一无是处的孩子，性格不阳光，学习习惯不好，生活能力差，没有责任感，没有行动力，没有目标，还处于迷茫之中……

从学校出来，双腿发软，心绪烦乱，更多的是对儿子的指责和怨气。那就是他根本就没把学习当回事，能学好才怪。

回到家，本来是想只字不提，但还是没忍住。结果又是两败俱伤。

待彼此静下心后，问他，是不是要找个课外辅导班补一补弱的科目？他拒绝，我也束手无策。

我想对儿子说，在这个最关键的时刻，你不能再这么心不在焉地晃荡，否则你怎么迎接明年的高考？你知不知道，这是一次关于命运抉择的考试，你必须全力以赴，不能有丝毫懈怠；否则这将会成为你终生无法挽回的一个遗憾。你现在不想吃学习上的苦，以后就得吃生活上的苦。作为妈妈，不管你觉得我有多么烦人，多么不可理喻，但我现在只能逼你努力学习。不是妈妈无情，而是现实残酷。

儿子，面对你一次比一次低的成绩，我也在经受着一次又一次的打击。妈妈知道你的实力，也相信你的实力。只要你努力了，肯定不是现在这个成绩。乘着现在还来得及，愿你痛定思痛，总结教训，付诸行动。孩子，再不醒悟，就真的来不及了。

2018年5月28日

昨天晚上，翻儿子的作业，看到他惨不忍睹的字，气不打一处来。指责了两句，结果又是一阵强词夺理不说，嘴里还骂骂咧咧的。实在忍无可忍，我挥起了手，真的就想给他一个巴掌。他情急之下，将桌子上的花盆打落在地。

一时间，花盆破裂，泥土四溅，花夭折。我的心，也碎了，难以抑制地声泪俱下。

我诉说我的不容易，我的委屈。儿子冲口而出："我已经忍你好久了，我就不喜欢你这个人。"还有什么比这样的话更伤人心的。当时，真的一死了之的心都有。

回到自己的卧室，躺在床上，哭了又哭。想到他小时候，都没动过一手指，这说明，小时候他真的很乖巧懂事。怎么长着长着，面目全非了呢？而我自己呢？怎么竟然时不时有了想打他的冲动。是因为他在挑战我的家长权威，还是我在压制他的成长？

书中的解答是："家庭中出现的父母与子女关系问题，是每个人与他自身问题的外在投射。假如你与你的小孩出现了关系障碍问题，要解决的话，请深入你的内部，发现你与你念头的关系。理解你的想法，就会调解你与他们的关系。"

我承认，现阶段自己工作不顺心，他成绩又差，两个我必须天天面对的现状，使得我特别特别焦虑。我想，工作上的事我可以重新选择，可他的学习呢？时间如此紧迫，眼看着来不及了。想到此，我难以入眠，也更加狂乱。所以每每看到他依然一副无所事事的样子，我不催促由不得我，但催促根本就不起半点作用，说多了就成了唠叨，招人家厌烦和顶撞。有经验的过来人都建议："只要做好他的后勤保障就行，别的不要管。"可说起来容易做起来难，要想真的很淡定地由着他去，"臣妾做不到啊"！

今天早上六点多，就听到他起床了，洗漱完毕，收拾好书包和衣服就出门了。追问他去哪里，没理我。看来，是记仇了。

中午，孩他爹告诉我，说是去省图了。心里总算放心了，好歹没给我整个离家出走什么的，否则就是要我的命。

好长一段时间以来，儿子把最坏的情绪最恶劣的态度都给了我，说实在的，岂止是伤心简直就是寒心。日本导演北野武说："一个人是不是长大成熟，要从他对父母的态度来判断。"我想，有一天，当他能感觉到我的不容易或者说他觉得我对他的讨好近乎卑微时，那应该就是他迈向成熟的第一步吧。

我们不能否认，有时候，负面情绪会突然排山倒海地汹涌而至，人不由得就沮丧到了极点。情绪来的时候挡也挡不住，我们能做的就是坦然接受这些情绪所携带的能量，利用它来强化自己的内心。当我们战胜这些情绪时，同时也就是战胜了自己。

2018年6月6日

今年的高考在即，想到明年此时我儿也将是高考大军中的一员，一阵阵焦虑袭上心头。

每天都会不由自主地去关注关于高考的信息，越看越恐慌，越看越沉重。高一高二转眼之间就飞逝而过，儿子的成绩一次比一次让人失望，应该也基本定型了。但为娘的我依然自欺欺人地心存转机的奢望，否则真的不敢想象明年的高考。

盼着时间过得慢一点，再慢一点，好让他有充足的时间学习。可是，看他的样子好像也并不着急，依然慢条斯理地边玩手机边学习。每每写作业之前，先是打开手机放音乐，"背景音乐"在房间循环往复地回响。我的脑海里不断涌现出这样一幕，他那厢"歌舞升平"，我这厢"兵荒马乱"。最近为了制止他玩手机，每天晚上我不得不把手机揣在裤兜里去兰大校园操场转圈子。一圈又一圈，恨不得转到天亮。

督促的话每到嘴边都强行憋回去。假装闭着眼看不到他的磨蹭，可毕竟像我这样根本就驾驭不了情绪的人，永远都不可能修炼到心静如水的境界，所以内心的那个气啊时不时就呼哧呼哧地往外冒。但伤的只是自己。

不管结果如何，在这个最关键的时刻，我都要挺住，和他一起备战高考。我知道，这段日子肯定不好过。因为面对高考，孩子作为压力的直接承受者比家长更加紧张焦虑，而这种情绪会相互感染。

明白了这一点，作为家长，我只能调整自己的情绪，虚心听取教育专家的话："家长对高考的态度，对生活的态度，对困难挑战的态度，是悲观还是乐观，是着急忙乱还是淡定从容，是担心焦虑还是迎难而上，很大程度上会感染孩子。家长的心态越稳定，对孩子的心理支持力度就越大。"

虽然就目前来说，儿子的成绩差强人意，但不是还有一年的复习时间吗？要对儿子有信心，要对自己有信心。毕竟儿子较之以前，还是有所改变的。那么就多鼓励，少说教。其实，自己也是从年少时过来的，应该也知道，孩子越大越不想被掌控。那么给予他尊重，适当放手，从而也避免与孩子之间两败俱伤的争战。

在接下来的时间里，告诫自己，一定要战胜自己的不良情绪，多去感知孩子的处境、情绪和情感，提升自己的共情能力，能让亲子之间的连接更紧密；而不是像现阶段这样剑拔弩张的对立。

如果说高考是一座山峰，那么我已经陪他爬到半山腰了。此时此刻，我更不能有丝毫的泄气、松懈，而是要鼓劲、坚持，引领儿子一起努力爬到山顶。

2018年6月15日

班主任会时不时地把作业质量不合格或学习任务没完成的学生名单公布在家长群里，我家儿子几乎是一次不落地上"黑名单"。

今天，又出现在语文默写较差的名单里。老师建议家长去学校陪着背，以此让同学重视背诵，加强学习的主动性。

还能说什么呢？去学校陪着背呗。人家老师都如此用心地督促，做家长的再不配合，情何以堪？

到了学校，在教室门口，老师将儿子叫了出来，一边拍打着儿子的肩膀一边对我说："语文素养特别高，不能说数一数二吧，班上为数不多。上周五的班会上，出口成章。"听了老师的话，欣慰之余还是觉得有点难以置信。我和孩他爹都属于嘴巴不利索说话说不到点子上的人，所以不良基因也就不可避免地遗传给儿子。不过，儿子小学时的确比我强点，最起码上课敢发言。上初中后就不怎么爱说话了，尤其是上高中后，在家里基本保持"沉默是金"。老师所谓的"出口成章"到底是怎么个表现法，我还真想象不来。

老师说完优点，开始说背诵默写中出现的问题。其实，不用老师说，我心里也清楚，那就是严重的错别字。这个问题从小学四年级就开始出现，症结就是写得少，学写生字的当时觉得记住了，会写了，由于功夫不到位，时间一长，就提笔忘字。

老师安排我坐在儿子旁边，盯着儿子背。要求背的是必修三的古诗文。儿子心猿意马地背着。一会儿指着坐在最前排的一个女生，问我："那是我以前的同桌，你觉得长得漂亮吗？"一会儿又指着旁边的女生对我说："这个叫周欣，我的新同桌。"害得人家女同学还得对着我问候一句："阿姨好。"我在心里责怪道："就这专注度，能背会？能学好？"

制止他思想开小差，督促他快点背。乘他背的时候，我翻看他的默写试卷。说实在的，我绝对相信儿子对于背诵的记忆力，他的问题，一是稍微生僻点的字不会写。诸如《蜀道难》里的"巉""巇""壑"……《过秦论》里的"镝""膏""棩""矜""絜"……二是他的确懒，课本上的注释根本就不看不记，理解不了意思，所以默写的时候就错别字满篇。

离开学校时，老师又叮嘱我，这些要求背诵默写的是这个高考假期布置的作业，所以务必今天晚上要盯着完成，否则明天又开始中考放假，布置新的背诵任务。

回到家，儿子很难得地允许我进他的房间，我拿着书，盯着他背，时不时提醒一下他因没记住而卡壳的词或句子。恍惚间，好像又回到从前。那时候，每天晚上我都会教他背唐诗宋词。他那点古诗词的基础其实也就是在小时候打下的。想一想，那时候我在他眼里还是个无所不知的妈妈，对我呢，也是满满的认可和崇拜。此一时，彼一时。现在我在他眼里纯粹就一个啥也不懂的文盲不说，还像他爸说的神经病。

他背完，我又让他在本子上抄写了一遍，按老师的要求发到家长群里，就算是完成了老师布置的任务，也配合了老师的工作。用老师的话说就是："在学校，老师负责；在家里，家长负责。只有这样，教育才能落到实处。"

由于今天的背诵，晚上竟然失眠了。问自己，有多久没有和儿子这样面对面地坐到一起"叽里呱啦"了？很感谢老师给了我这样一个亲子交流的机会，能让我重新近距离地审视自己和儿子。肯定儿子身上的长处，帮他弥补学习上的短板。而不是抓住他的缺点阴沉着脸大吼大叫，让青春期的他满脸鄙夷地对我说一句："我忍你好久了，我就不喜欢你这个样子。"

记住，你就是孩子的榜样。家庭教育对孩子的塑造，目标永远不是完美，而是让孩子成为他自己。

从小被爱，就是一辈子的铠甲。

2018年6月19日

中考期间又是四天半的假期。如我儿这般无心学习的娃们又高兴得撒欢了。

周五下班后赶回家，一进门就看见儿子的拖鞋左一只右一只地躺在鞋柜旁，就知道人不知去向。

打电话，得知在金牛街，和同学一起看世界杯。问什么时候回来，说："看完就回来了。"

我就纳闷了，家里的电视不能看吗？还非得跑到外面聚众去看。在我看来，这种装模作样的行为也就是类似"附庸风雅"，仅此而已。

孩他爹从婆婆那带来的鱼超好吃，吃了几口便舍不得吃了，还是给我儿留下让他多吃点吧。等啊等啊，等到十一点多才回来。问："吃不吃？"说是吃一点点，特意申明不吃鱼怕脸上长痘痘。半夜三更地开始给热饭。

吃完饭，开始QQ语音聊天，想都不用想，就知道肯定是女同学。想催睡觉，最终还是憋住了，因为明知道说了也白说。一看十二点了，他不睡，我睡。

周六早上起来，洗漱完毕，想着总该写点作业了吧。却告知，同学过生日，要出去。此时，是憋成内伤，还是发泄？最终选择了后者。冲他说："看你这样子是纯粹不打算高考了呗，老师布置的作业什么时候写？又要等到最后一天晚上糊弄，是吧？"他理直气壮地反问："关你啥事？"

忍住没发火。问他目前对自己的定位和目标，他说："考个差不多的就行了。"我问："知行学院吗？"他答："我肯定不上知行学院啊。"我说："可是，就凭你的这点分数也只能上个知行学院，你还以为呢？"他开始不耐烦地回敬我："好了，好了，你说什么就什么吧。"然后转身出门了。

中午时，我给他发了条微信，是老师布置的作业截图，意在提醒该回家写作业了。没想到他立马连发三张图片过来。一看，是和好几个同学一起不知道在野外的什么地方烧烤。看来，这绝对不是一时兴起的活动，应该是早就谋划好有备而去的。看来一时半会是不回来了。还能说什么呢？

一个人待在空荡荡的家里，忽然觉得自己挺多余。本来是要遵照老师的旨意，督促他写作业的，结果呢，连人的面都见不上。

孩他爹在外面晃荡够了回来。问他："你儿子一点都不学，你说咋办？"他答："家家都这样。"我一听就来气了："除了你儿子，你再见过谁这样？高三了呀，还不学，等到考场上灵光乍现吗？"孩他爹依然气定神闲地反问："他不学，你有什么办法？"我吼道："我有办法还找你吗？反正我没本事管，你当爹的爱管不管，又不是我一个人的儿子。"

说好的，要控制情绪，要淡定。怎么事到临头就做不到呢？

2018年7月8日

儿子，从明天开始，你就是一个准高三的学生了。这就意味着，你的高中生活仅仅只剩下不到一年的时间了。而那场关系到你人生重大抉择的考试即将进入倒计时，你为此做了多少准备呢？

高一，你任性地挥霍。高二，你稍有收敛。高三，你该如何去度过？

平日里，面对你的无动于衷、得过且过，不得不提醒你，督促你，唠叨你，换来的却是你的敌对和仇视。好了，你的青春你做主，你的时间你挥霍。不是要倚老卖老，而是作为一个过来人，有必要对你当头一棒，明年的此时，当别的同学都拿到那张为之奋斗了十二年的心仪已久的录取通知书时，如果你能坦然接受落榜的现实而又能自谋出路。那么，我又有什么接受不了的呢？其实，平心而论，即使现在，你已经比我有文化了，所以你当然有资格鄙视我没文化，不会教育你。只是你有没有想过，如果你现在止步不前，将来有一天，你的儿子也会同出一辙地鄙视你。如果你面对他的鄙视而不为所动又理直气壮，那么你就一如既往吊儿郎当地混着属于你的年少时光吧。

作为妈妈，不管我再怎么对你的懒惰和不思进取恨得牙根痒痒，但在心里从来没有想到过放弃。我也希望你能早日醒悟，付诸行动，把握好这一年。还记不记得，年幼时，你晃着脑袋，用稚嫩的声音背着："少壮不努力，老大徒伤悲。"不知道一天天长大的你，现在能领略这其中的几分真谛。

不努力的人生，当你凝眸回望，你会发现，最遗憾的不是没有机会，而是没有去努力。现在作为你的妈妈，我迫切地希望你能考取一所好的大学，不是为了弥补我的遗憾，而是为了你的人生不留下这样的遗憾。人生没有回头路，错过了就错过了。

儿子，希望你在该学习的年龄，放下手机，努力去拼一拼，将来的你会感谢现在的自己。

2018年7月11日

昨天晚上和红红微信聊天，说到儿子几乎和我不说话，她噼里啪啦地一阵回复："那你还陪读个屁着呢？你这人真失败，跟娃能处成这样。还天天写这写那的，你写毛线，好好反省自己去。你儿子虽然学习比我女儿好得多，但作为妈，你相当地失败了。娃居然和你不沟通，多恐怖啊！天天对着一个不喜欢的人你想想啥感觉，那么好的态度给了同事，为啥不给娃一点呢？"

我无奈地回复："儿像妈，一个德行，同性相斥。"红红说我是在找借口。

回想起来，和儿子那种亲密无间的母子关系应该是随着小学毕业就结束了。整个青春期一直相处得很拧巴不说，还时不时地发生战争。就这么着，一转眼竟然就高三了。

高三的到来，有对高考的恐慌和焦虑，随之而来的还有不得不面对的别离。所以说，和儿子在一起的日子真的是越来越少了。想到此，内心不由得涌上一阵酸楚。

说到和儿子的沟通，这方面我们作为父母，真的是做得不好。孩他爹属于情感麻木型，根本就不懂得互动和表达。我呢，也属于那种不会说话的人。不会说话也就罢了，还一点没有女人应该有的温言细语。就像儿子质问的："你能不能好好说话？"

不管儿子怎么不待见我，我还是满腔爱心地侍候着他的饮食，唯恐他吃不好。只要时间允许的情况下，我在伤心之余还是自说自话地把他成长中的点点滴滴都记录了下来。当然，儿子对此是不屑一顾的。

当内心沮丧时，我也质疑自己是不是个特别失败的母亲。但怎么才算成功的母亲呢？作为母亲，我应该不是那么合格罢了。细思量，和儿子之间能有什么大的化解不了的矛盾呢？无非是青春期撞上更年期而已。

目前的陪读，是我选择的，也是儿子要求的。而且我也认为是正确的。说到培养独立能力，那不是一蹴而就的事，这肯定需要一个水到渠成的过程。我们总不能要求别人家的孩子怎么样我们家的孩子就应该怎么样或者必须怎么样。知子莫如母，所以理性客观地看待自己的孩子，不盲目攀比，更不要不切实际地期待。

很多的时候，缘于爱和希望，我们盼着他的所作所为好上加好，无端地就陷入了打压的误区，致使我们的眼睛看不到孩子身上的优点，只是看到缺点。但平心而论，我们在心里还是对自家的孩子充满了赏识和厚爱。因为我们都知道，别人家的孩子再优秀那也是别人家的孩子，而我们的孩子再不堪那也是我们的孩子。

2018年7月14日

从星期一开始，儿子的生活就正式进入高三的日程和节奏了。早上五节课，下午五节课，周五和周六的下午最后两节课是周考。时间排得满满的。

从别的陪读家长口中得知，她们的孩子或多或少地表现出了空前的压力、累以及不适应。不知道是男孩的抗压力和适应力强大一点，还是儿子没在我面前表现出来，我倒是没觉得儿子有什么特别异样的地方。手机照看，圈子照转，依旧磨叽。但偷看他的作业，倒是让我觉得有一丝丝欣慰。较之以前，他应该是知道用心了。虽说字依然写得不堪入目，但做题的态度是大大改观了。特别是在改正错题时，选择题用红笔更正并用符号做了醒目标注，计算题用便利贴更正。

儿子能做到此，这还得归功于学校和老师。从家长群里班主任发的图片里得知，学校在开始补课的第一天，就举行了高三宣誓大会，给大家打了"鸡血"。如我儿这般向来抱着无所谓混日子的同学可能这才猛然惊醒，原来高考真的来了。能意识到这种紧迫感，从而痛定思痛，能以饱满的热情和端正的态度投入到整个复习中，我也是看在眼里，喜在心里。唯愿能坚持到最后。

作为家长，我能做的就是控制情绪，闭上嘴，做好饭。用稳定良好的心态平衡儿子在接下来的一次次考试中所要面临的起起伏伏，面对状态百出的高三生活。摆脱不必要的焦虑和恐慌，不要在预估分数和假想落榜中自己吓自己，自己折磨自己。而是要相信儿子，只要他努力了，结果肯定不会太差的。

高考倒计时的这段日子里，不管是孩子还是家长，我们肯定都要克服以往的自由散漫，而是要在争分夺秒中度过。先不管结果会如何，只要家长和孩子都做了自己应该做的，而且是努力地去做了，那么纵然有遗憾也无悔。

儿子，常言道："不想苦一辈子，就要苦一阵子。"请记住，今天所有的努力，就是为了有一天，你能体验到无须理由的自在，能享受到不受拘束的朝华，能选择随心所欲的生活。

2018年7月18日

高三第一次周考。这次周考科目是数学和理综。

开家长会的时候，数学成绩已统计了出来。当时，班主任当着家长的面公布了部分同学的成绩。80分以上的只有可怜巴巴的七人，再就是平日里数学属于优势的同学此次考得不理想的。还有特别差的二十来分的。胆战心惊地听着老师念着名字和成绩，最终没有听到儿子的。但看到这样的惨状，评估儿子平日里的水平，应该也就三四十分。

家长会结束，去老师那里看成绩。74分，是他平时的成绩，但相对这次整个班级情况，再加上这次是和高考接轨的全面考试。所以这个分数还是意料之外并让人多多少少有些欣慰的。

为了鼓励他，我提出请儿子去外面吃饭。结果坐车到安宁九点多了，说实话，头晕恶心，真没心吃，只想尽快回家睡觉。但既然已答应了他，只能兑现了。跟在他屁股后面，走到一家火锅店前止步。他说："每次看到这里都排队，我还没吃过，不知道有没有座位？"走进去，还好，有空座位。一切点菜事宜就交给他了。

在等锅开下菜的间隙，他要了一瓶果啤，并问我喝不喝？我说不喝，他便给我端来一杯白开水。瞬间，感觉这小子家里家外判若两人。在家里是被我侍候的少爷，在外面是懂得照顾女人的男人。

说完题外话，继续说成绩。昨天，班主任在群里公布了理综的成绩。儿子物理57分，化学40分，生物39分。三科加起来136分。看着这样的成绩，想平心静气真的很难。深呼吸，让大脑停顿放松一下。接下来，一一看别的同学的成绩，说实在的，整体惨烈，而我儿尤甚。

四科加起来210分。按分数高低一个个数下来，全班参加考试的58人，儿子排名30。和第一名相差111分，天壤之别。

这是高三第一次考试，可能由于综合性强，一是很多孩子还不太适应，二是前面学过的东西估计也忘得差不多了。但就儿子的成绩来说，应该还是他的实际水平，对他没什么特别影响。

仅看同学们这次的成绩，包括我儿在内的大部分同学高考几乎无望，但对比近两年学校的整体升学率，应该还是蛮乐观的。所以，接下来的复习至关重要。复习才刚刚开始，希望还是有的。

分析儿子的成绩，生物和化学太差。按理是不应该的。问题出在哪里呢？翻他的作业时，虽说字迹惨不忍睹，但老师大多数情况下的批阅都是A，这就说明题做的是对的。要说全盘皆抄，也不大可能。每天晚上写作业时，手机是放在客厅里的。至于他说的学不懂，难度肯定有，我觉得最主要的还是没用心，没把学习当回事。生物差得离谱也让我觉得不可思议。在我看来，如果把玩手机、转圈子以及照镜子的时间用来背生物，肯定不至于这么差。说来说去，还是学习态度问题，不是能力的问题。要解决态度的问题，别人是没办法的，只有他自己确确实实感到时间的紧迫和自己目前离高考目标成绩的巨大差距，从而有所醒悟。

告诉自己，面对成绩，淡定，淡定，再淡定。不管怎么难以接受，切忌打压，还是多鼓励。这一年，家长和孩子不得不经历一次次打击和挫败，肯定难熬。再难熬也得熬，熬的过程也是一种成长。

2018年7月20日

儿子小时候，基本都是婆婆包办他的衣服，直至上学后，才由我接管了。由于在校时天天都穿校服，所以给儿子买的衣服也就屈指可数。不需要征求他的意见，我买什么他就穿什么，也不知道挑剔。

但现在面对身高一米八的他，有时候还真是拿不定主意该买什么样的衣服才适合他的品位。所以上周末，便叫他一起去逛街买衣服。平日里娘俩都不喜欢逛街、逛商场，所以选择就近的金牛街。

走进"以纯"专卖店，儿子选了两件短袖，一件符合我的审美，一件我没看上眼，便建议他试一下我选的另外一件。试穿结果，证明我的眼光还是不错的。很快地就和儿子达成一致，付款，离开。随后又去了别的一家专卖店，买了一条休闲裤。

前天晚上，儿子对我说："你再给我买一条裤子吧。"听了儿子的话，我说："我也在想着给你再买一条好换洗呢，可我得有时间啊。"但儿子的话就是圣旨。昨天，借出去办事的一点时间，急急忙忙地又去给他买了一条裤子。晚上，让他试穿，儿子虽然没做评价，但从表情里反馈出的信息来看，他还是相当满意的。

对儿子说："我也不能说自己有多伟大吧，但你平心而论，谁会把你的事如此地放在心上尽其所能地完成。还有，你妈可是从来没给你买过地摊货吧？"儿子反驳："我觉得地摊货和你买的也没啥区别啊。"我接口道："没区别那你为啥认准了NIKE鞋？"儿子随之哑口无言。

一直都秉持宁缺毋滥的理念，在购物这件事上尤其如此。说到关于牌子这个问题，对我而言，绝对不是虚荣和盲从，而是很认可牌子的品质保证。所以，通常情况下，在自己的消费能力范围内，会选择去专卖店里为自己和家人购置品牌衣物。当然了，如我这般靠着辛苦赚取薪水过日子的居家女人，所能接受的也都是一些很大众的牌子，每每也是遇到打折的时候才会多买两件。

受遗传因素的影响，儿子在穿着方面，没有太多花里胡哨的追求。目前正值青春期，可能会较之以前爱臭美一些，所以对他合乎情理的购物要求，我尽可能做到有求必应。

前几天，还看到过一篇文章。一个高中生因妈妈带他去大卖场里买衣服而不是买品牌的衣服心生不满，又因为妈妈给他买的牛奶是蒙牛而不是特仑苏，便埋怨妈妈："一天到晚就知道精打细算，你自己怎么不知道多挣点钱？"

说实话，任哪一位妈妈，听到自家孩子这样的埋怨，都会觉得悲哀难过。作为局外人，更多的会指责说是家庭教育的问题，好像千错万错都是家长的错。但我认为，除此而外，其实这种现象也是一个社会问题。当整个社会呈现出一股浮躁与攀比之风，思想单纯的孩子身在其中，怎能不受影响？

一直以来，我给儿子灌输的是"量入为出"理念，那就是在自己的经济能力范围内过有品质的生活。正确定位自己，不艳羡、不攀比。做人，没钱时不掉价，有钱时不膨胀。因为人生不可能一帆风顺，所以，就要既能享受阳光灿烂，又能抵御狂风暴雨。

作为父母，都在为孩子倾其所有地付出着，但个人能力有大小，平台有高低，收入有多少；所以每个家庭的经济条件有差异，而且可能是天壤之别。现在的孩子们又处在当下这个"现实功利""以貌取人"的大环境里，其实也是一种对身心的历练和考验。我不知道，我的儿子除了时不时鄙视一下我没文化外，是不是在心底深处也会对我挣钱少没能力让他享受到大富大贵的生活而有所埋怨。但以我对儿子的了解，他还不至于此吧。

假如有的话，那么我顺便把文章中那位妈妈的一席话转述给儿子："成长首先是对现实的认清跟接纳，奋斗才会有方向，你出身于什么样的家庭，不会阻碍你想成为什么样的人。现在买不起的东西，祝你日后买得起；若觉得我做母亲不够合格，也请努力为自己下一代创造出更好的环境。"

临了，我还想对儿子说，腹有诗书气自华。不要整天只想着为这一副臭皮囊披上华丽的外衣，而是要更多地为充实自己的内在而努力。终其一生，愿你胸中有丘壑，眼里存山河。

2018年7月25日

看到一批的录取分数线，发给了儿子，并直言："儿啊，你看看，就你目前的成绩，我们可是连一所能上的学校都没有。"他立马动怒："你到底会不会说话？"不管他愿不愿意听，我只是说了实话，实话当然听起来不悦耳。

昨天，班主任在群里公布了第二次周考成绩。较上次提高30分。主要是生物有所提高。再加上英语相对来说是他的强项，所以此次五科总成绩364分，排名是班级25名。

由于基础太差，想要一下子大幅度提高是不可能的事。只要他意识到时间的紧迫性，能集中精力投入到复习中，只要一分一分地提高，一点一点地进步，总还是有希望的。

在考试前，我在心里给他定的目标是提高10分，我想一周提高10分，这样下去，成绩还是可喜的。当然我也知道，成绩会有起起落落，反反复复，而且也会步入一个瓶颈期，再要上去其实就很难了。但还是要信心满满地鼓励，期待。

数学一直以来基本都是150分的一半，本来想着让在外面补一补，可他不愿意。由于前面没学懂，现在复习起来也就费劲。但令我欣喜并深感意外的是，最近翻他的作业，看到他写的密密麻麻的改错，或多或少应该是知道用心了。他的这一细微改变肯定得益于新换的数学老师的督促和要求。非常感谢老师让我在无望中看到了希望。

理综差得很离谱。物理对大部分同学来说的确是难，儿子就更不用说了。但我认为化学和生物他不应该学得那么差，可他不学，也就没什么应该不应该的了。仅仅一周，他的生物就提高了22分，除了题目可能较上次简单的原因外，我想，主要还是在于他有没有主动学习的意愿，如果有，就一定会有所提高的。自我安慰，虽说醒悟来得有点迟，但总比不醒悟好吧。

不管怎么焦虑不堪，都还是要自我调节，做到平心静气地接纳儿子各种不尽如人意的表现，实事求是地面对他的成绩。要知道这种状况也不是一天两天形成的。自上高中后，就一直表现得非常心浮气躁，对学习不怎么上心。没有良好的学习习惯，态度又有问题。事已至此，也不敢要求太多，唯愿努力就好。

2018年7月26日

对我来说，目前所有的关注点，不外乎高考。看到家长群里转发的师大附中和一中2018年的高考录取榜，一所所高校的名字闪烁着金光从眼前掠过，怎能不羡慕？不动心？不焦虑？

但最终还是要回到现实，面对现实。感叹完那是别人家的孩子之后，一切照旧。我唯一要做的就是接纳我家孩儿。他所有的根源，好的，不好的，都在我身上。不接纳他就等于不接纳自己。自己本不是一个合格的家长，也就没理由要求孩子尽善尽美。

对自己和孩子不满意，说明对自己和孩子还是有要求的。那么就摒弃不好的，发扬好的。人无完人，直面那个劣迹斑斑但真实的自己和孩子。特别是在这个关键时刻，不要和儿子做无谓的争论，但必要的督促和监管还是要有的。看到这样一段话："孩子的兴趣，对特长也好，对学习也罢，其实都是很脆弱的，就像黑夜里的一颗小火星，很容易熄灭，而父母要做的，就是为孩子添一把火，鼓一把劲，在孩子的意志动摇时，坚定地扶他一把。"

知道儿子在学习上动力不足，自律性差，缺少吃苦精神；但毕竟还是个心中有数、脑子里有想法的孩子，在人生的这次重要考试中，相信他知道应该尽力去拼一把。现在所处的学校比上不足但相对不错，在这种充满竞争的学习氛围里，他不会不为所动，就像有些家长说的："大家都在学，你不学都不好意思。"

这个假期三周的补课马上就结束了，总的来说，儿子还是有了些许改变，没有先前那样看起来无所事事，或多或少地知道用心了。我想，这应该很大程度上归功于老师，新换的老师都是刚刚带完毕业班的。学校这样安排，自有学校的道理。如我儿这般学习不主动但还是能听老师话的孩子，如果老师时时敲打并督促，对他来说是件难得的好事。作为家长，对学校和老师深表感恩。

说到底，还是对儿子的高考抱有很深的期待，否则也就由他去了。按以往的升学率，正如老师所言："我们学校的学生考个大学已不是什么问题。"

顺便再说一件事。这些年，一直在网上关注一个叫情深雨蒙的博客，博主有一个和我家儿一般大的"小龙女"。今年刚刚参加完高考，今天看到她更新了博客，得知"小龙女"被中南财经政法大学录取。瞬间，我的眼睛竟然就湿润了。怎么说呢，这一路走来，在博主的记录中，就好像是看着小女孩一天一天长大的。阳光、自信、优秀的女孩背后站着恩爱、豁达、上进的父母。这一切都是相辅相成的。别人家的孩子是别人家的父母造就的。

高考录取结果已见分晓，2018年的高考也将尘埃落定。几家欢乐几家愁。而我们还在路上，路上有荆棘，有坎坷，有风雨……我们携手同行，一路向前。

2018年8月12日

第三周周考过后，放假两周。

老师依然很及时地把成绩发到了群里，找到了儿子的名字，第一列的成绩是数学，38分，我的脑袋嗡地一下，随之而来一阵眩晕。再看别的科目，较之前两次有所提高。五科总成绩308.4分，班级排名38。数学怎么考的？问老师，得到答复："这次题难，没关系，放宽心，大部分知识没复习到。"即使如此，他也跟别人的差距太大了吧。他的答复是："都是同学互相批的，都在那改答案，就算我只答了选择题，也比那高吧。"听了他的话，还能说什么，只能不了了之。

明明知道，不可能稳步上升，但还是心存侥幸，以至于希望落空。

说到放假，相信大多数家长和我一样的心理，那就是不希望放假。因为对自律性差的孩子来说放假就意味着如脱缰的野马，根本无法管控。待上学了，心根本一时半会收不回来。

他优哉游哉，我火急火燎。有道是"皇上不急太监急"。但，急管用吗？

鉴于此，还是放松心情，否则自己的心理和身体都会出问题，得不偿失。

还是要心存期待，相信儿子，相信自己，相信心想事成。

2018

—

十八岁

—

高　三

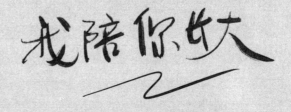

2018年8月14日

亲爱的儿子：

2000年，被誉为千禧年，所以这一年出生的你被冠以千禧宝宝的头衔。

今天是2018年8月14日。此时此刻，穿过十八年的光与影，往事历历在目……

预产期是8月7日，按时间办了住院手续，可是你却丝毫没有要出来的动静。大夫建议使用催产手段，而你奶奶说要等到瓜熟蒂落。8月13日的早上八点多，我在马路边溜达的时候，羊水破了，我惊慌失措，立马打车去医院。到了医院，大夫检查完说还早着呢。

中午十二点的时候，肚子开始疼，一阵一阵愈来愈剧烈。就这样疼啊疼啊，疼得大汗淋漓，疼得咬破了毛巾，疼得直喊娘，疼得想骂人。那个疼啊，真的是撕心裂肺，痛不欲生。

没吃没喝地和疼痛做着搏斗，一分一秒都觉得无比漫长。熬到午夜时分，几经折腾，你好不容易才出来。和你一同出生的还有一个女孩，她哭声嘹亮，响彻整个产房。她的妈妈当时就挺诗意地说了一句"终于见到曙光了"。而你却半天没有哭声，帮我接生的梅琳妈妈对你采取了"抢救"措施，吸出了堵塞在你咽喉里的东西，这才听到你像小猫一样弱弱的哭声。

后来才知道这是因为错过了预产期，脐带老化无法供给婴儿营养再加上羊水早破所致。由于出现了这种状况，所以当时根本无暇顾及你出生的确切时分，应该是十二点左右。所以你的出生证上的登记日期就是8月14日。

在医院的几天里，病房里别的小孩都啼哭不止，你却一直不哭不闹也不怎么吃奶。有个尖酸刻薄的护士冲着我说："让你等着瓜熟蒂落，你看你的孩子反应都不灵敏。"她口无遮拦的话在我的心上犹如插了把刀。

我没想到，刚出生的你就不得不接受输液治疗，因为在育婴室，我也看不到，我只知道我可怜的孩子一出生就受罪了。

出院后，回到家里。如你奶奶所说，吃了就睡，整个月子里每天长一两肉。不是做母亲的私心，你真的是一个非常漂亮的宝宝。漂亮的你还特别心疼妈妈，那就是晚上从不闹人，没有别人所说的黑白颠倒，害得大人夜不能寐。现在想来，其实，你的不哭不是件好事，哭有利于增强肺活量。

由于奶奶的细心，我的胆小，我们对你呵护得谨小慎微，基本上就是在"捧在手里怕摔着，含在嘴里怕化了"的宠溺中，把你养成了温室里的宝宝。

长到一岁半了。过春节我带你去姥姥家。这一次探亲之旅造成了不可估量的严重后果。弱不禁风的你由于换了环境，感冒引发了喉炎。当地医院拒收，我们便连夜赶到兰州。经过及时治疗，化险为夷。也就是在住院期间，我目睹了隔壁病房一个九个月大的孩子离世，他的妈妈瞬间晕倒在地不省人事。那一刻，对我来说，恐惧大于伤痛。以至于此后很长很长的时间里，我一直无法从那种恐惧中走出来。

出院后，我便多了一个习惯抑或是毛病。半夜醒来，我第一个反应就是很神经质地把手放在你的嘴巴上试一下你的呼吸。等你渐渐长大，和我分开睡之后，每晚起夜，我依然会去你的卧室看看熟睡的你，一直到现在。

自从那次有了病根之后，你只要一感冒就是喉炎的症状，而且每次都是半夜发作。那时候你爸爸在外地工作，我和奶奶便抱着你打车去医院。一次又一次，我们心疼着你，煎熬着自己。对我来说，没有照顾好你，成了我心头挥之不去的自责和懊悔。我总觉得对不起你。

七岁，你上小学一年级。我选择了离家近的厂小学。那一年，你表现得极其优秀。班主任总是满怀慈爱地抚摸着你的头称你为"大头儿子"，毫不掩饰地表达着那种由衷地喜欢和赏识。

上二年级的时候，我将你转到了区里的重点小学。整个小学阶段，我引领着你阅读、背唐诗宋词、写作文、弹吉他……虽然没有特别出色的成绩，但你基本还是在老师和同学们的赞誉声中度过的，因此你也带给我很多的幸福和自豪。那时候的你，阳光、乐观、自信，是我希望中的样子。

小升初，你没费任何周折地考入了很多家长"趋之若鹜"的东方中学。接下来的三个月假期，是我和你分开最长的时间。也就是那个假期，你中断了阅读，自此基本与课外书形同陌路，取而代之的是电脑游戏和手机。

初中三年，你玩游戏，聊QQ，发短信，谈恋爱，踢足球，打台球……忙得几乎没时间学习。看着你对学习越来越不上心，字越写越难看，对一切都无所谓的样子，我着急抓狂，情绪崩溃，但束手无策。

面对中考，你自知师大附中高不可攀，别的学校你又因为跨区不想去，所以你决定继续留在本校上高中。尽管你在学习上没怎么尽心尽力，但上这所高中对你来说应该不费吹灰之力。随之而来你明显地表现出全然放弃的状态。一诊570分，这是一个高不成低不就的成绩，但除了师大附中和一中外，选择的余地还是比较大。但你坚持了自己的初衷，我心虽有不甘，但也做好了接受现实的准备。没想到在真正填报志愿时，学校为了抢生源点名叫你去填报的时候，你看到前去填报志愿的同学成绩和你相差了一大截，正所谓，没有比较就没有伤害。你这才幡然醒悟，原来学校是有层次的，学生是有差别的，瞬间你反悔了，意欲冲刺排名第三的兰大附中。

接下来的日子，虽说时间所剩无几，但你有了压力和动力，因为你心里很清楚，参照往年的录取分数线，你最少有30分的差距。

中考成绩出来的那一刻，我们应该都是蛮失落的，因为我们自我评估一定榜上无名。但结果有惊无险，心想事成。而且，很庆幸当时你在瞬间决定报考兰大附中，否则真的会后悔莫及。

高中，经历了住校，陪读。你时而易怒暴躁，时而沉默寡言。渐渐地你在我眼里面目全非。我以你正值青春期为由，一味地忍让、迁就、妥协。而你变本加厉地冷漠、无情、自私。

我小心翼翼地侍候着你，经常是一句话没说完，不是被你呛了回去，就是被你制止不让说话。你以这样的方式对我，让我伤心之余百思不得其解，我的孩子到底怎么了？但最终，我还是以"青春期撞上更年期"来调侃和安慰自己。

作为父母，也许我们不是那么合格，也不配成为你的榜样。不管是事业还是财力，较之于别人的父母，我们可能更逊色。所以我们无法为你提供优渥的生活，自身的眼界和格局也限制了我们对你的人生和学业进行指导和规划。但我们依然拼尽全力养育着你。由于各种各样的原因，我们的亲子关系可能也乏善可陈，但父母对于你的爱，丝毫不少。可能只是我们彼此都不善于表达和互动而已。

儿子，你是男孩，除了倔强，还要坚强；除了有思想，还要有气度。人生不可能一帆风顺，所以面对困难和挫折你必须坚强。所谓"海纳百川，有容乃大"，一个人的心胸和气度决定了他能走多远。

　　面对明年的高考，你即使再云淡风轻，周围的环境和压力也会迫使你奋起直追。因为你毕竟还是一个有梦想的孩子，不可能四平八稳地坐以待毙。我用下面这样的形象来描述一下目前你所处的状态吧。你看，你现在双手已攀爬在一堵高墙的顶端，双脚也在用力地勾住墙面。这时候呢，你只要有足够的信心，并使出全身的劲，双手用力撑住，双腿拼命一蹬，这样的话，你就会翻越过去。翻越的过程虽然苦不堪言，但随之你就会发现墙的那边繁花似锦，是你向往的诗和远方。反之，如果你觉得翻越太辛苦而想止步不前，那么就在你懈怠的瞬间，胳膊瘫软，双腿无力，刺溜一下，你就会从墙上掉下来。而墙的这边就是你所嫌弃的我们家长在过的苟且生活。说实话，顺势而下比逆流而上会轻松许多。但努力了，可能当时会感到痛苦，但当你迈过这个坎，你就会拥有一个内心更加丰满，更加强大，更有价值的自己。

　　我很认同白岩松说过的一句话："毕竟，拿出十多年的时间专门学习，在这件事上你表现得很差，你凭什么就觉得自己其他方面能行？"

　　有时候，看着你坐在桌前发呆；有时候，看着你在房间里走来走去。我不知道你在思考着抑或是在想着什么，但我知道在这个爱做梦的年纪里，你肯定有很多很多的想法，关于生命、人生、前途、学业、亲情、爱情、友情……它们可能会带给你困扰、烦恼、失望、悲喜、迷茫……但这就是成长的过程。

　　今年的生日，我其实很想给你举办一个像模像样的成人仪式。当我把自己的想法告诉你时，被你断然否定不说并扬言不过。但不管你如何强烈拒绝，我还是让你爸爸给你定制了生日蛋糕，并千叮万嘱一定要写上"十八岁"的字样。

　　儿子，十八岁了。对于父母来说，你还是个孩子。但在法律面前，你已被界定为成年人。这就意味着你除了可以行使法律赋予的权利，同时也要履行义务。说到义务，抛开大而上的法律层面，就作为一个人来说，就是要有责任感。每个年龄段都有每个年龄段的责任，而你必须承担属于你的责任。

　　儿子，这十八年来，你跑我也跟着你跑，终归，我跑不过你。只能一次次目送着你的背影……有一天，等你真正地长大了，你就会明白，所谓父母就是那不断对着背影既欣喜又悲伤，想追回拥抱又不敢声张的人。

　　儿子，感谢上苍的赐予。与你母子一场，有欢笑也有泪水，有快乐也有忧伤，有幸福也有痛苦，有希望也有失望……这一生，很幸运我成了你的妈妈。这一世，很感恩你成了我的儿子。这一生一世，我倾其所有，与你共赴这场母子之约。

千言万语化为一句，儿子，十八岁生日快乐！

2018年8月30日

放了两周假之后，就正式开学了。两周的时间又是懒散而过。所以一边收心，一边迎来了高三第四次周考。只考了语文和英语。语文112分。英语117分。这两科是他的强项，这样的成绩应该基本正常。

这一周便是高三的第一次月考。在考试之前，参考前四次的周考成绩给他作了预估成绩486分。应该有点偏高，但总得怀揣点期待吧。

令我没有想到的是，成绩还没出来，我就收到了数学老师发来的QQ消息："你能不能来学校一趟，孩子的学习有问题。"

心急火燎地赶到学校。第一次见到新换的数学老师，真诚、直爽、非常具有亲和力。看到老师递到手里的儿子的卷子，大题一道都没做对，大概四十来分的成绩，让我顿时心灰意冷。由于之前和老师在QQ里沟通过，老师很是给我面子，对儿子苦口婆心地一番教诲。特别是当我无奈地告诉她儿子没有节制地玩手机时，她特别严厉地对儿子说："就你家有钱买手机吗？拿着手机一天看啥？听见了没，今天回去就给我砸了。"

班主任也过来借机训斥了儿子的不争气和所表现出的佛系状态。真的很感谢老师。其实她们大可不必对儿子这样自暴自弃的学生浪费口舌，但还是没有因为无可救药而放弃。我想，这是儿子的幸运和福分，唯愿他能懂得珍惜。

回到家里，我收了手机，他也没有抗拒，应该也是自知理亏。这么差的成绩真的是对不起任何人。原本想着收了手机，专注度可以有所好转。结果却是，他晚上写作业的时候，写着写着就睡着了，叫醒他后也是百般不高兴。我的那个气啊，嗖嗖地从每个毛孔里往出冒，忍不住大着嗓门指责。

晚上的时间特别有限。磨磨叽叽的，一会儿就十二点了，困得眼睛睁不开，只好睡觉。我不得不三点多叫他起来写作业。写上一会儿继续睡，然后叮嘱我要五点多叫他起床上学。这下可好，我是整夜地尽操心闹铃的事了，三天下来，我头痛欲裂。如果长此以往，这不是要我命吗？

面对儿子目前的状况，我真的很崩溃。我那个乖巧的孩子哪里去了？眼前这个左看不顺眼右看不顺眼的"白眼狼"到底还是不是我的孩子？

2018年9月7日

高三第四次周考。

这次周考理综比月考稍微好点，数学依然差得离谱。唯一能拿出手的也只有英语了，第一次上130分，应该是班上前几名。但英语整个班级没有多大差距。可数学呢，班级倒数不说吧，问题是拉分特别严重。一下子就和别人的总分十万八千里。说真心话，看到这样的成绩的确失望透顶。

但失望归失望，还得强打精神鼓励。好在老师们都很负责任。特别是数学老师发给我的"你关心孩子的生活就行，学习上我盯"，让做家长的我犹如在黑暗中看到曙光。知道孩子的学习不是一朝一夕成这样的，再心急也没办法，只能向前看了。

知道说教没用，还是时不时给他讲一番大道理："在这关键的时刻你是选择坚持还是放弃，那么你的人生会因为你选择了什么而改变。你不想学习，我还不想上班呢！不上，行吗？"

面对情感问题，我暗示他说："不要沉迷于一种情绪中难以自拔。男人要有胸襟和格局，眼光放远点，男人的智慧和才干才是重要的，所以说你自己肚子里要有货。"还没等我说完便被他打断了。对于目前他谈对象这件事，他不承认，我不说穿。我们娘俩近乎打太极。

在内心深处其实觉得蛮无力。阻止？怎么阻止？我觉得他为此分散了精力影响了学习，但他的思想我能控制？

2018年9月12日

高三第五次周考。

这次周考，只考了理综。晚上十一点多化学老师就将成绩在群里公布了。习惯性地在后面找儿子的名字，结果没找见，从头开始找，在排名十五的地方找到了，48分。看着这一成不变的、熟悉的48，五味杂陈。还不能说他，否则他就问"你看没看别人的分数？"他自以为是地认为他还行。殊不知，他们班目前是全校最差的一个班，他自己还没意识到，这就意味着他已经是年级倒数了。生物51分，没有按成绩排，我数了一下，应该是二十多名。第一道选择题他做得挺不错，30分，班上就三个人上30分的。本想借此鼓励他一下，给他点信心，让他把后面的大题也努力做好，谁知我话未说完，他就回答道："那都是蒙的。"问物理多少分，他说54分。我随口说："儿啊，你算一下理综总分，这样真的不行啊。"他自我感觉良好地回击："大家不都这样吗？"

无语……真的是井底之蛙。理综加上数学两百来分的成绩，谁和你一样？

今天下午班主任把这次周考成绩汇总发到了群里。还特意点明进步较大的三位同学和退步较大的三位同学。儿子名列进步的里面，这倒是始料不及。

英语128分，一如既往还是班级前列。理综成绩应该登记有误，生物登记成了40分，这样的话，理综就是排名十五。四科总分班级排名十一。如果按实际的成绩，班级排名应该是第六名，成绩和第五名同学的成绩相同。

这仅仅只是一次周考成绩，可能考的内容正好他稍微学懂了点。或者就像他说的运气好多蒙对了几个。但不管怎么样，自上高三以来，在这一刻还是或多或少地给了我一点希望。应该也给了他一点信心，促使他可以从中总结和反思自己的薄弱点，知道查漏补缺，努力提高。

综观整个班级的成绩，除了个别的学生外，其余的相距高考分数线都太遥远，这样触目惊心的成绩，真的很让家长焦虑得抓狂。

2018年9月15日

昨天晚上，思索再三，还是决定有必要和儿子开诚布公地谈一谈。

我先打预防针："儿子，有些话我想对你说，你先答应我，我说了你不生气，可以吗？"儿子面露不耐烦地回答："说什么，要说就说，快点。"

臭小子再怎么装大人其实内心深处还是个小屁孩，禁不住我"老谋深算"的兜圈子就勾起了他小小的好奇心。

我开始说了："CY的妈妈有好几次下班路过你们学校时，看见你和一个女孩在马路上走。"儿子反问："走又咋了？"我说："没咋啊！"

接着我就没再绕弯子，而是直言不讳地和他摊牌了。

先给他申明，感情上的这种事我能理解，作为妈妈，也没固执到严加防范和杜绝。但现在这个面临高考的关键时期，把时间和精力用在谈恋爱上，是一种特不理智的事。接着给他"加工"了个例子，以此摆事实讲道理。

"我有个男同学，当时以全县第一名的成绩考到我们班上。情窦初开的年纪，班上有好几个女同学钟情于他。因为他，女生之间还互相嫉妒吃醋。男同学当时貌似处于众星捧月之中，可能也有点飘飘然，和其中一个女生成双成对，和另外的一个女生好像也暧昧着，还当众拒绝了一个女生。结果就是，被他没看上而受到轻视的女生最终考取了心仪的大学，后来成了律师界的翘楚。而他自己呢，整日浑浑噩噩的，学习一落千丈，最后凭借家里的关系才有了一份混饭吃的工作。待到谈婚论嫁的年龄，年少时围绕在他身边的女生个个早已名花有主，哪轮得上他再来挑三拣四。他几度相亲，最终没有多少选择，只能为结婚而结婚了。N年后，当我从别的同学口中耳闻他人生的黯淡和落寞后，一阵唏嘘……如果他一如既往地保持第一，那么他的人生轨迹又会是什么样的呢？我想，他应该是悔不当初。"

告诉儿子："越往前走，你的眼界会越来越宽，等你上了大学，在那里你会遇到更优秀的女孩，而目前和你谈的这位高中女生，她同样地，也会遇见比你更优秀的男孩。如果你现在沉迷于感情纠葛中放弃学习从而止步不前，那么你最终的选择范围也会受限。总有一天，你会为现在的迷失而后悔。"

"作为家长，作为过来人，我不反对也无权控制你对爱情的向往，但我有必要提醒你，该是什么年龄就专注于什么事。比如，现在，一门心思地投入到备战高考中，不要因为感情费心伤神给自己人为地制造青春的遗憾。"

我不知道我的话儿子能听进去几分，只希望自己的这个傻蛋儿不要为情所伤。

目前的境况下，讲太多大道理其实是物极必反的。说多了没用；但不说，自己又憋得慌。所以还是打开窗子说亮话，希望他好自为之，奋战高考。

2018年9月22日

高三第六次周考，理综22名，总分29名。

儿子的整个学习状态依然不慌不忙的，看不到丝毫紧迫感。早上起来磨磨叽叽，在镜子前照来照去，虽然尽量克制不去说他，心想爱咋滴就咋滴，但每每忍不住时还是会挖苦他："谁看你啊？"结果当然是惹得他不高兴，我生气。手机是没收了，但每天还是见缝插针地看我的手机。

说实在的，这一周一周的考试，再没心没肺的孩子应该也有压力，对家长来说，何尝不也是一种煎熬。每次看到发到群里的成绩，都是五味杂陈，意难平。先是看自己孩子的成绩，再看别人家孩子的，通过比较，找到差距。期待下一次能缩小差距，但差距不是一天两天形成的，所以差距一直横亘在那里，将学生分成了三六九等。

儿子的数学的确太差，问其原因，他说他上小学时就差。照他这样说，好像真没办法了。一位陪读家长建议我找个补课的地方让他去补一补。我和儿子在内心深处对补课其实都有点抗拒。可能我们都觉得没什么成效吧。我真心认为光花费在去补课路上的时间，认真做几道题，应该更有效果。我就不信，自己学习不上心，就凭老师一指点就像吃了灵丹妙药。

我还是觉得儿子是态度和执行力的问题。态度是近乎佛系，对凡事无所谓，对于高考，没目标。由于懒，当然也就谈不上有什么执行力，得过且过。

看着他在客厅里闲庭信步，看着他手抱吉他唱着民谣，看着他拿着手机聊着QQ……真如他所言："我学的时候你怎么没看见呢？"是啊，我真的就是没看见他在学习。

虽然尽量在调整自己，但免不了着急上火。就儿子目前的成绩，真的是高考无望啊，想到如果……如果二本，如果落榜，我能不能接受？真的无法接受。自己的辛苦陪读无所谓，可是对他来说，上这样一所还算不错的高中，这样的结局真的对不起他自己的青春，更不要说我们的期待了。

有时候还真的不敢想，想多了，于事无补，平添焦虑。可是不想不由人，所以内心一直在经受着煎熬和炙烤。只是，我这厢如热锅上的蚂蚁，他那厢闲云野鹤。当事人不急，局外人急死有什么用？

2018年9月26日

晚上做好饭，左等右等不见回来。打电话不接，而是发来短信："我不回家吃饭。"顿时火冒三丈。一个接一个打电话，终于接了，不等他说话，我便说："不接电话，你业务繁忙得很吗？我就问你今天晚上回来吗？"

放下电话，依然气得抓狂，便给孩他爹打电话："你来管你儿子吧，从现在起我不管了。"明明知道，说这些气话没一点用，但不发泄一下，我觉得自己会活活地憋死。

正在感觉暗无天日，万念俱灰时，接到陪读家长电话，约我一起去兰大校园转。想到在家待着也是自己生闷气，所以便去赴约。

得知她们的小孩不到六点就回家了，而我们的八点多了还没回家。她们给我宽心："今天开运动会，可能和同学一起去玩了，好不容易放松一下，就让去吧。"又说到不接电话的事，一位妈妈说："你是不是一直给他打电话语气不好，他在同学面前顾及面子，所以不接。我以前给我老公打电话，一打通就嚷不回家在干啥，人家在人多的场合也就不接了。"听了她的话，反思了一下，好像也挺在理的。自己的气焰也就随之熄灭了多半。

她们给出建议："回家装作没事一样，不要指责，而是问他吃了没，没吃的话把饭热一下，让他自己感觉到愧疚，否则一顿训斥，于事无补，还滋长了他的理直气壮。"

回到家，收拾完锅碗瓢盆，依然不见回来。对着镜子告诫自己："一定要装，装，装得心平气和跟没事一样。"十点多了才听见开门声，我便装睡。结果一睡竟然睡着了。

半夜醒来，依然去他房间看了看，顺带给盖了蹬在一边的被子。看着熟睡的儿子，想到每天和他争来斗去的只是过了过嘴瘾，还气得死去活来的，何苦呢？试想一下，如果他六岁上学，此时，他已经是一个在外地上学的大学生了，他具体做什么你能管得了吗？

最近，的确是焦虑不堪，想到他的成绩，想到飞速而过的倒计时，想到没有希望的等待，忽而就情绪失控，而他竟然一波未平一波又起，状况百出。对于他的晚归，因为觉得是男孩子，所以以前我好像没有这么恼火。现在为什么会如此反应激烈呢？应该是自从知道他和那个女生交往后，说真的，没来由地不喜欢那个女孩。

记得周国平说过一句话："做家长的最高境界是成为孩子的知心朋友。在这一点上，中国的家长相当可怜，一面是孩子的主子、上司，另一面是孩子的奴仆、下属，始终找不到和孩子平等相处的位置。"

谁说我不是这个可怜的家长呢？

2018年10月2日

看到儿子给我发的好分数网址，我就猜测这次月考较第一次月考肯定有进步，否则他不会急于让我知道分数的。

打开来看，语文118分，年级排名19，挺不错的成绩，最终高考时能考到这个分数，应该也算高分了。英语112.5分，这是这两个月来比较差的一次成绩。估计这次题难，因为排名是97。上次英语老师还给我宽心："他在高考时如果发挥正常，上130分没一点问题。"但愿这两门一直能保持住，因为也就靠这两门拉一拉总成绩了。再看数学，86分，虽然相比别人三位数的成绩超低，年级排名388，基本倒数，但对他来说，已经是最高的一次成绩了。总分439.5分，班级排名19，年级排名256。这个进步还是飞越式的。如果数学和化学再下一番功夫有所提高，希望还是有的。

　　高考，现在是我生活的主旋律，牵动着我的每一根神经。同学和朋友中有好几个孩子明年要参加高考。西西的儿子那不用说，一直遥遥领先于我儿子走在前往清华、北大的路上。阿秋的儿子当时中考时和我儿子成绩不相上下，但人家自上高中后，目标明确，意志坚定，成绩一路上升。高三第一轮复习开始，每次月考都是接近600分的成绩。虽说不攀比，但多多少少还是有点羡慕啊。

　　但说到底别人家的孩子毕竟是别人家的孩子，羡慕之余还是用心关注自家的孩子。只要他每天知道努力，每天进步一点点，我都觉得很欣慰。有时候不是为了达到自己的期望值要施加给他多大压力，而是眼看着他一点都不努力的样子真的让人很生气。如果他真正尽力了，我想，无论怎么样的结果我都能坦然接受。

　　现阶段，对于他的冷漠，他的无礼，他的叛逆，我都闭着眼，捂着耳朵，闭上嘴巴，做到一一包容。看到这样一句话："所谓青少年的叛逆，我想应该不是突然发生的。那些十几岁的孩子是很可爱的，内心敏感，开始独立思考，家长要善于细心观察，设身处地去体会孩子的内心感受，多和孩子谈心，孩子就不会叛逆到不可收拾的地步了。"

2018年10月10日

　　第七次周考在班主任没有在群里公布成绩之前，问儿子考得怎么样，都是一脸不高兴且搪塞过去。观其形，听其声，就已料到肯定考得不好。待看到成绩，果不其然，而且差得不是一般。

　　怒火中烧，不想生气很难。原本打算好好训斥一顿，静下心来，又一想，还是先不作声，但不给他好脸色，让他自己觉得愧疚。

　　中午，他回来，一如既往地找我的手机，我告诉他："放在办公室，忘拿了。"可能感觉到我的态度冰冷，悄无声息地去了他卧室。

　　吃饭时，我心里有点愤愤：就你考的那点成绩真对不起这碗饭。

　　吃完饭，准备睡午觉，我还是没忍住："你说你从小到大，喜欢你的，被你喜欢的都不少，大家相处关系不错成为好朋友就行了，你说你把时间和精力耗在这上面，你拿自己的人生做赌注，值得吗？马上要高考了，你觉得考上考不上无所谓，可是我有所谓，你说我现在守在这个地方在干什么？告诉你，我付出了就要有回报，没有人只付出不求回报的。你对不对得起自己我管不了，但你得对得起我的一日三餐。"一声不吭，想必自知理亏。

这次成绩如此之差其实在意料之中，这一周据说是闹什么鬼的分手，人家女孩在老师的规劝下可能痛定思痛，知道要为自己负责考个好大学了，而他还在神魂颠倒。以他这些年从没消停过的情感经历来看，应该不会这么痴情啊，难道还动真格的了？又或许现在是长大了吧？我的"婆婆心理"开始作祟，很烦那个女孩哦，但愿当断则断，互不影响，各奔前程。

儿子目前的这种状况真的很让人抓狂，第二次月考之后刚刚升腾起的那点希望的小火苗还没来得及扑闪扑闪几下又熄灭了，真是闹心啊！试问，我如何淡定得了？怎么办？能怎么办？他自己没目标没动力，我这当妈的急死又如何？

东想西想之后，还得面对现实，他的脑子我又无法掌控，对于谈对象的事，又不是我说不让谈他立马就不谈，只能是他认识到问题的严重性，从那种情绪中抽离出来而专注于学习。可这说起来容易做起来难，否则也就不会出现那么多因高中恋爱误终身的故事了。

唉，这个不让我省心的儿子啊……让我身心俱疲。

2018年10月13日

这两天，感觉儿子情绪比较正常，现阶段是只要他正常了我也就正常了。但愿他一直正常下去，我也就少点煎熬。

无意间点开手机上的全民K歌，听到了他更新的自弹自唱。乍一听，还怪好听的，较之以前的五音不全进步了许多。看来只要投入地去做一件自己热爱的事，肯定还是有收获的。随之又想到了学习，其实如果当初支持他学文科，可能结果要比现在好。但事已至此，只能接受现实，不能为"如果"而再无休止地纠结和后悔。

话又说回来，现在的成绩也不仅仅是因为没有选择学文而选择学理造成的巨大落差，主要的还是没有把心思放在学习上，压根就没怎么努力。个性懒散加上没有目标地得过且过，致使学习成绩差强人意。

有时候看到他吊儿郎当的状态，便戏言："你妈可真是把你培养成了抱着吉他弹着民谣撩着妹的文艺少年了。"

除了吉他，应该还有足球。由于时间关系，现在踢球的机会很少，偶尔踢一下。但每天都会在手机上关注足球新闻。我自认为还是一个对生活比较有情趣的人，所以对于儿子的各种兴趣爱好，一直以来都是持鼓励和赞赏的态度，也从来没有认为是无用或者说是在浪费时间。

前些天听了马云的一个演讲，里面有这样一个观点："有兴趣的孩子比有证书的孩子更有质感。十年寒窗，每个孩子都禁锢在数学、语文等学科的学习中，结果长大了，这些东西很少用得上。但艰辛生活中，支撑一个成年人挺过绝望的，却是音乐、体育和美术带来的愉悦和力量。"我深以为然。

2018年10月15日

今年的秋天好像没有感知到秋凉直接就进入到冬寒了。

周六晚上儿子要回安宁的家。看到他依旧穿着被我戏称为"三寸金莲"的运动短袜裸露着脚腕，外衣的拉链也不拉，还把校服的袖子撸得老高。忍不住规劝："该穿的穿上，该放下来的放下来。"谁知我跟前跟后地说了半天，他竟然置之不理。我便气不打一处来，随之恶声恶气地吼道："这么冷的天，谁看你啊？你这样穿着出门，别人不但以为你脑子不合适，连带说你妈脑子肯定也有问题。"这一下倒好，他直接怒气冲冲地回敬我："你有病吧。"摔门而去。

一个人坐在沙发上，越想越生气，便给孩他爹发微信诉苦："我让穿衣服不穿，竟然还骂我有病。养了这么个'白眼狼'，我迟早会被气死。看到他现在这副尿样子，我就觉得特别丢人。"孩他爹只回复了一句："你也好好说话。"

一句话就把我噎了回来，顿时偃旗息鼓。想想也是，如果我好好说话，是不是他也就会对我好好说话。

"说话"是什么？在林语堂先生那里，说话是一门艺术；在卡耐基的成功学里，它是一种工具；在相声里，这成了民间曲艺。由此可见，说话并不是一件容易的事。天天说话，不见得就会说话；许多人说了一辈子话，没有说好过几句话。

对此，我还是比较有自知之明的，我就属于不会说话的。在别人面前不会说话不讨人喜欢也就罢了，偏偏还把最坏的脾气最野蛮的态度给了家人。孩他爹脾气温和事事处处包容我，无形中也就纵容了我，从而让我不懂收敛，不知悔改。还洋洋自得地以为姑奶奶就这脾气你还能把我怎么着？现在好了，儿子冲我说话的口气和我对孩他爹说话的口气如出一辙，就像吃了枪子一样强硬。看来，事事都有因果，儿子替他爹"报仇雪恨"来了。细思极恐。

古人有言："和家人好好说话，是最宝贵的家风。"我认错，我没有传承好。

总以为和家人相处，不用顾忌什么语言和态度，还时不时把工作中的不满和在外面受的气要向最亲近的人发泄。在外面强装笑颜，却给家人摆一张臭脸，想一想，这多愚蠢啊。我们伤害了最不该伤害的家人。

说实在的，我从儿子身上看到了自己的影子，那样的自己是我不喜欢的，这也算儿子给我上的一堂课吧。我在家里的大嗓门和恶声恶气积习已久，一时半会改正起来也有点难，但为了给儿子做个好榜样，再难也要力求改正。谁让我是母亲呢？没有做好良好的家风建设是我的失职。

知错就改，为时不晚。谨记，对待孩他爹少点颐指气使，多点温柔友好。对待儿子少点指责打击，多点欣赏鼓励。即使一家人也要以礼相待。任何时候都不能以爱的名义使用语言暴力伤人。

好好说话到底有多难？怎么才能好好说话？蔡康永说："我的说话之道，就是把你放在心上。"

2018年10月16日

第八次周考成绩揭晓，较之上次有了进步。

在数学卷子上签字时，一看到卷面上潦草的字迹情绪再次失控。借机又一顿他难以忍受的唠叨："题不会做最起码字能写得工整点吧，纯粹就是学习态度的问题，到现在还自己糊弄自己，不知道对自己负责。"

虽说不敢恭维自己的字吧，但身为会计，自认为阿拉伯数字写得还是不错的，便在他的卷子上把一道我还能看懂的题重新书写了一遍。我本意是想让他对比着看一下，重视书写，没想到我的这一举动引来了他的怒斥。

躺在床上一时难以入睡，脑子里闪现着四个字——"面目全非"。怎么越来越感觉现在儿子的所作所为和小时候相比真的是判若两人呢？忽而就想到日本研究所江本胜博士的那个水结晶的试验。他在发表的实验结果《来自水的讯息》一书中写道："带有善良、感谢、神圣等的美好讯息，会让水结晶成美丽的图形，而怨恨、痛苦、焦躁等不良的讯息，会出现离散丑陋的形状。而且无论是文字、声音、意念等，都带有讯息的能量。"作者想通过水结晶试验的结果，希望大家能够认识到爱与感谢的力量。换句话来说，就是心灵给予万物的影响。

想到此，内心涌上一阵阵自责。儿子小时候，我真的对他充满了赏识。可随着他渐渐长大，我怎么觉得他这不好那不对的，整日里对他充满了挑剔和埋怨，用儿子的话说，就是"诅咒"。特别是上了高中以后，看到他面对高考无动于衷的样子我的焦虑和指责更是与日俱增，由此引发的冲突也越来越多。而对于青春期叛逆的他来说，面对我的居高临下或者说盛气凌人，更激发了他意欲战胜我的斗志，一次次地两败俱伤。

每每觉得他不近人情、不可理喻的时候，我问自己："我那个乖巧可人的儿子去哪了？"为什么觉得现在的他让我忍无可忍呢？可能还是我没有真正接纳他的长大吧。

看到一篇文章《你将多一次七年之痒，如果你有儿子》里的一段话："不过很多老母根本不会调节啊，不但不调节，还力图让儿子跟小时候一样黏着自己，沉浸于这份塑料母子情里不能自拔。我说大姐，希望越大失望越大的道理，你没学过吗？这是自然规律，儿大不中留，母大也不中留，力的作用是相互的。"

2018年10月24日

讲真，第二次月考之后，我对儿子充满了信心，满心希望他一直能保持这个前进的势头努力下去，高考肯定会有好的收获。但始料不及，一场由于我失去理性的阻挠方式导致的所谓的分手，让他纠缠、沦陷、近而忘乎所以。

接下来的几次周考都差得离谱，所以，我早就断定第三次月考，考不好是正常，考好纯属意外。当然，凡事有因必有果，意外当然没有发生。

语文成绩最先揭晓，班级第一。我尽量鼓励："现在语文突飞猛进啊。"他答："一直都好啊。"也是，上次月考第二，这次第一，正常发挥的话应该是他的实际水平。那么别的呢？他答："都很烂。"

因为做了最差的心理准备，所以待看到成绩的那一刻，没有第一次月考那么伤心绝望。想对他说点什么，但还是保持了沉默。

半夜醒来，照旧失眠。脑子里有个声音在不断回响："都这个时候了，他的成绩还这样，一点希望都没了。"

想到没有希望，整个人顿时就如跌入深渊。失望、委屈、悔恨、指责、痛苦……五味杂陈。

一方面我恨他的没出息，作为男孩，为情所困；另一方面我又怪罪自己，作为妈妈，我对他的负面影响太多。认真客观地审视，儿子是个情感相当细腻又极度缺乏安全感的男孩，应该归属于文青一类。关于文青，看到过这样的定论："文青善于相思。善于去喜欢一个人、一样事。但是，那不一定就是真的喜欢，他们喜欢的，是喜欢这件事本身，是自己有所相思的感觉与状态。而对方是谁，并不重要。"

这也就可以理解儿子这些年 A、B、C、D 地换了好几个不说，而且分手后还能和前任们做朋友。记得一次在看相亲节目时，我还戏谑他："如果你要上这种节目，你可别沾沾自喜地说你谈了 N 个对象了，否则不等你话说完，人家全给你灭灯了。"

说到谈对象，以前真的就如玩过家家的游戏，这次却如此失魂落魄、倾情投入。应该是年龄的原因吧，毕竟十八岁了。在我眼里还是小孩的他可能并不像我认为的少不更事、傻了吧唧。想到公司里有的小孩仅仅比他大两岁，已过着夫妻双双把家还的日子，我也就为儿子谈对象这件事释然了。

但释然并不表示我就会支持他，因为对他来说，目前影响到高考，这就是一件特别需要干预的事了。可理智与情感，毕竟说起来容易做起来难，否则也就不会有因失恋而自杀的事件发生了。

这可能还是需要一个过程，没有这个过程也就不会得以成长。所有青春时期里的折腾、迷失、懊悔、错过、荒废都需要一一经历，然后才有可能破茧成蝶。

2018年11月10日

高三第二次家长会。

从暑假开始第一轮复习至今，已进行了四次月考。根据每次的月考成绩，班主任将全部同学的学习情况总结为以下五种：一、一直在进步；二、成绩比较稳定；三、成绩动荡较多；四、退步较大；五、成绩动荡但退步。

儿子毫无疑问属于第三种。最好的一次256名，最差的一次387名。这种100多名跳跃式的退步和进步，在我看来，最重要的还是他的情绪不稳定造成的。第一次月考，是放完短暂的暑假之后进行的，玩乐的心还没收回来。待看到自己的那点成绩应该也倍觉惭愧，接下来的一个月开始从脱缰的野马状态中稍稍回归到用心学习的状态。仅仅一个月，成绩就从年级377名进步到256名。对我来说，刚刚看到了点希望徒增了点信心，期待他稳稳进步；结果一个所谓的分手事件，就让他神魂颠倒、意志消沉。第三次月考意料之中地跌至年级387名。隔了两周就是第四次的月考，也就是建标考。数学来了个倒数，大大地拖了后腿，好在理综还不错，才使总成绩较之第三次进步了71名。

老师以2018年一本上线率87%为参照，通过对比这次建标考成绩，将全班同学划分为三档：一本、二本和落榜。班上有45人将有希望考上一本院校。这样的结果多多少少让每天都焦虑孩子没学上的家长有了一丝安慰。班主任还特别宽心地对大家说："你们要相信你们的孩子，他在兰大附中这样的平台，怎么会没学上呢？只是好坏而已。"是啊，学与不学，成绩好与成绩差的孩子最终的结局和选择当然也就千差万别。

班主任给家长的建议：给孩子树立一个能达到的目标。再结合孩子目前的实际情况，定一个适当的期望值，在此基础上适当拔高。因为期望值直接影响孩子将来所取得的成就大小，但不能操之过急。

我们家孩他爹对儿子的学习基本不闻不问，所以他的期望值也表现得很有自知之明，只要有学上就行。而对我这个陪读妈妈来说，985不敢奢望，心心念念地还希望能上个211。那么儿子自己的定位呢？反正考个一本就行了。估计在他心里，只要上一本线就算完成任务了。

不管怎么样，时间已进入倒计时阶段，家长和孩子肯定都深感压力和焦虑。对家长来说，自己先保持优雅的姿态，提高情绪的自控力，让孩子不受干扰。为了孩子，一定要控制负面情绪。

切记班主任的话："你要对你的孩子充满信心，而不是充满担心。多与孩子沟通，关注孩子的心理问题，做好生活上的后勤保障。减压，多鼓励，少批评。即使在考差的情况下，也要心平气和地学习和生活。"

2018年12月3日

每次周考过后，基本都是星期一成绩就出来了。可是这一周班主任却迟迟没在群里发。一问儿子，他都是一脸不耐烦地回答："我咋知道，你不会自己看吗？"

等啊等，一直到星期三下午老师才发。打开后，习惯成性地从后往前看，在中间部分找到儿子的名字。理综还不错，但心里没来由地产生一丝犹疑："会不会有抄袭，毕竟周考时座位那么近？"但自己又极力否定，儿子在这方面一直还是值得信赖的。

学校里的座位现在按每次的考试成绩论资排辈。但第一排有四个座位可以自由申请。得知儿子申请了第一排的座位，这一方面说明对自己的自律性还是有自知之明的，另一方面也说明本人目前有要求进步的主观愿望。但愿高手如云的竞争氛围能促使他行动起来，把全部心思投入到努力学习中。

最近由于天黑得早再加上天气冷，晚上没再去兰大自习室写作业，但周天晚上会和同学相约去。对于不能很好把控情绪的他来说，学习环境和结交的人都会对他造成很大的影响。相较于别人的争分夺秒，他表现得的确懒散懈怠。但这种学习态度和习惯也不是一天两天形成的，所以也不能指望他一天两天就能改正过来。

尽量拿着放大镜看他的优点，以知足的心态面对他不尽如人意的表现。就如心大似海的孩他爹所言："他至少还按时上学，有些孩子不去学校在外面乱混，你说你能怎么办？"是啊，所谓别人家的孩子，有我们望尘莫及的，也有比自家孩儿更让人心力交瘁的。如果把孩子分为好的、不好的，那么好的、不好的都是自己前世修来的。所以还是多从自身找问题，对于孩子身上种种的缺点，除了真心接纳别无他法。你总不能幻想把他回炉重造吧？

最近福建一个名叫朱尔的三年级小学生，写了一首小诗《挑妈妈》，爆红网络：

你问我出生前在做什么

我答

我在天上挑妈妈

看见你了

觉得你特别好

想做你的孩子

又觉得自己可能没那个运气

没想到

第二天一早

我已经在你肚子里

每个孩子都曾经是天使，挥舞着爱的翅膀而降生。结果让我们在养育的过程中，指责着，挑剔着，失望着。不知不觉中，我们亲手斩断了天使的翅膀。渐渐地，我们眼里的天使不见了，取而代之的是和我们怒目相对的冤家。爱恨交织，含泪相杀。

想一想，我们这是何苦呢？我们对孩子的爱那么深那么浓，只是因为孩子没有朝着我们的期望长大，我们就满怀恨铁不成钢的怨气，徒劳地把孩子推得越来越远。

他是上天送给你最好的礼物。他像一只慢吞吞的蜗牛，带你欣赏这个世界上最美的风景。是他，教会了你爱和付出。不要再指责和抱怨他，不要对你的爱和付出耿耿于怀。孩子给你的远比你给他的多得多，难道不是吗？

高考倒计时，愿你心平气和，愿你温暖相伴。愿他努力进取，愿他心想事成。高考结束，意味着你和他分离的日子就不远了。家里的那间卧室即将成为他假期偶尔暂住的旅馆，厨房里的饭菜已不能把他按时唤回到餐桌上。再也没有人跟你犟嘴，再也没有人把臭袜子和书扔得到处都是，你再也不用一遍又一遍督促他睡觉、起床，他或许已在千里之外，在属于他的圈子里乐不思蜀……

想到此，潸然泪下。聚散有期，好好珍惜。

2018年12月5日

第十一次周考成绩在星期一准时出来了，看到数学108分，几乎不相信自己的眼睛。是真的吗？第一次从两位数变成三位数，从倒数变成顺数，这跨度有点大。给孩他爹发过去之后，与我同样的反应："真的吗？"

提升的原因呢？是题目简单还是另有隐情？据我窥听到的消息，被数学老师揍了一顿。果真如此的话，我简直太感谢老师的这顿揍了。难不成揍得开窍了？真的非常支持老师，感激之情无以言表。

孩他爹表现得比较激动："希望能保持住，好歹能上个一本了。"而我则表现得相对平静，因为我已经习惯了坐"过山车"的感觉，时而天上时而地下。没有到最后的一刻，真不知道会出现什么样的状况。孩他爹依然不死心地追问提升的缘由，儿子回答："不知道。"而他给我的回答是："怎么了，我又不是没考好过。"忽然觉得我和孩他爹事还真多，儿子考差了接受不了，考好了又不相信。想必儿子在心里也是对我们的患得患失嗤之以鼻。

偷偷地翻看他的作业，发现字迹规范多了，尤其是数学。看来不是学不好，就是态度有问题。目前对他来说，数学是最拖后腿的一科，很明显地可以看出，这次数学的提高一下子就把排名拉了上去。生物提高得也比较快，生物相对来说比较偏文，这也验证了他的理解能力其实挺不错的。

他们班的高考宣言是："乾坤未定，人人皆有可能是黑马。"但在我看来，大局早已定，人家认认真真、一步一个脚印地学了三年，如他这般到现在还在"小猿搜题"的，只要不在原地踏步，今天能比昨天努力，我就谢天谢地了。

2018年12月15日

第五次月考成绩出来了，问他："这次班级排名多少？"他答："二十。"我再问年级排名，他极不耐烦地回了我一句："你自己不会去看吗？我咋知道。"依然不死心地问："这次理综是不是很难？"他反问："你能不能让人吃饭？"既然人家不愿交流，只能憋住。

看到老师发过来的成绩表，综观全班同学的成绩，这次题目应该是偏难。抛开分数看排名，应该还是在进步。在我看来，除了老师的无私教诲和他个人的努力外，进步的主要原因还有周围同学的影响。正如他所说："这次我们组的同学都考得很好。"有道是："蓬生麻中，不扶而直；白沙在涅，与之俱黑。"足以说明，和什么人在一起真的很重要。

还是希望他能保持上升的势头，坚持到最后。不过最近手机监管方面我的确做得不好，态度不强硬，致使他得寸进尺。另外，相较于别人的争分夺秒，他则表现得相当懒散。这个周末去看电影，回来后又看足球。第二天睡着不起来，一直磨叽到晚上才开始写作业。这样的学习态度能学好吗？也不知道他咋想的。

为了做好后勤保障工作，我五点多起来打豆浆，放了黄豆、花生、核桃、枸杞、红枣、芝麻。想着多多少少能补补脑，结果人家压根就没喝。一天难侍候的，也不知道到底想吃啥，想喝啥。

只要是人家不吃不喝的，为了不浪费粮食，我只能又吃又喝了。最终，该长肉的没长，不想长肉的却长了。不过，他没长肉的原因应该主要还是把饭吃到了嘴上，又因为一次又一次犟嘴，便凭空把粮食消耗掉了。

给孩他爹发过去儿子的成绩。孩他爹做了指导性的点评："理综还是太差，晚上我过去和他谈谈。"心想，谈个屁啊，一谈就解决问题了吗？你要有心你来亲自陪读啊。真想回家歇歇，让他爹侍候他。可他爹靠得住吗？我又放心吗？想想我这妈当得啊，真是窝囊极了，受气受累不说，还没有话语权。

但谁让他是我亲生的，产品再不合格也不能退货。就像班主任说的："难不成你不要这个了还能再生一个吗？"唯一能做的就是把怨气和牢骚打包，悄无声息地自行消化。要想保持和谐的亲子关系和畅通交流看来没啥希望了，只愿不要发动战争。复习到了最关键最艰难的时刻，换位思考，一天到晚地刷题毕竟还是很累很烦的。多体谅，少打扰。

2019年1月12日

自上次建标考后，这一个月一直没有周考。感觉自己和儿子都有点放松了。

看到第十三次周考成绩，特意留心了一下学号，这才发现儿子入校时，班级排名46，年级排名471。据老师多年的教学经验总结出的规律，正常情况下，60%的学生平进平出，有20%的学生低进高出，20%的学生高进低出。据此说来，儿子还是有所进步的。

他现在主要的问题是依然不在高考状态，也不知道一天到晚在想什么，恍恍惚惚，吊儿郎当，优哉游哉的，根本就没把学习当回事。最近又好上了一个类似于解密侦破类的脱口秀节目，天天中午一回家就抱着手机看，吃饭时也不放过。纯粹辜负了我每天变着花样精心做的饭菜，他压根就不知道自己吃了什么。为了节省时间，吃鱼和虾的时候，我都是帮他把虾剥好，把鱼刺弄掉。可他倒好，争分夺秒地看手机。到底是他自制力差，还是我的监管力度不够？

时间不等人，高考倒计时掐着指头算都没多少天了。不付出哪里会有收获？真是急死人。

但急管啥用？无非是平添焦虑和痛苦。只能一遍又一遍地告诉自己少安毋躁。

看到一篇文章里写的："每一代人有每一代人的痛苦、焦虑。而且，人类之间并不能相互理解彼此的焦虑和痛苦。哪怕是亲人之间，依然会存在深刻的隔膜和误解。家长是70后，孩子是00后，天地大冲撞，火星对地球，70后和00后相隔的不是两个十年，而是两个时代，两种文明，两类物种。"

既然不是同一物种，那么就不要强行按自己的行为准则要求孩子，心心念念地期待脱胎换骨的改变，这可能吗？所以我们经常会很无奈地说："与其改变别人不如改变自己。"但最终我们不得不承认，改变别人是蠢，改变自己是神。其实说到底，自己也改变不了，能改变的只有心态。接纳自己，接纳孩子，以期与孩子和解，不至于成为熟悉的陌生人或者是仇人。

听一听网上这位70后的老师兼家长的答疑解惑。

为啥我说得很对，孩子就是不听？

其一，说的太多了。谎言重复千遍，就成了真理。同理，真理重复千遍，也就成了谎言。

其二，关系太近了。距离产生美，距离产生真理。"父不教子"，古人易子而教，说的就是人性的弱点。

其三，关系僵化了。关系是第一生产力，也是第一教育力。一旦亲子关系出现问题，任何教育将都是负反馈。情绪恶化了，任何正确的说教也会沦为孩子充耳不闻的废话。

其四，形式搞错了。家庭教育的基本形式应该是家长的行动，而不是父母的语言。家长自己躺在床上玩手机，却让孩子好好写作业；父母自己从不学习，却要求孩子博览群书，无异于南辕北辙、缘木求鱼。

2019年1月19日

今天是2019年1月19日，距离高考还有138天，开了这学期的最后一次家长会。

班主任首先分析了第六次月考的成绩。儿子的数学、物理、生物、理综和总分统统都没达到班级平均分。整个班级成绩还是两极分化，好的好差的差。儿子正好吊在危险地带，上去不容易，掉下来的可能性也有。

综观六次的月考成绩，有两次比较乐观，都是256名。如果能在这个基础上再前进一点都有可能上211，可是其余四次都在300名之后。所以形势不容乐观。数学和物理太差，想要提升已太难。总分比班级第一名相差100分，再不要说和重点班比了。现在也不能不切实际地幻想，只能面对现实力求进步就好。

学生应该怎么做？

一、不能骄傲，奋力保持（2、3、4月提分、保分黄金时期，事归事，学习归学习）。

二、不能偏科，保相对强科，补弱成绩才会有进步，否则不进则退。

三、危机意识（高考最后时间，如果还不能牺牲玩、睡的时间的话，成绩不可能进步）。

四、注重心理（学不进去，怎么调整，要尽快找到方法，减少不必要的干扰，尤其是感情问题）。

五、永不言败的勇气，直至高考那天，只要拼搏就有机会。

家长怎么做？

一、对于学习相对比较吃力的孩子，请让他树立正确的价值观，即使他们没有考到你所期望的院校，但这并不代表他离成功的人生比较远。那么，你要做的就是让孩子认识到他的学习有意义，最后的磨炼有意义，并鼓励他一直坚持下去。

二、积极配合老师的工作，遇到问题切忌护短。不要轻易给孩子请假。

三、注意孩子的身体素质，有意识地进行锻炼。高考是学习能力、身体素质和心理素质的综合检验。

和孩子在一起的时间所剩无几，在这个关键时刻，不要激化矛盾。如果解决不了问题仅仅只是发泄情绪，家长一定要克制。尽量减少情绪方面的不必要干扰，保证良好的学习环境。尽可能平等地和孩子谈谈未来，谈谈现状，谈谈恋爱中会遇到的问题。

说实在的，成绩和排名基本已定型，只能在最后的冲刺阶段提高分数进而缩小差距。唯愿我儿能有紧迫感，再往前追一追，达到自己的目标考取理想的学校。

2019年2月23日

这个寒假放了半个月的假。正月初七就开始补课。一转眼就过去两周了。

这半个月，几乎没和臭小子有任何的"口水战"。究其原因，应该是我真正地做到了睁一只眼闭一只眼不说，还坚守沉默是金的信条。

至于学习嘛，到底学得咋样，只有他自己知道。从表面上看，好像中规中矩，不急不躁的。内心到底有多大的压力和动力，想问又不敢问。

不管愿不愿意，高考倒计时也就一百来天了。马上要面临的一诊，虽不能说一锤定音吧，但大局已定。此时，还想着能有突飞猛进的超越几乎是异想天开，只要能跟随着大部队，不要掉队已是幸事。

把心里的不满和期许都悄悄地隐藏起来，默默地为他呐喊助威，加油，坚持到最后，取得最大的圆满，让自己的人生少点遗憾。

告诫自己，完全接纳他，即使他"劣迹斑斑"，也要拿放大镜看他的优点，因为他毕竟是我的孩子。他今天展现在我面前的样子都是我一手造就的，否定他就是否定自己。何况他还不是一个无可救药的孩子，只是在这个青春期的叛逆阶段，我们没有处理好亲子关系，致使彼此不惜用最"狠"的语言和最"丑"的面目来攻击对方，结果两败俱伤。

回望这短短的半个月时间里，发现儿子一下子变得温和了许多。不再对我怒目而视，面对我的"弱智"时还主动加以援手帮我解决问题。不知道是因我的改变他改变，还是他长大了？

所谓共情，就是一个人能够理解另一个人的经历，并对此作出反应的能力。接下来的一百天，对孩子来说，是一场体力与智力的考验；对家长来说，同在一个战壕，誓死得并肩作战。所以互相体谅，互相鼓励。我们是血肉相连的母子，母子同心，其利断金。

看到一段话，摘抄下来，以此勉励和警醒自己。

"对于妈妈而言，如果自己抗拒成长，就会把成长的任务转嫁到孩子身上；如果我们不能接纳自己，对自己不满意，就格外需要一个令人满意的孩子。没有一个孩子，可以承受妈妈放弃自我的压力。因为他们稚嫩的肩膀上，扛不起你那份未完待续的追求与渴望。事实上，最好的亲子关系，不是妈妈看似伟大的牺牲，也不是让孩子独自起跑，而是你们共同上进，彼此成长。当你愿意努力变好时，不仅孩子和老公会爱你，全世界也会温柔待你。孩子差距的背后，通常也是妈妈之间的差距。想要给予孩子榜样的力量，便要永不放弃自我成长的机会。也唯有当你自己成长得足够优秀时，你的孩子才会站在你的肩膀和格局之上，达到更优秀的层次。在陪伴孩子成长的过程中，对孩子影响最大的，并不是我们为他做了什么，而是我们自己本身成为怎样的人。"

2019 年 2 月 27 日

第七次月考成绩出来了。较之第六次月考，进步了九十九名，这也算是跳跃式的了。从第一次月考到第七次月考，好像还挺有规律的，退步—进步—退步—进步……循环往复。这是不是也和他的心理有关，考得稍微好点，沾沾自喜，开始放松；考得不尽如人意，被老师训斥一顿，又自惭形秽，开始用心。

就这次成绩来说，应该是目前为止他发挥出的最高水平了。特别值得肯定的是理综，最好的一次。语文基本正常，英语是最差的一次。最头疼的依然是数学，还是连平均分都没有达到，数学也是最能拉开差距的分数，和班上的最高分相差了整整40分。

想必儿子要么是觉得这个成绩他已经尽力了，要么是他对自己的这个成绩还是满意的。所以当我说"儿子，这个数学……"，话还没说完就被他制止了。

没多久看到他发的朋友圈，一首英文歌《没人像你一样》（NOBODY LIKE YOU），并写了一句"欲望是无尽的负累"。啥意思？针对我这个老母？

我在心里开始碎碎念。如果将这个名次保持到高考，那么按这几年学校的上线率，应该能上个一本，但选择的余地也不是很大，如果能将这个名次再往前提高一点，那么相对来说，选择的范围就会更广一些。但如果毕竟只是如果，我也清楚地知道以他的学习状况来说，要保持住这个名次已经很不容易，而且现在大家都憋足了劲地往前追赶。特别是成绩居于中间的学生，分数咬得越来越紧。可即使如此，我依然从心底盼着他能再有所提升。这算希望还是欲望？

最近儿子晚上的作息时间也不知道啥意思，调整成了十点多就上床睡觉，半夜三点多起来开始写作业。这下倒好，他一睡，我就得关灯。已经习惯了十二点才睡觉的我躺在床上又睡不着，三睡两睡感觉还没睡踏实，儿子的起床手机铃声又响了，而且隔几分钟一响，又不见他起床的动静，最终还得叫他，然后听到他起床，开始写作业，间或还吃零食、喝水。六点钟开始洗漱，一直磨叽到快七点离开家去上学。

给他提议能不能还是按正常的作息来，晚上学到十二点睡觉，早上六点起床，他充耳不闻。反正怎么着晚上睡觉的时间也就五个来小时，也不知道怎么才算合理，对身体有益。辛苦的确辛苦，但说真的，相较于那些学霸的付出他其实还是过得很逍遥。

2019年2月27日

今天是2019年2月27日，对很多人来说是一个平常得再不能平常的日子，可是对高三学子来说，却是一个特别难忘的日子。百日誓师大会上的宣誓声、呐喊声、助威声怎能不使每一个人热血沸腾，壮志满满，雄心勃勃？

是啊，十二年的求学生涯，就要在这一百天的倒计时中走向新的转折点，何去何从？

一百天，掐着手指头都能细数过来。3月、4月、5月，想起这转瞬而过的日子，心里不由得就扑腾扑腾地跳个不停。不得不承认，其实家长比孩子还紧张。

我想不管是目标明确、心怀高远、志在必得的学生，还是如我儿这般没有目标、心思飘忽、走哪算哪的，在这倒计时的时刻，身心都在经受着煎熬和考验。

一百天。一年的三分之一少二十天，较之每个学期少一个月。因为这一百天承载了太多的期待与梦想，所以注定这一百天是残酷的。但此时不搏，更待何时？

我们常说青春是用来奋斗的，不是用来虚度的。这一百天，如果你选择了奋斗，可能没有收获，但你不会后悔；反之，如果你选择了虚度，那么就一定没有收获，只有后悔。高考不是人生的终极目标，它是每一位学子十二年寒窗苦读最后交的答卷。我们为什么如此重视这份答卷，因为这份答卷会改写很多出生于普通人家孩子今后的人生。

这十二年来，孩子们一天一天的披星戴月，一天一天的遨游书海。家长们一天一天的千叮万嘱，一天一天的悉心照料。每一个孩子的身上都寄托着为人父母的殷切希望。他们希望孩子人生中有一处诗意的驿站——大学校园，他们希望自己的孩子能在大学这座高等学府里书写美好的篇章，开启灿烂的前程。

小学，初中，高中。一天一天地走在上学的路上，走着走着，就走到这倒计时的一百天了，这一百天结束后，去向哪里，只有那张通知书说了算。

高三的学子们，奋战一百天，拼搏一百天，坚守一百天，征战的号角已经吹响，义无反顾地往前冲啊，拼尽全力去征服高考这座大山，树立起属于你们自己的丰碑，让青春的旗帜高高飘扬。

最后寄语我的儿子：孩子，作为高考大军中的一员，妈妈看到你的疲惫、你的烦躁、你的压力，说实话，我也心疼。可是人生没有随随便便的成功，没有不劳而获的幸福。放眼你的周围，大家都在咬着牙挥着汗进行最后的拼搏，所以说你并不是孤军奋战。此时，你正努力地走在圆梦的路上，这一路有荆棘，有坎坷，想必你的脑海中也时不时地会出现想退缩、想止步、想放弃的念头。可是妈妈想对你说，孩子，坚持住！只要你坚持住，别人能走过去，你也就能走过去！你一定要相信自己，妈妈也相信你一定能行。儿子，加油！妈妈在路的前方翘首以待，笑着，等你。

2019年3月5日

距离一诊考试仅剩一天。

晚上，儿子在写作业时，表现出了无比的烦躁。坐在客厅的我时不时地听到他用笔使劲在桌子上划拉的声音。乘着给他送水果的间隙，快速地瞄了一眼桌子上的作业，果不其然是数学，卷子被他划了一道又一道。

弱弱地告诉他："要自己调整心态，慢慢来。"话音刚落，就被他一句"你不要说话"挡了回来。

烦躁的情绪一直持续，严重到开始嘴里骂骂咧咧的。他现在时不时就脱口而出的"SB""卧槽"，这"得益于"玩游戏。真的是学好不容易，学坏很容易。在玩游戏的过程中，不知不觉地就跟着游戏主播学会了用这两个不堪入耳的词来发泄情绪。对此我誓无可忍，但还得忍。

直至第二天早上，还没有从酝酿发酵了一晚上的烦躁中解脱出来。同在一个屋檐下，我岂能不被传染。束手无策的我只能在心里念佛，让自己保持冷静不发作。

心烦意乱了一早上，想到自己既不能在学习上帮他，也不能在心理上疏导他，这个妈也是当得不称职啊。最主要的是连基本的沟通和交流现在都做不到，也不知道别人家的孩子现阶段啥情况？网络里关于高考前减压的文章比比皆是，可理论和实践还是相差了十万八千里。真的是说起来容易，做起来难啊！

中午回家吃饭。他依然抓紧时间看手机，隔着屏幕呵呵笑。看来，只要不写作业，就没什么心理问题。不至于因压力过大患上目前学校里比较常见又吓人的"抑郁症"，给父母雪上加霜。

以前总觉得人家往死里学的学生有压力才对，像他这样吊儿郎当的哪有什么压力。现在觉得其实不是这么回事。目标明确、自律性好、有上进心的孩子人家能将压力转换为动力，所以压力其实倒没有了。而像他这样的，想学吧，懒；不学吧，人家都在学；学吧，基础差，落下又太多。眼看着时间所剩无几，估计内心也在经受着悔不当初与时不我待的撕扯，想想还是蛮有压力的。有了压力就免不了烦躁。但事已至此，只能自己调节自己，努力到什么地步算什么地步，最要紧的是，千万不能放弃。

2019年3月10日

早上九点多了儿子依然在熟睡，催促再三才起床。起来后手机、吉他、电脑轮番上阵，倾情投入到不吃不喝的地步。为了不让自己崩溃，我选择了逃离。

待我再回到家时，打开门的一刹那，就听见孩他爹的声音："好了，你妈回来了，快关掉。"当时看到儿子依然戴着耳机沉迷在游戏中，孩他爹神情沮丧地站立在窗前。我告诉自己："别生气，千万别生气。"

忍，再忍，一忍再忍……做到熟视无睹。

可是，能做到吗？本想春风化雨般地劝说一番，结果当看到电脑屏幕上闪现的游戏画面，再看到他失神呆滞的目光，一张嘴，脱口而出："人各有志，你不参加高考只要你不后悔，我们也不强求。但你这一整天地玩游戏，玩休克了我们还得送你去医院。"

他嘴里回应着："嗯，好了，马上。"但依然无动于衷。谁能告诉我，这个时候应该怎么做？我真的不知道应该怎么做才能两全其美。我本能地想把电脑关掉，最终还是忍住了，但强求他自己关掉。

关掉电脑的他没有和我犟嘴，而是去洗澡。洗完澡后就选择了"离家出走"。

留下一桌子的饭菜和两张互相埋怨的苦瓜脸。此时此刻，与其说怒其不争，不如说更多的是哀己不幸。这是造了什么孽，才养育出这样不让人省心的孩子。

孩他爹企图把自己推个一干二净，儿子现在的这副样子都是我这个当妈的惯出来的，千错万错都是我的错。而我指责他这么多年只是一个影子父亲，从来没有在语言和行动上给予儿子关爱和鼓励。

话又说回来，给孩他爹这种木头说这些他也听不懂，他养孩子的逻辑还停留在他的父辈时代，那就是，老子供你吃、供你穿、供你念书，这不是父爱这是啥？

我想对他说："喂，你是在养孩子不是在养猪！何况他还是00后，你不但要给予他物质上的供养，还要更多地给予他精神上的供养。"只是，懒得说了。

在这个时候，再追根究底互相审判，只能将家庭矛盾升级，于事无补。还是不要再往伤口上撒盐了。

关键是怎么才能和儿子和平共处？

我说："我们在城关每天都好好的，只要回到家里就不对。"孩他爹说："那你就不要回来，坚持到高考完再回来。"试问，和这种猪队友还有交流的必要吗？还能找到解决问题的方法吗？

现阶段，作为中年大叔的他和作为中年大婶的我，不是说狠话，而是说实话，谁离开谁都会活得很好。但我们都清楚地知道，离开孩子我们谁也活不成。打儿子手机。他打，不接；我打，不接。我们面面相觑，轮番再打，还是不接。

胡思乱想之际，"离家出走"两个小时的儿子回来了。作为父母，一块石头落了地，悄悄地闭上了嘴。我在床上辗转反侧一夜无眠，孩他爹在沙发上鼾声如雷照睡不误。但在儿子心里，爸是亲爸，妈不是亲妈。

2019年3月14日

看到500分的一诊成绩，内心是复杂的。如果按2018年的录取线做参考，貌似是一本上线了。可这样的分数特别尴尬，上一本，根本没有选择的余地；上二本又心不甘。

具体分析成绩。语文和英语是他最拿得出手的两门，在这之前，基本都是这两门的成绩等于其余四门的成绩。问题出在哪里？是太自以为是从而掉以轻心了？数学这次可以说简直就是爆冷门，史上最高，听他说蒙对了两个选择题10分。理综按理说不该差得如此离谱，但真实的情况就是特别差，具体原因只有他自己知道。

想到如果，如果语文、英语、理综不会是这个分数，一如既往地保持住他最好时200多的排名，总分应该至少在530分以上。那么这样的分数对他来说，也就可以说是最好的了。可惜没有如果。

想必他也不愿面对这样的成绩和落后的排名，所以当我问及别的同学的成绩时，他竟然咆哮道："我TMD的咋知道！"

综观他八次的月考成绩和排名，特别有规律地正常一次，非正常一次，排名在100名的差距中上来下去。所以希望与失望并存。

说实话，仅排名，我个人认为90%的人大局已定，5%的人会有超常发挥，5%的人会出现发挥失常。但对于儿子，我还心存期待，希望他是那5%超常发挥中的一个。期待的原因是语文和英语在我看来，他还是有相对的实力的，这就是说他只要正常发挥是有上升空间的。数学现在不好说，这次纯属突飞猛进得有点意外。理综，每门至少再提高10分，应该是他的水平。

我作为门外汉一厢情愿地分析来分析去都是闲的，唯愿他能在这短短八十来天的时间里，真正做到查漏补缺，在最终的高考战役中大获全胜。

2019年3月16日

昨天晚上，儿子边吃饭边对我说："找一个不用去学校的辅导班，一对一的那种。"我问："不去学校可以吗？"他回答："高中都已经毕业了，去不去谁管你啊。"听着他这样说，一头雾水。

也不知道他这唱的又是哪一出戏。为了避免自己说错话，我尽量不发表意见。最后给我甩下一句"那你自己看着办吧"后，背上书包去兰大上晚自习了。

说到补课，以前周末让他去补，他自己不去，我们也没再强求。现在仅剩70多天了，一对一的真的有传说中的那样立竿见影吗？我对此还是持怀疑态度。朋友的侄子这次一诊520分。家长花了3万给找了一家辅导机构。但愿物有所值。

我觉得现在最主要的还是自己能真正做到查漏补缺，肯定会有所提高。也不知道他在学校里进没进入学习的状态，反正在家里依然一副晃晃悠悠的闲散样子，看不出一丝高考即将来临的紧迫感。别人急死都是闲的。

上完晚自习回来，一进门就是先找手机。然后告诉我："这次一诊我2500多名。"再问细节，他已懒得理我，随之发给我微信，让我自己看。原来是2019年兰州市高考诊断数据处理分析。仔细看了一下，500分以上是2563人。

然后弱弱地对他说："如果按2018年的成绩，西北师大都上不了。"他答非所问地说了一句："我中考时是3000名。"这个我倒早忘了。他啥意思？意思是现在比中考时有进步了？

又乘机问他："你到底有没有理想的学校啊？"他答："只要是一本就行了，兰州交大吧。"看来，他现在已经为自己找到定位了。依然不死心地告诉他："能争取好一点的学校就要努力争取，咱们家门口的政法学院和中国政法大学能比吗？"他直接来了一句："比什么啊，还不知道谁给谁打工呢？"听了他的话，我也毫不示弱地反击他："读书无用论不该从你口里说出来吧。"

知道自己口头表达能力差，关键时也说不到点子上，便打开微信，把前两天发给他的一段话重新又发了一遍。

"一个成熟的人，他的标准来自他的内心；而大多数人，却受环境左右。一个年轻人，进入一所不那么优秀的高校，对自己的标准会不由自主地降低，以适应这个环境，减少自身与环境的冲突，而这种做法对他们的人生也许是致命的。那些考入二三流大学的学生，因为高考本身带来的挫败感，二三流高校学生的身份设定及环境暗示，不称职的老师所引发的失望以及同学间放任自流气氛的带动作用，都容易让他们在一个低标准下，自觉'满意'地度过每一天。"

2019年4月28日

昨天，挺意外的，儿子要求我给他照张相。

他对着穿衣镜梳理好自己的头发，站在家里门厅的墙前面，并用手比画出一个"V"的POSE，在他的指挥下我摁下拍照键。摁了好几张，好让他选择。

晚上，临睡前，收到儿子发过来的照片，脸上的痘痘和肤色稍做了处理，看起来还是一如既往的帅嘛。回想近几年，出现在我面前的他不是一副心事重重丢了魂的样子，就是拉着张脸像谁欠他钱似的，有道是"相由心生"，所以总感觉蔫不唧唧的没有一点青春的活力。

因为这张照片，我又翻出了儿子小时候的照片，有百天的裸照，有周岁时的红肚兜照，有在公园里玩耍时的调皮照，有小学毕业照，有在新疆旅游时和表妹的婚纱照……一张张照片将儿子的成长串联了起来，为娘的我眼眶不由得潮湿一片，内心很是一番感慨。

一天一天，那个出生时仅仅6斤8两的小不点就这样长大了……

转瞬之间，我孕育这个小生命近20年了，伴随着这个生命的出生，我从青年走向中年。我和他从亲密无间到背道而驰，他带给我太多幸福和欢笑，也带给我太多痛苦和泪水。

特别是高三这一年如坐过山车的日子，上来下去如翻江倒海般的折腾，心脏不堪重负。平日里侍候饮食起居不说，还要适应他反复无常的情绪变化，忍受他各种各样的嫌弃以及包容他的冷漠无情。

有时候何止是伤心啊，简直就是伤心至极。明明我是妈妈，他是儿子；怎么感觉他是祖宗，我是孙子。但伤心归伤心，你还能真的不管他了，不要他了。这块身上掉下来的肉啊，纵使他虐你千万遍，你待他还是如初见。

嘴里嚷嚷着，赶快滚吧，滚得越远越好。可心里呢？

我知道，不管我愿不愿意，不管我舍不舍得，随着高考结束，那个羽翼渐已丰满的小鸟就要展翅高飞，远离我的视线了。

从此以后，成长的影子渐行渐远，离别越来越近……

2019年5月8日

最后一次月考成绩揭晓。班主任给出的一本临界线是年级380名左右。按此，儿子应该是够一本线了。可是，看着这不到500分的成绩，心里依然没底啊。

面对越来越近的高考，在儿子身上依然没有表现出丝毫紧迫感。是好还是不好？至于人家心里到底有没有翻滚着波浪，我也看不出来。可是，为娘的我真的做不到淡定。半夜醒来，总会情不自禁地掰着手指头神经质地加他的分数，如果非常顺利的话，语文、数学、英语330分，理综200分，那么总分530分，按2019年的预估分数线480分算，高出50分，怎么着也应该上个一本吧。这样想的时候，心里顿时觉得安定了不少。但紧接着，脑海里马上又会闪现，万一题目特别难，考砸了呢？语文、数学、英语最多290分，理综最多180分，那么总分才470分。想到这个成绩，头皮一阵发麻，心跳加快，呼吸不畅，睡意全无。

问孩他爹："能接受儿子上二本吗？"他答："能。总比没学上好吧。"是啊，话是这么说，可我总觉得上了全省排名第三的高中最终上个二本，到底不甘心啊。孩他爹已经开始留意好的二本院校的信息了，我依然心存希望，儿子，咱们上不了985、211，至少应该上个某某大学，而不是某某学院吧。

2019年5月21日

发现儿子把手机关机了。想必应该是意识到紧迫感了。

在网上看到一位家长写的一段话："还有十几天，我的孩子也要参加高考了。在这之前，我和孩子一起畅想着目标学校，想象着梦想开花的幸福和快乐。然而我忽视了，如果高考败北，我该如何来保护那个比自己更加难过的孩子。十二年苦读，一考定乾坤。这一考，注定几家欢乐几家愁。我们，或许会是后者中的一个。"

她的一句："我们，或许会是后者中的一个。"一下子就触痛了我。

问自己，假如结果达不到自己的期许，我该如何安慰自己和孩子。

忽然就想起中考分数出来的那一刻。我当时失落的情绪掩都掩不住，但还是强打精神安慰儿子："没事，我们不是还有上东方的退路吗？"虽说那一刻我无法接受落榜的现实，但我更知道孩子其实比大人更在乎那个结果。

想到此，我对自己说，高考结果会影响孩子的前程，但是，高考结果永远不能改变的，是我们的母子深情。

这三年，说实在的，儿子真的没有在学习上尽全力。但也不得不承认，他比进校时的排名是有进步的。还有就是，在文理分科时，我没有认真分析和权衡儿子的偏文优势，儿子听从了我们学理的建议。但学理对儿子来说，真不是他的擅长。平心而论，学到目前这样的程度已经不错；所以，我不能再有所强求。只能面对现实，和儿子一起期待最终的结果，是好是坏，都欣然接受。

我们，或许会是后者中的一个。那又怎么样呢？爱你，因为你是我的孩子，而不是因为你的成败。

2019年5月23日

昨天晚上，做好饭一直等儿子不见回来，便向凤儿妈妈打听消息。随即收到她发过来的照片，看到儿子和同学一起在兰大自习室埋首苦读，这让我在焦灼地等待中心生一丝欣慰。

早上起来，看到高中生家长会公众号里的文章《高考过来人分享考前15天安排》。

5月23日距离高考15天。模拟高考，掌握采分技巧。

5月24日距离高考14天。理清思路，保持状态。

5月25日距离高考13天。注重弥补短板学科。

5月26日距离高考12天。翻错题集和笔记。

5月27日距离高考11天。专注眼前事。

5月28日距离高考10天。保持良好心理。

5月29日距离高考9天。掌握复习方式。

5月30日距离高考8天。形成思维规律。

5月31日距离高考7天。保持睡眠质量。

6月1日距离高考6天。调整家庭关系。

6月2日距离高考5天。开始放松身心。

6月3日距离高考4天。制订考试方案。

6月4日距离高考3天。做好物质准备。

6月5日距离高考2天。熟悉考场环境。

6月6日距离高考1天。考前大检查。

6月7日高考第一天。不要人为制造紧张。

6月8日高考第二天。上午300分攻坚战，下午外语"拉分"战。

看着看着，心就不由得扑通扑通跳个不停。呼吸紧促，有点喘不过气来。想到孩子们高三这一年每天一进教室，首先看到的就是距离高考多少天，从三位数到两位数再到一位数，心里的压力可想而知。

一天又一天转瞬而过，现在距离高考仅剩15天了。我认为，在基本已定型的情况下，也蕴藏着不可知的变数。对于班级排名中间的学生，这种变数真的不好说，就像儿子上下100名的浮动。如果最后一刻冲到他最好的状态和成绩，那么万事大吉，心想事成。对一直比较情绪化的儿子来说，把控好情绪更是至关重要。

所谓母子连心。在这个时候，我首先要放下所有的紧张和焦虑，不去设想结果，只关注好当下的每一刻。千万千万不能把没有任何意义只徒增负能量的紧张和焦虑传染给儿子。在这紧要关头，我能做的就是给他一些积极正面的暗示，营造家里温馨平和的氛围，做好清淡可口的饭菜。

对孩子们来说，在高考的战场上，不论成败，只要拼尽全力做好自己能做的就OK。对家长们来说，持一颗平常心，静待六月花开。

2019年5月26日

今天又把《2019年甘肃省普通高等学校招生填报志愿指导》仔细研读了一下。得出的结论是，在一批中，儿子也不是没有选择，只是到了最次而已。除过外省学校，本省学校诸如交大、师大、甘工大、农大其实都可以上的。相对于这几所学校来说，在不纠结于一本、二本的情况下，其实我也看好浙江传媒。

这样想一想，其实也没什么大不了的，事已至此，再目空一切地奢望，徒增烦恼。

不管怎么样，现在都不能把焦虑和失望写在脸上。平稳心态，做正能量的传播者。

这不是结果还没出来吗？也许还会有意料之外的惊喜和奇迹。人常说，念念不忘，必有回响。所以，我不能再在心里打上一本没戏的烙印，而是要默念："一本的希望还是有的。我儿子一定能考上一本，一定能。"

2019年5月27日

昨天吃饭时背景音乐有点突兀，不是习以为常的英语歌，也不是宋冬野、王源等人的歌，竟然是我这个老母亲熟悉的旋律和歌词。他一直用单曲循环播放。恍惚间，时光倒流，婆婆怀里抱着儿子坐在沙发上。前面放着把椅子，椅子的后背上搭着浴巾，刚好把儿子的视线和电视隔开。祖孙俩就这样一起追《情深深雨蒙蒙》。这一幕定格在2001年。彼时，儿子不到一岁。

此时，听着歌，看着身边这个身高1.81米马上十九岁的男孩，一边感叹时间过得真快啊，一边也纳闷，怎么想起听这首老歌？是因为演唱者？还是成长的况味？别离的思绪？

2019年5月29日

早上看到班主任发在群里的毕业舞会华尔兹的整体排练视频。虽然看不清孩子们的面容，但整体的舞姿还是可以清清楚楚地欣赏到。感觉跳得都挺好。

中午，儿子在视频里找到了他自己指给我看。儿子在第三排，同时，我也知道了他的舞伴是谁。问他："是学校指定的，还是自由组合的？"他答："自由组合。"说到为什么他在队伍的前面，我以为是因为他个子高。没想到他说："因为我跳得好。"

经他一说，娘亲我对臭小子优美的舞姿充满了期待，6月3日就可以目睹了。

说到舞伴，我想要是没有分手事件，他的舞伴应该就不是现在这位女同学了。为什么和这位女同学组合，我想是因为他俩以前在一起有过吉他表演，有同样的爱好，平日里肯定关系也挺近乎。再加上应该乐感都不错，配合起来才有他所说的因为他跳得好。应该是两个人都跳得好才对。

昨天我还在《情深深雨蒙蒙》中追忆往昔，结果今天曲风又变了。歌的曲调很低沉很深情，听起来很有感觉。乘他午休时，我看了一下，歌名叫《别知己》。

记得班主任在最后一次班会上说过："大家都是过来人，对青春期的孩子来说，毕竟和同学在一起相处三年了，分开会舍不得，所以在复习的最后阶段有些敏感的孩子情绪会受影响。这都是正常的，作为家长看到孩子情绪低落也不要太过担心，理性对待。"

这分明就是在说我家儿啊。从这两天的歌声里，作为局外人，我都感受到了别离的感伤。但愿他对同学们的惜别之情借着这些歌得以抒发。

2019年5月30日

今天和明天学校进行高考前最后一次模拟考。

娘俩谁也不提关于考试的事。我不提，是因为怕自己这张不会说话的嘴说错了话；他不提，应该觉得不值得一提吧。

因为学校的时间安排和高考时一模一样，所以下午考完数学，五点过一点，儿子就回家了。回到家依然是放下书包就拿起了手机。最近对手机也没再管控，我的，他的，他轮流拿着用。我的是用来听歌的，他的应该有五花八门的用途。最多的是关注体育新闻，尤其是足球方面的。

一直以来，对于他的各种爱好我都支持，因为我深知人活着，爱好会让生活充满情趣和快乐。虽然我也注重成绩，但更看重内心的丰盈。

他看手机，我做饭。吃完晚饭，背上书包去了兰大自习。一如平常。

只是平常的日子，想必应该是不平常的心理状态。毕竟倒计时近在眼前。

压力肯定是有的。但所谓的用交流的方式来减压啊什么的，好像对儿子来说也用不上。我能做的就是一切照旧。同样的环境，同样的饭菜，同样的相处模式。以平常心迎接高考。

2019年6月1日

近一个月来，除了去菜市场，多了一个去处，那就是花市。每天都在矿泉水瓶剪制成的简易花瓶里插上鲜花。看着花开，闻着花香，多多少少会让内心舒缓愉悦，但这可能只是我一个人的自我陶醉，儿子也许熟视无睹。

今天去花市，转悠了半天。马上就要高考了买什么花既赏心悦目又饱含寓意呢？最后在花店老板的建议下，买了十枝向日葵，带着一路向阳的心态，一举夺魁的愿望，满意而归。

回到家，因为向日葵的枝干比较粗，一个瓶子插不下，我便分了三个瓶子。在数量上很是费了一番心思。那就是三个瓶子里分别插一枝、三枝、六枝。我在心里默默念叨着：道生一，一生二，二生三，三生万物。六六大顺。十全十美。

感谢向日葵许我一室灿烂，祈愿吾儿金榜题名。

2019年6月3日

今天是2019年6月3日。对兰大附中全体高三学生来说是个终生难忘的日子。今天，他们就要毕业啦！

首先是校长满怀深情的讲话："今天我们以这样的形式隆重集会，既是毕业典礼，感谢师恩；也是高考誓师，出征壮行。此时此刻，兰大附中即将成为同学们人生旅途的一个驿站。毕业了，意味着从青涩走向成熟，意味着对家国的责任与担当。请一定记着，世界上有许多藏着光荣与梦想的地方需要你们用坚忍和智慧去开掘，请大家永远乐观积极，胸怀大志，拥抱新时代，追求青春梦想。"

然后是与会领导和嘉宾为优秀毕业生颁发"红苹果"奖荣誉证书和奖章。同时校方还给大家赠送了毕业纪念册《恰同学少年》，以此表达母校的祝福。学生代表也向学校回赠了珍贵的礼物，感恩学校的培育。

在师生互动环节里，高三全体老师上台，同学们为老师献花。一共十二个班，每个班主任都发自肺腑地向同学们诉说着贴心温暖的祝福和激情昂扬的勉励。

"我可爱的孩子们，感谢一千多个日子的相伴，犹记得艺术节上你们精彩的表演，犹记得运动会上奋力拼搏的身影……"

"三年苦读磨一剑，气定神闲战犹酣。势如破竹捣黄龙，千帆竞发齐凯旋。"

"硝烟散尽论英雄，狭路相逢勇者胜。挺直胸膛，直面高考。"

"亲爱的孩子们，你们是最棒的。决胜高考，舍你其谁？"

……

那一声声呐喊，让家长们热泪盈眶，让孩子们士气满满。

兰大附中的毕业典礼既可以说是一场成人礼，也可以说是一场盛大的舞会。男孩们西装革履，白衬衣、红领结、个个王子。女生们穿着各式各样的长裙，化着精致的妆容，戴着首饰，穿着高跟鞋，头发或盘或披，个个公主。

在蓝天白云下，在掌声欢呼中，操场成了欢快的舞池，优美的华尔兹荡漾开来。孩子们灿烂的微笑，旋转的舞步，散发着勃勃生机，让在场的每一个人都感受到了教育的美，成长的美，青春的美。

有道是孩子是自家的好。家长们一个个举着手机，镜头对准自己的孩子或拍或录。我当然也不例外。第一次看到儿子以一个成年男子的模样带着舞伴潇洒自如地翩翩起舞，激动之情难以言表。一瞬间觉得那个脱去校服的臭小子真是长大了。

孩子们的集体表演结束后，操场的上空依然回荡着舞曲声，可以自由组合继续跳。我借机硬是拽着儿子和我跳，他以非常不情愿的姿态勉为其难地成全了我这个中年老母的心愿。让孩他爹给我们录视频。结果，他没有审美的眼光加上心不在焉，视频里的我们娘俩只有上半身没有下半身。虽说残缺但好歹算是留了个纪念。

舞会结束后，看着一个个女同学走过来，挽起儿子的胳膊留下见证友情的合影，我不得不感叹，我的臭小子女生缘还真不错啊！

兰大附中的三年，一千多个日子。在这里，孩子们流下过汗水也流下过泪水。在这里，留下了孩子们拼搏的身影，留下了奋斗的足迹。校园里的一草一木，教室里的一桌一椅，每天的太阳升起，夕阳落下，都见证了孩子们的成长。

这一刻，孩子们长大了。这一刻，孩子们毕业了。对父母来说，十几年的含辛茹苦；对孩子来说，十几年的寒窗苦读。大人不容易，孩子不容易，高考不容易。唯愿孩子们金榜题名，梦想成真。

2019年6月5日

写给高考前的你。

写下这个题目的时候，恍然间又感觉好像回到了中考。

那时候，好像真的没有这么大压力，因为总觉得那一考还不至于定乾坤。可高考，真的能决定你离开父母的第一步即将迈向哪里，以及你将会和哪个层次的人群共度四年青春时光。

此时此刻，不管是胸有成竹还是茫无头绪，不管准备没准备好，高考近在眼前。所以，你只能振作精神，起身迎战。

走向战场，士气很重要，所以你一定要在内心深处为自己打气，这是高考取胜的第一要诀。

在考场上如果觉得某个科目或者某道题偏难，千万不要慌神，有一句话说得好："人难我难我不畏难，人易我易我不大意。"

仅仅高三这一年，你大大小小地就经历了无数次考试，所以，面对高考，请给自己这样的暗示："高考也只不过是换了一个地方考一场试而已。"

说到情绪，最终我们还是没有如愿地保持平稳的情绪而是完全失控。这可能就真的是应了那句"怕什么来什么"。但事已至此，只能信奉"谋事在人，成事在天"吧。

我儿，这些年我们不就等着这一天吗？为娘已扶你上马，至于能驰骋多远就看你自己了。

2019年6月7日

高考第一天。

昨天下午，儿子睡觉起来就说感冒了。这个时候听到感冒，别提多揪心。但没有给他吃感冒药，因为知道吃了感冒药容易犯困。所以赶紧熬了葱根、姜片给他喝了。

晚上，孩他爹从安宁过来，本意可能是想彰显他的拳拳爱子之心，谁知心宽体胖的他睡在客厅狭窄的沙发上，鼾声如雷，不但没有起到安抚儿子情绪的作用，还大大影响了本就辗转反侧难以安然入睡的儿子。无奈之下，我不得不蹑手蹑脚屏住呼吸走到他身边，摇醒他，握紧拳头，怒目圆睁，低声呵斥："你要么就坐起来，要么去楼下转，一晚上不睡你会死啊。"他口里答应着，可没多久又照旧。而我一夜无眠。

今天早上，做了简单的早餐，儿子也没吃几口，一家三口便匆匆奔赴考点。

看到有些孩子穿着红色的衣服给自己一些积极的暗示，还有些孩子在进考场时，和父母来个大大的拥抱彼此鼓励。而我家孩他爹却对着儿子的背影来了一句："李宏宇，别紧张。"听了他的话旁边有位妈妈立马怼了一句："不要对孩子说这样的话，你说不紧张就不紧张啊！"想想也是啊，要不怎么说情商低得没得救呢。

同样是陪考，今天的高考和三年前的中考情形却大不一样。记得中考时，家长们聚在考场外可谓相谈甚欢，高考却相对沉默寡言，整个气氛甚感凝重。这足以说明高考在大家心里沉甸甸的分量。坐在马路边的家长们各怀心事，暗自祈愿。

语文考试结束，穿过人群向校门口张望，看到了儿子走在最前面，第一感觉告诉我，应该一切正常吧。离开考场没多久就看到班主任发在群里的消息："最后给孩子们发的语文作文素材押中今年高考作文了。"此时家长们一片欢欣雀跃。可当我问及儿子时，他却给我泼了一盆凉水："我根本就没看。"

下午数学考试后，一直等啊等啊，就是看不到儿子。直到所有的考生都出来了，才看见儿子踽踽而行时落寞的身影。迎上去拍了拍他后背以示安慰。默默无语地坐在回家的公交车上，不经意的一瞥，看见儿子的眼圈发红，不用说，肯定没考好。虽然平日里更多的是"怒其不争"，但此时看到孩子一副受伤的样子，当妈的怎能不心疼？

自知数学是儿子的短板，并且短得还不是一般，所以也就没想着会有意外惊喜，但在心里给他设定的目标是90~100分。看到班主任发的消息："今天所有的考试已经结束了，题目难或者简单都是相对的，数学感觉今年普遍较难，大题没做上的人很多，所以提醒孩子们不用灰心。明早的理综，下午的英语都需要稳扎稳打，这种情况更需要良好的心态。今天所有的内容考过就忘掉，明天又是同一个起跑线，理综300分呢，加油。"

翻看手机，各种对数学卷的吐槽："本来以为数学换汤不换药，谁知今年连碗都换了。""今年数学出卷思路，文科生当理科生，理科生当华罗庚。"这就足以说明，数学真的是难得离谱。看到此，我的心顿时沉了下去，真不敢想象儿子能考成啥样。

催促儿子早点休息，他还在看书，想必也是抱着要把数学落下的分通过理综弥补回来。不得不说，每一个走向高考战场的孩子其实都想凯旋。

2019年6月8日

高考第二天。

早上理综结束，通过察言观色感觉儿子的状态相较于昨天好很多。虽然没敢问，但应该是正常发挥。

中午吃过饭，催促儿子抓紧时间睡午觉。可他倒好，开始翻箱倒柜地收拾东西。看来是考试还没结束就急不可耐地要打道回府了。心里纵然担心不睡午觉会影响下午的考试，但人家不睡又有什么办法。

英语考试结束的同时也就宣告了高考结束。回家时，跟在儿子的大长腿后面一路走回家。这才敢问考试的具体情况，儿子说感觉生物能考80多分，理化跟平时差不多。语文一般，英语正常，数学一直垫底，所以他觉得并不像外界普遍认为的题目偏难，而是和他们学校的正常测试没多大区别。

十二年的学习生涯就在今天交了卷，至于最终结果，其实也是因果。所以，答案自在心中。

2019年6月9日

班主任在群里通知今天早上到校领标准答案估分。

儿子昨天晚上就回安宁了。这就表明他压根就不会去学校。还能咋滴，只能自己去学校帮他领该领的东西。班主任告诉我她让同学在QQ里问儿子估的分了，儿子回复的是450。老师立马否定了这个分数，说儿子在胡说。以老师的判断上一本线一点问题都没有。

说句心里话，当把儿子的一诊成绩告知周遭熟悉的人时，大家一致认为只能上个二本了。我虽然嘴里应和着，但在心底深处，本能地还是坚信儿子怎么着都能上个一本。这种坚信可能更多的是来自于学校以往的录取率给我的底气。所以说学习环境真的很重要。

虽说网上杂七杂八的声音很多，但其实都在传达着一个共同的讯息，那就是

2019年的一本录取分数线肯定要低于2018年的483分。但到底能低多少？我的感觉不会太多，10分应该就到头了。

即使不对标准答案，想必儿子对自己的成绩也有个预估，只是他不愿谈及而已。通过高三这一年的"周考+月考"要得出一个预估分数其实轻而易举。那么对我而言呢？与其说凭第六感觉不如说知子莫如母，给他估了520分，在这个基础上最多也是上下10分的波动。

2019年6月23日

终于看到网上公布出的录取分数线了，理科一本线470分。看到这个分数，觉得儿子再怎么着也应该能达到。

从查分数的那一刻起就感觉到嗓子里像有什么东西堵得慌，这应该就是我们平日里说的心提到嗓子眼的感受吧。心怦怦跳个不停，整个人有点手足无措。

得知分数后，内心残存的那一丁点211的侥幸随之灰飞烟灭了。但怎么着也比上不足，比下有余嘛。便打电话给儿子，向他道了声祝贺，接着又向一直挂念孩子高考成绩的亲朋好友们汇报了一声。

晚上回到家，再细看儿子的成绩，全省排名16066。高出录取线50分，不是我的期望值，只能说没有发生传说中的超常发挥也没有发挥失常，一切在意料之中平稳着地。

2019年6月27日

接下来就是最关键的填报志愿了。

虽说前阵子听了一堂公益课脑子里大概有个认知。但真正到了实战阶段，依然无从下手，不得不从头学起。什么是位次？什么是平行志愿？什么是专业级差……简直就是一个头，两个大。

我这里拿着书埋头研读，儿子却开始犯浑不配合。一口咬定就报个西北师大，别的不报。

束手无策之际，又打电话给梅琳。她儿子是2017年参加的高考，在这方面她应该有些经验。热心的梅琳二话不说，下了班饭没顾得上吃就赶到我家。一边给儿子做思想工作，一边讲解如何填报志愿。儿子总算给予了配合。通过梅琳的讲解我们多多少少也有了点思路。

儿子身为理科生，但拒绝学工科和理科，这无形中缩小了学校的选择范围不说，专业更是没得选择。他所偏爱的汉语言文学、英语、新闻传媒就他这个分数都是可望而不可即。根据儿子的分数和位次，我首先锁定和看好的就是天津师范大学。不敢说触手可及，但应该是跳一跳最有可能够得着的。

就他的分数能上的211都是地域比兰州还偏的，所以不予考虑。属于211的北京体育大学，仅看2018年的最低录取分数线，儿子好像有点沾边，但再看到位次，就明显感觉根本没希望。但还是报在了第一志愿，反正冲是不需要勇气而是去碰运气。

第二志愿，我建议冲大连外国语。既然是冲不妨胆放大点，得之，我幸；不得，我命。但儿子却没来由地自信起来，担心万一录取了呢？他可不想去东北。所以最终还是听他的选择放弃。

看来看去，也无学校可冲了。通过分析比较，求稳的就是天津师范大学、杭州师范大学、南京林业大学。可这三所大学2018年的最低录取分数一致，位次也就不相上下。这就大大增加了风险，要想同时报这三所大学，压根就拉不开分数的梯度。这就相当于浪费了志愿。但择一而报，又觉得录取的概率更小。我的理解是，只有全部都报上，才能寄希望于这三所中的一所。

起初，儿子说南京林业是双一流，要填报在第二志愿。南京地方是真的不错，可我觉得农林方面的专业的确不适合他。我还是依我所好地奉劝他把天津师范放在第二志愿。结果儿子从网上了解到天津师范的住宿条件不好，便执意要把杭州师范放在第二志愿。天津师范就只好放在第三志愿了。接下来就依次是南京林业第四，福建师范第五，四川师范第六，西北师大第七作为保底志愿。因为要填报够九个志愿，所以就凑上了兰州交大第八、兰州财经第九。

6月26日晚上，我还和儿子在草稿纸上不停地修改专业的次序，孩他爹便催促着要在网上填报，儿子手拿着鼠标如玩游戏般地快速点击。结果还没等我们反应过来他就很仓促地点击了保存。我以为不能再修改，情急之下，我失神地跳起来叫喊道："告诉你们认真研读填报流程，你们就是不听，人生这么关键的选择你们竟然当儿戏。"一时间我被儿子所犯的这个重大失误打击得眼冒金星、语无伦次。儿子和孩他爹应该也是被我的举动吓坏了。我们一家三口顿时有点集体魂飞魄散。稍做停顿之后，儿子再次进行操作，原来是虚惊一场。

填报志愿不但是门大学问也是一个痛苦煎熬的过程。三天的时间里，我穿着睡衣，蓬头垢面，没有下过一次楼。拿着那本招生目录翻来翻去，拿着草稿纸左写右写。一遍又一遍地在网上查看学校的优劣，一次又一次地向别人咨询不懂的问题。除此而外，还时不时被"悔不当初"的情绪困扰得几近狂乱。因为参照身边同学的成绩，如果当时儿子选择学文，那么是不是最次也应该能上个985的兰大。结果绕了这么一大圈，又回到了学文。我对自己的没文化、盲从大流，误导儿子而感到深深的自责，以至于夜不能寐。

如果说以前的高考志愿填报存在"考得好不如报得好"的"命中注定"一说，那么现在基本不会出现这样的情况。分数、位次、报考的院校被划分得泾渭分明，从而也大大避免了所谓的风险。

志愿填报就在一番纠结与挣扎中结束了，何去何从？静候佳音。

2019年7月21日

在外地出差，早上九点多在出租车上，看到甘肃省教育考试院公布的2019年甘肃省普通高校招生本科一批I段投档最低分。

密密麻麻的学校看得人眼花缭乱，还没等我看出眉目来，接到了儿子的电话，得知他达到了天津师范的投档分。

挂断电话后，我又开始细细查看个个院校的投档分。发现北体527分，杭州师范522分。除此而外，大连外国语、南京林业、天津师范竟然都是519分。相较之下，我依然倾向于选择天津师范。忽然觉得冥冥之中自有安排。试想，如果当时儿子不自信会被大连外国语录取，那么就不会在最后一刻从第二志愿中删除。如果儿子不听我的劝，把南京林业放在天津师范的后面，那么就会和天津师范失之交臂。

等啊等啊，一直到晚上九点十分，看到凤儿丫头发在我们快乐家族群里的截图。录取院校：天津师范大学。录取专业：投资学。这一刻，尘埃落定。

收到孩他爹发来的微信消息："十二年的寒窗苦读终于开花结果了。今天感觉是史上最长的一天，今夜我会失眠的。"我回复了两个字："矫情。"

让儿子走师范类院校应该是我的初衷。虽然不能去满心向往的高不可攀的北师大、南京师大……但最终结果也算天遂人愿吧。毕竟分数就摆在那里。

至于专业，我想对儿子说，既然不能"选你所爱"，那么就爱"上天所定"。

2019年8月
14

2019

一

十九岁

一

上大学

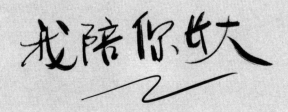

2019年8月14日

亲爱的儿子：

今天是你"十"字头的最后一个生日了。每年你生日的这一天，我都会对着电脑屏幕，敲击着键盘，自言自语一番，接着便把这些絮絮叨叨幻化成文字留在我的博客里。

今年，对你来说，意义非凡。因为你经历了高考，最终也决胜了高考，你将成为大学生。对我来说，我一直期盼着这一天。而此时，我又害怕着这一天。因为，从这一天开始，你将开始独自一人的远行。

回首高中三年，虽然我很想很想为你营造一个良好的学习氛围，很想很想做一个亦师亦友的妈妈，但最终事与愿违。更多的时候，在你眼里和心里可能家只是给了你束缚，妈妈只是给了你唠叨。你没有得到你渴望的自由和理解。所以，想必这些年你一直想逃离家，一直厌烦妈妈。

这下好了，你终于可以无拘无束地独自行走"江湖"，潇洒任性地放飞自我了。从此以后，再也没有人督促你关掉电脑抓紧写作业了，再也没有人叫嚷着让你早睡早起了，再也没有人一厢情愿地给你添饭加衣了，再也没有人……那些一度回响在你耳边的被你定义为"诅咒""聒噪""喋喋不休"的声音随之将画上句号。

恭喜你啊，你将凭着一纸通知书走向一个全新的世界。但正如麦家所说："世界很大，却是大同小异。也许最不同的是你，你从此没有了免费的厨师、采购员、保洁员、闹钟、司机、心理医生。你的父母变成了一封信、一部手机、一份思念。今后一切你都要自己操心操劳，饿了要自己下厨，乏累了要自己放松，流泪了要自己擦干，生病了要自己去看医生。这一下，你是那么的不一样，你成了自己的父亲、母亲、长辈。这一天，是那么的神奇，仿佛你一下就长大了。但这，只是仿佛，不是真实。真实的你只是在长大的路上，如果不是吉星高照，这条路必定是漫漫长长的，坎坎坷坷的，风风雨雨的。"

作为父母，不管我们有多么爱你，但却无力呵护你一生周全。大学生活即将开启，父母对你无微不至的照顾和全心全意的陪伴就到此止步了。这些年，青春期撞上更年期，你面目全非，我以泪洗面。但不管你对我有多疏离，我还是要千叮万嘱，你一定要照顾好自己，保护好自己。爱惜生命，爱惜身体。好好吃饭，好好睡觉，好好学习，好好生活。

面对即将到来的小别离，对你，应该是充满期待和欣喜的；而对我，更多的应该是伤感和失落的。纵然我有多不舍，羽翼丰满的你急欲展翅飞翔，我只能放手送你远走高飞。唯愿你此去学有所成，不负青春。

最后，祝我儿十九岁生日快乐！

2019年8月20日

看到网上公布的录取消息，甘肃省今年参加普通高考统考考生217707人，其中"一本"院校在我省共计录取42812人，录取率16.05%，较2018年提高1.96个百分点。

比照之下，忽然感觉儿子能在二十多万的考生中占到10%以内也算很优秀了。但因为儿子周围的同学要么985，要么211，他们的光环将儿子淹没；以至于我们对自己的分数和录取学校都有点不好意思向外人道。

另外说到升学宴，起初我和孩他爹都觉得没这个必要。但参加完别人家孩子的升学宴后，我们都被那种场面深深感染了，便和儿子商量："要不我们也办个升学宴庆贺一下？"儿子当即拒绝。人家是主角，主角不上场，我们只能作罢。

2019年9月6日

"上车饺子下车面"，晚上在婆婆家吃了饺子，算是给儿子饯行。和爷爷奶奶告别时，我提议儿子拥抱一下爷爷奶奶，儿子略显羞涩地回应了这种情感表达方式。

从婆婆家出来，过了天桥正准备进BRT车站时，回头看见儿子正站在天桥的一端拍摄月亮。有道是"月是故乡明"，看来儿子在用这种很文艺的方式向这座生活了十九年的城市告别。

2019年9月7日

早上五点起床，不到六点就出门。先打车去西客站。再从西客站乘坐高铁到达中川机场。由于飞机晚点，我们下午四点多才赶到学校附近的酒店。

休息片刻，便迫不及待地前往学校。进了学校门，已是晚饭时间，我和孩他爹的意思就在学校食堂吃饭，尝一下所谓的"吃饭大学"的饭菜。可儿子偏要和我们背道而驰，只能我们吃我们的饭，他逛他的校园。

吃完饭，我和孩他爹便顺着马路往校园里走，边走边看，第一感觉学校好空旷，到处是宽宽的马路和树。天高月黑再加上新生没报到的缘故吧，脑海里闪现出"人烟稀少"四个字。好在没走多远，就看见了"亚洲最大的校内图书馆"，还看到了标志性的"钢笔尖"。拿出手机拍摄下了灯火通明的图书馆后便回到了酒店。

2019年9月11日

昨天报完到，想到明天我们就要离开了，我便提议一家三口去学校的正大门照张全家福。儿子虽说拉着张脸不太情愿，但还是给予了配合。拍完照，就急匆匆地去宿舍了，说是下午要开班会。

我和孩他爹这才正儿八经地开始参观整个校园。从网上得知学校占地面积3500亩，建筑面积94万平方米。校园真的是好美好大，有秋水湖、金钥匙湖，还有一个"时间广场"，广场上有喷泉，有鸽子。这才注意到图书馆离广场不远。然后又来到了体育馆、音乐厅，去了操场。这一圈逛下来，感觉应该是该去的地方都去了，没承想连教学楼都没找到。心心念念地想去图书馆里面看看，但被拒之门外。

天色已晚，本想一家三口去校外的饭馆吃个饭告别一下，结果人家先是和舍友一起去食堂吃饭，然后又约好一起去打球，根本无暇顾及我们。

2019年9月12日

今天原计划从酒店直接去机场返回，可是一大早醒来便改变了计划，办理好酒店的退房手续后，拉着行李箱又去了学校。在学校门口问询了教学楼的方向。找到了经济学院，知道了儿子从此往后上课的地方。

在教学楼前，看到如我们一样拉着行李箱的父母，应该都是在此做最后的停留。在校园的绿荫道上，我和孩他爹各自拍了张拉着行李箱的背影。我把照片发给了儿子，并留言："儿子，我们准备回家了。青春的列车重新出发。愿你不要辜负天津师范大学的四年时光。从现在开始，你的生活你做主。"

合上手机，不舍之情涌上心头，眼泪止不住流下来。

再见，天津。再见，天津师范。再见，儿子。

从此以后，因为一个人，恋上一座城。

后记

整理这些文字的过程其实又将自己的育儿之路重走了一遍。所不同的是我时不时在局中人和局外人之间转换。身处局中人时，儿子成长过程中的一幕幕历历在目，我会被好多往事牵惹得或哭或笑，但浑然不知儿子早就长大；身处局外人时，我才发现儿子从十岁开始就已经在自我成长的意识中极力挣脱我的管束，而作为妈妈的我却没有配合他的成长。应该也就是那时候起，在和儿子不断地"撕扯"中，在我的眼里和心里，儿子渐渐变得"面目全非"，以至于母子之间彼此嫌弃，两败俱伤。

想想这些年，我一遍又一遍地告诫自己，以平常心看待孩子的学习成绩，多站在孩子的角度去理解他，关爱他。可每每临到事上就是做不到，我依然会愤怒、失望、失控，继而内疚自责，然后反思道歉，下次继续循环。感觉无休止地走进了一个死胡同一直没出来。

另外让我百思不得其解的是，一直觉得在儿子的成长过程中，我给予了他足够的陪伴，极尽所能地对他好，况且整个小学阶段我和儿子相处得真的是其乐融融；为什么到了最后却"反目成仇"呢？

最终我在别人的文章里找到了答案："别指望早年对孩子很好孩子就不会出问题，青春期这几年是个必经之路，是孩子到成人的唯一通道。这个通道中，孩子所有的'折腾'都在试图'打败你'，让你难堪、难过、生气，让你手足无措，让你情绪失去控制。他自己可能都觉察不到，大多数还伴随莫名的难过、自责、愧疚，'我怎么可以这样对爸妈说话呢？'但他们依然如此。当你真被打败了，尽管意识上他是愧疚的，但潜意识是开心的，不能说是开心，应该是胜利！"

温尼科特说："如果一个孩子要成为一个成年人，那么是要踩着一个成年人的尸体才能完成这段成长之路的。"这段话包含两层意义：其一，父母只有让孩子打败自己，他才可以踏上自由之路；其二，但父母要幸存下来，要鲜活地活下来。

我不得不承认，在和儿子的"交战"中，他打败了我，而我也幸存了下来，只是不那么鲜活而已。

此时，当下，2020年的春节，因为一场突如其来的疫情，全国人民都被困在了家中。我便开始着手整理这些文字，想装订成册，准备作为送给儿子的二十岁生日礼物。但在整理的过程中我渐渐地萌生了想让更多的父母和我一起分享的愿望。

虽说我的这些记录纯属个人化，但我想每个孩子的成长阶段都是一样的，或许我那些做得不那么好的地方可以给后来的父母一些启示和改进，从而有助于改善亲子关系。

同时，我还想告诉和安慰如我这般自认为失败的母亲：你的无奈、焦虑、崩溃、自责、悔恨、眼泪、唠叨，就是一个家有青春期孩子的妈妈本来的样子，成千上万的母亲都经历过或正经历着同样的困惑，你并不是例外。

最后，我借用并修改《请回答1988》里的一句话送给自己和儿子："妈妈我，也不是一生下来就是妈妈，妈妈也是头一次当妈妈。我儿子，稍微体谅一下。"

朋友寄语

风儿要将博客结集出版，这对我们仨应该都是一件特别有意义的事情。感谢风儿让我们的回忆有了安放之处。

与风儿相识于博客的时候是2007年，转眼间十多年过去了，那个我们共同关注、喜爱的"臭小子"已经成了大学生。和小子虽然从未谋面，却完全像生活在家中的一员，他的调皮可爱、聪明才情，以及善良多情，也在我的生命中增添了许多温暖。至今我还记得怎样将他的作文向身边的朋友炫耀。当他的叛逆渐渐显露出来，风儿开始焦虑敏感，她在博客里絮叨着她的愤怒、自责、自省，我常常忍不住在电脑另一端轻笑。作为过来人，我就像趟过地雷的勇士，提醒她怎样避免踩雷。可实际上，她还是一边踩着地雷一边奋不顾身地前行。

在风儿的身上，我看到了更多自己不具备的品德，她是那么无私、那么善良、那么勤劳。她跌跌撞撞，一路也不断受伤，却从未想过放弃。作为母亲，风儿堪称伟大！我一直坚信，终有一天，儿子会多么感谢他拥有这样一位好妈妈。我也坚信，我们的"臭小子"前途不可限量！

我的博友——儿子的重庆阿姨

有时候，缘分自带一种未知的魅力，妙不可言。

就像我们仨——落花、风儿和我，相距遥远，却又因为某种奇妙的缘分，在文字里徜徉，某一天不期而遇，彼此会心一笑，从此平凡的岁月开始明媚起来。

那真的是一段带着光芒的日子，仿佛有光从远方飞来，照进心灵，温暖而踏实。落花美丽温柔，风儿单纯可爱，我是敏感细腻。我们爱生活，爱文字，爱我视若生命的孩子。每天在文字里相见，就好像能看见彼此的身影，看见对方的眼睛，听见她们的脚步声；甚至，一声轻微的叹息，都能落入耳膜。真的，对文字，对生活，对未来，我们仨彼此心意相通，很多悲喜可以产生共情。忽有幸福心上过，回首你在身边笑……大约说的就是那时的我们，这样的友情随着时间的流逝而日渐深厚。

初识，我们都年轻，孩子尚小，记录孩子的成长，交流育儿的心得，也是我们仨的话题之一。孩子，真的是上天赐予我们最好的礼物，母子连心，互为亲人，很奇妙的缘分。落花大我们几岁，孩子的一路成长总先于我们一些，因此从她那里也汲取了不少经验。我和落花比较溺爱孩子，风儿做得很好，她既是孩子有趣的朋友，又是学习上严厉的老师，当然，更是爱得深沉而细腻的母亲。在她的文字里，你可以看见孩子的童言稚语，天真无邪，青春叛逆，不以为然，也可以看见做母亲的欣喜若狂，惊慌失措，还有偷偷流泪……

出租房里陪读的日日夜夜，文字记录中的点点滴滴，风儿付出了很多。言传身教，许多家长只抵达了前一个阶段；风儿，她的自律，她的上进，她的努力，给孩子诠释了身教的意义。这是一笔财富。我也相信，她家的帅小子带着这样的财富，定能闯出属于他的一片天空！

小子填报的大学，和我家小子一个城市。你看，缘分自带魅力，妙不可言！

2020年9月，我和落花第一次在重庆见面。人群中，她飞奔向戴着帽子和口罩的我，我们拥抱，彼此凝视，说不出话来，有一种初见，就像久别重逢……

接下来，我期待，风儿的博客文字快点结集出版，期待早点见到风儿。

感谢命运让我们相遇。

我的博友——儿子的宿迁阿姨

　　臭小子，你妈妈要将你的"成长史"结集成册，作为见证你成长的我，给你说点什么好呢？这些年我每次见到你基本都是在我们医院。你妈妈总是因为一次又一次地麻烦我而感觉歉疚，自嘲她是"无事不登三宝殿"。而我想说我和她的情意从一起玩"过家家"的游戏开始便注定会延续一辈子。不知道你还记不记得，你初二那年，你妈妈带着正值青春期叛逆的你来医院做胸部骨骼发育检查，她好不容易挂了专家的号，还交了好几百块拍片子的费用，而你却因为排队等候的人太多，任性地放弃了检查。当我看到你妈妈满含眼泪无助地站在医院门口呼喊着你的名字而你却头也不回地离开时，我因心疼你妈妈而自责当时怎么没有考虑到走个"后门"让你"加塞"。你个臭小子就这样没完没了地不可理喻地折腾着你妈，而我只能拍拍她的肩膀笑着宽慰她："等过了这个阶段就会好的。"一转眼，你已经是大二的学生了，远离父母的日子里想必你也长大了懂事了。小时候，你在阿姨眼里是个乖巧听话的宝宝；现在呢，你在阿姨眼里是个情深义重的小伙。阿姨祝你学业顺利，前程似锦。

我的发小——儿子的晓菊阿姨

琼大我两个多月，我的手机通讯录上标注她为"琼姐"。

对琼姐的印象还停留在小学生涯，那时候我们有许多相通点：作文写得好，会被老师当范文在班上朗读；体育都不行，最怕上体育达标课。还有就是我们两个都比较腼腆，但因为受班上其他女生影响，我们也干了许多突破自己性格的事情。比如，去乌兰山穿山洞，沿着很窄的输水管道横跨靖乐渠，放学后跑到同学家里疯玩，并吃光了他们家中的馍馍。

毕业前夕，我俩和其他几个志同道合的同学专门去照相馆拍了合影，这张照片被我视为宝贝，因为它记录了我们最纯真、最美好的童年时光。

印象深的还有元宵节去文化馆的门前算命。我已经忘记大师对我的说辞，却一直记得"琼姐以后会享婆婆家福"的预言。三十多年过去了，这一点确实得到了验证，琼姐的婆婆一直把她当作女儿娇惯，每每听她说起婆婆对她的种种好，都让我是羡慕加嫉妒。

20世纪90年代初，我们同在兰州求学，她的宿舍是我周末经常留宿的地方，我看过她英姿飒爽的文艺表演，结识了她的舍友，还在他们学校的礼堂一起观看电影《霸王别姬》。

2000年前后，我们相继成家。起初我们并不在同一座城市，但这并不影响我们彻夜长谈、互诉衷肠。后来我调到兰州工作，见面的机会多了，有时会带着孩子一起聚会，因为两个孩子年龄相仿，心里希望他们能和我们一样碰撞出友谊的火花。但随着学业的加重，两个孩子见面次数甚少，最后也没有像我们希望的成为好朋友。但我和琼姐都会及时分享他们成长过程中的每个细节。琼姐一直保持着对文字的热爱。她在儿子童年、少年时所写的文章，我都细细品读过。她把对儿子细腻、真挚、无私的感情在文章中淋漓尽致地抒发了出来，让我也间接地见证了李宏宇的成长。孩子上了高中之后，我们交流的话题大多放在了高考上。其间我们先后经历了同样的焦虑、紧张、失落，从相互宽慰、相互鼓励到相互祝贺。

回忆的闸门一旦打开，往事历历如昨，言之不尽。一同走过的四十年岁月已经成为人生给予我们最珍贵的礼物。随着年龄的增长，我们变得更加依赖彼此，也让我们在这座城市里找到了温暖，找到了小时候在一起的感觉。

很高兴她能实现"文字结集成册"的愿望，本来要主动为她写一篇祝贺的文章，但自己这些年被"客套的公文"磨去了静下心来写些心里话的激情。一拖再拖，今天提笔成文，纪念我们的友谊，也祝贺琼姐实现了多年的梦想。

余生不长，希望我们可以携手走完。

我的小学同学——儿子的宋莉阿姨

　　和你相识在初中的青春岁月，还有幸同桌一年成了密友，我俩都喜欢看书、看电影，课间外出必是形影相随。不得不说我俩性格其实挺像的，善良、感性、脆弱、悲观、执拗、懒散。

　　离开家乡小城同时在省城兰州求学的日子里，我们依然保持着每隔一段时间的见面频率。毕业后我选择回家乡，而你选择继续留兰。由于各自就业的种种不如意，再加上当时也没有如今这样便捷的通讯方式，有很长很长的一段时间里我们失去了联系。

　　真正的好友，虽然不曾联系，但始终不会忘记！

　　再见时，已在省会城市生活、工作十来年的你，丝毫没有沾染都市的市侩和虚伪，依然如十几岁我俩初识时那般真诚、善良，有灵气，不世故，岁月不曾改变你！

　　重逢后每每遇到工作中的难题和生活中的心事时，我俩就相约去黄河边散步谈心，彼此开导打气。

　　2019 年，我俩守候在一起等待着高考成绩的揭晓。最终，我的儿子和你的儿子都金榜题名，一个去了天津，一个去了郑州。为孩子们的前程祝福。

　　2020 年母亲生病住院最后的那段日子，想到母亲时日无多，我就几近崩溃。身体羸弱的你，每个周末都坐长途汽车前来医院陪我，已记不得有多少次扶着你的肩膀悲痛难忍，号啕大哭……

从少年至中年，往后余生，希望这辈子我们都会相扶相携走下去。

这些年，我们之间有一个特定的称谓——哥们。此时此刻，我想说，嗨，哥们，认识你，真好！还有，期待你的文字早日付梓。

我的初中同学——儿子的芸阿姨

年少时转学至乌兰中学与你相识，之后各自异地求学，再后来你我同处一城，彼此以同学相称以闺蜜相伴。

数年前，忽有一日，问你："现在还写不写'东西'了？"随后转发过来短文几则，内容大多记述友情、养育宝宝之类。老实说，吾等虽以读书为乐，但近些年很多书已不再读，尤其文学类，更不用说埋首写文章了。而你却笔耕不辍，时不时发来小文，从中了解你的近况，闲暇之余偶尔见面云云，感同身受着你的悲喜焦虑。

那日，你发书稿与我，说要排除万难出版成书。洋洋数百页，洒洒几十万字，记得我当时回复你："这真是史诗级的育儿史。"虽说只是日记，但敢以文字记叙家有儿女初长成的喜悦与拧巴并结集成书的，一定是伟大的母亲。然怎么看亦是平凡之人，做过企业库管、统计，最终从事会计四处谋生。为人女，孝顺父母；为人妻，孝敬公婆。

数十年多方视角描绘生活，记录家之情感，更多的是日渐深度的感悟，今日如何，明日如何，后日又如何如何，貌似会计账本而已。文学不是使命，也不是初衷，只是因为爱。有来生，好好爱，深情爱！

再说文字，淡如清风，平如流水，却情真意切，隐约呈现的是俗身。吾思今世，吾辈济济，独能以文字描绘生活、抒发情怀并结集成书者稀，乃真本事也。得今日词香墨飞之书，甚是喜庆之事。

最后几句，写给"宝宝"：注定我们一生牵挂！职业生涯守望生命花开无数，你错过预产期与我相约，说好了的，我保你平安，也是小幸福。如你和小伙伴辩论的："每个人都有三个妈妈，一个是妈妈，一个是舅妈，一个是梅琳妈妈。"而今你是"宏宇"。相信，未来可期，国之栋梁，家之脊梁必承之！其实我心之所愿：快乐平安就好！

我的初中同学——儿子的梅琳妈妈